KB106754

김일의
박치기

김일의
박치기

김상종 소설집

신세림출판사

차 례

이터널 스피릿

「자살의 이유」

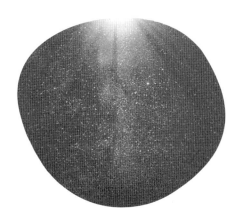

인간은 언제나 지나간 과거를

좋았던 시절로 회고하는

특이한 사고경향을 가졌다

– 아널드 하우저 –

녹은 쇠에서 생긴 것인데

점점 그 쇠를 먹는다

– 법구경 –

1

태어나는 것은 내 선택이 아니지만 죽는 일은 스스로 선택할 수 있다. 태어나는 곳을 선택할 수도, 누구를 부모로 두고 태어날 것인지도, 아무 것도 내가 선택할 수 없지만 죽는 일 만큼은 선택지를 고를 수 있다. 방법도, 장소도, 시기도, 모든 것들을 선택할 수 있다. 그건 전적으로 본인이 판단하고 본인이 결정할 수 있는 고유의 권리란 말이다.

내가 자살을 처음 생각했던 중학교 2학년 겨울방학 이후, 난 그 결정을 매년 유예하고 살았다. 언제든 스스로 내 생을 끝낼 수 있다는 확신이 있었기 때문이다. 내 주머니엔 언제나 예리한 커터칼이 보관되어 있었다. 난 자신의 팔목을 그었던 형에게서 그 과정이 그다지 힘들거나 고통스럽지 않았다는 말도 들었다. 그러다 서른 살이 됐고 이젠 죽어야할 때가 아닌가를 깊이 고민했었다. 하지만 확신이 없어 더 살았다.

그러던 내가 서른한 살이 되고부터 자살을 고려하지 않았다. 갑자기 삶에 대해, 세상에 대해 애착이 생긴 것이다. 서른한 살이 되자 그때까지는 고단하다고만 느껴졌던 세상이 즐길 거리가 넘쳐나는 원더랜드로 변해 있었다. 내가 그때까지 처박혀 있던 가난과 비천한 환경으로부터 윤택한 삶으로 시공간 이동을 했다는 말이다.

물론 그건 직업을 통한 변화였다. 이력서 한 장만 들고 은행에 가면 어느 은행이나 최소 1억은 신용대출을 해주는 회사에 다니면서 내 삶도 달라졌다. 그러니 돈은 이제 내게 아무런 장애가 되지 못했다. 돈이 꼭 내 통장에 있을 필요가 없다는 놀라운 사실도 알게 됐다. 돈이 생기자 아니 돈으로부터 자유로워지자, 세상은 전혀 다르게 내게 다가왔다.

마침 그때 날 사랑한 여자를 만난 것도 하나의 이유가 됐다. 내가 손을 내밀지 않은, 여자라는 존재가 먼저 내게 다가온 것이다. 놀라운 경험이었다. 그때까지 비천하고 비루하기만 했던 내 인생에서는 꿈도 꾸지 못한 기적이었다.

무릇 밑 30센티미터에서 끝단이 마무리된, 골반부터 급격히 좁아져 하체의 윤곽을 고스란히 드러내는 치마를 입고 당시에 유행하던 뒷굽없는 하이힐을 신고 마치 경쾌한 행진곡을 연주하듯이 하이힐 뒷굽으로 사무실바닥에 따-악, 따-악 소리를 내며 내 앞을 걸어 다니던 그녀가, 사무실의 모든 미혼남자직원들이 애인이 되고 싶어 하던 그녀가, 어느 날 내게 그 많은 남자들이 근무하는 대낮에 조용히 곱게 접은 메모를 내 책상에 떨구던 날 세상은 갑자기 반대방향으로 돌기 시작했다. 그리고 그 경험은 세상이 그때까지 내가 생각했던 것과 상당히 다른 모습일지도 모른다는 희망적인 의심을 가지게 했다.

2

내가 서른 살까지 유예했던, 그리고 서른한 살부터는 아예 생각하지도 않던 자살을 지금 결심한 결정적인 이유는, 알지 못했다면 좋았을 무엇인가를 알아버렸기 때문이다. 판도라의 상자를 여는 것처럼, 우리 삶은 모르던 것을 알려는 순간 위험을 감수할 각오가 돼 있어야 한다.

그건 일테면 담배, 술을 즐기는 일과 같다. 하지만 그런 것들은 치명적이지 않다. 일순간에 한 인간을 침몰시키지는 않는다는 말이다. 힘들긴 하지만 마음만 굳게 먹으면 얼마든지 빠져나올 수 있는 터널이다. 하지만 세상 어떤 존재나 상황, 정신적인 상태는 한 번 발을 들이면 영원히 빠져나올 수 없는, 발버둥 치면 칠수록 깊숙이 빠져드는 치명적인 늪과 같다.

내 경우가 그랬다. 원더랜드에서 수많은 즐길 거리를 찾아 바삐 걷다가 지금까지 내가 드나들었던 문과 전혀 다른 문을 보지 않았다면, 봤어도 열어보지 않았다면 난 자살을 유예하면서 앞으로의 시간을 지나온 시간처럼 살았을 것이다. 표면적으로는 단정하고 치열하게, 누구나 인정할 만큼 성실하게, 그리고 조금은 빛나게 살지만 이면은 세상에서 누릴 수 있는 모든 쾌락을 섭렵하며 살았을 것이다.

반듯하기만 해서 재미없는 삶도, 쾌락만을 위해서 망가지는 삶도 난 원하지 않았다. 외줄을 타는 사당패처럼 절묘한 균형을 유지할 자신도 있었다. 그리고 은폐할 수도 있었다. 모든 걸 경험하는 것, 바람직한 일이 아니라도 색다른 것들을 위해서라면 망설임 없이 베팅하고 결과를 담담히 받아들이는 것. 그것이 내가 바라는 삶이었다.

대개의 값진 쾌락은 도박판의 판돈 같다는 걸 난 충분히 이해하고 있었다. 이기면 쾌락을 즐길 수 있고 지면 그 쾌락의 양만큼 고통을 감내해야만 하고 때론 빠져나오기 힘든 구렁텅이 속으로 추락하는 것이다.

우노 마스(Uno Mas).

한 판 더, 카지노에서 딜러가 새로운 판을 시작하기 전 하얀 웃음을 보이며 외치는 그 순간 우리는 양극의 어느 쪽을 선택한다. 그리고 결과에 따라 천당과 지옥의 문을 통과한다.

내게도 똑같은 일이 정해진 절차처럼 일어났다. 내 경우엔 그 매개체가 여자였다. 정확히는 두 여자였다.

다시, 우노 마스(Uno Mas).

한 여자로 그쳤다면, 판이 커지기 전에 게임을 멈췄다면, 조세린이 어느 날 갑자기 사무실 문을 열고 들어와 아타까마 데 페드로에 가자고 했을 때 단호히 거절했다면 난 지금 다른 생각을 가지고 다른 곳에 있었을 것이다.

3

난 아이티와 칠레에서 두 여자를 우연히 만났다. 아니 그 두 번의 만남은 우연이 아니었다. 틀림없이 내 운명이 그녀들과 질긴 동아줄로 연결되었고 두 여자와의 만남은 누군가, 혹은 무엇인가에 의해 완벽하게 각본된 것이었다. 그렇게 믿을 수밖에 없는 여러 가지 이유가 있었다.

두 여자는 쌍둥이 같았다. 나이가 같았고 얼굴 생김과 몸이 같았고 심지어 몸을 섞을 때 느낌과 반응까지도 같았다. 오래전 흑인 아빠와 백인 엄마 사이에서 태어난 백인과 흑인 쌍둥이를 본적이 있다. 두 여자가 그랬다. 사는 곳이 다르고 언어도 다르고 서로가 전혀 모르는 사이였지만 놀랍게도 피부색만 다를 뿐 외모는 쌍둥이였다. 난 두 여자의 부모를 만나지 못했지만 어쩌면 태어나자마자 누군가에 의해 각자 다른 곳으로 옮겨져 자란 게 아닐까하는 생각을 하곤 했다.

2010년 1월. 지진으로 폐허가 된 포르토프랭스에서 난 밤처럼 검은 한 여자를 안았다. 그녀의 이름은 크리스티나였다. 영어식 이름인지 프랑스식 이름인지 묻지 않아서 알 수 없지만 그녀는 두 나라와는 완전히 다른 아프리카를 그대로 간직한 여자였다. 그녀는 모두가 죽은 건물에서 3일 만에 홀로 걸어서 나온 여자였다. 모두가 기적이라고 말했다.

그녀와 가까워진 뒤 알게 된 사실이지만 크리스티나는 미국에서 고등학교와 대학을 다닌 후 뉴욕에서 직장생활을 하다 다시 고국으로 돌아왔다고 했다.

"나한테 뭔가 이상한 것이 들어 있다는 걸 아주 어렸을 때 깨달았어요. 현실과는 다른 것들을 자주 봤어요. 그건 뭐랄까, 먼 미래의 어느 날, 파괴된 지구에서 일어날 것 같은 일들을 소재로 한 3D 애니메이션영화 같았어요. 보고 싶지 않은 것들이 자꾸 내 눈앞에 펼쳐지는 것에요. 참혹한 현장들이었어요. 어떤 때는 일종의 데쟈뷰 같은 느낌이기도 했죠. 언젠가 내가 경험할 것들을 미리 보는 느낌. 하지만 그때 내가 어렸으니까 그런 현상도 몰랐죠. 할머니한테 나중에 들었죠. 그런 사람이 있었다고. 수단에서 처음으로 끌려온 내 조상 중에 그런 능력을 가진 사람이 있었다고. 그 사람은 열여덟 살에 귀신에 홀렸다고 총에 맞아 죽었대요. 그러면서 할머니는 절대 누구에게도 내 그런 능력을 말하지 말라고 늘 당부하셨죠."

"미국에서 직장생활을 할 때 지금 여기서 일어나는 처참한 광경을 보곤 했어요. 한 아이가 늘 내게 물었죠. 왜 여기 있느냐고. 왜 날 그냥 죽게 하느냐고. 도저히 살 수가 없어서 돌아왔죠."

"지진이 일어났을 때 정말 그 아이가 그 건물에 있었어요. 수많은 나비떼 속에 그 아이가 간절한 눈으로 날 보고 있었어요. 그런데 내가 그 아이를 구하지 못했어요. 당신 이해해요. 내가 죽인 거에요.”

주문처럼 매일 그 얘기를 반복했다. 그리고 말을 마치면 끊임없이 울었다.

그녀는 밤마다 사라졌다. 그리고 새벽이면 내 옆에 몸을 눕히곤 했다. 밤새 이슬을 맞고 온 그녀는 돌아오면 내 몸을 핥기 시작했다. 잠을 못 자서 피곤한데도 내 성기는 이해할 수 없는 크기로 팽창했다. 난 잠을 잘 수가 없었고 일을 할 수도 없었다.

그녀를 따라나서려면 그녀는 대문 옆에서 아무 말도 없이 한 밤을 온통 새우기 일쑤였다. 그녀가 어디를 가는지도 물을 수 없었다. 다만 내가 짐작하는 바로는 지진으로 죽은 사람들이 묻힌 공동묘지에서 밤을 새운다는 것이다.

“예고된 죽임이에요. 미국이 죽인 거죠. 사람들은 얘기해요. 미국이 핵폭탄을 바다에서 터트린 거라고요. 나도 물론 그렇게 믿어요. 언젠가는 밝혀지겠죠.”

실제로 많은 사람들이 그렇게 믿고 있었고 정황상 그럴 수도 있었다. 리히터지진계로 7.4의 강진이 일어났지만 이후 단 한 차례의 여진도 없었다. 과학적으로 말이 안 되는 현상이었다. 그리고 지진이 일어난 그 날 마치 오래 전부터 계획됐던 것처럼 미군이 아이티 전역을 점령했다.

누군가는 그 이유를 베네수엘라에서 찾았다. 당시 베네수엘라의 차베스 정권과 아이티정부가 가까웠고 실제로 베네수엘라에서 많은 지원을 받고 있었다. 더구나 아이티는 마이애미 턱 밑이었다.

“그들을 위로해야 해요. 그것이 내게 주어진 사명이에요. 난 하루에 한 명씩 위로해요. 내 위로를 받으면 그들은 편히 쉴 수 있어요. 그들을 위로하는

데 필요한 건 오로지 한 그릇의 깨끗한 물이에요. 지금 모든 물들이 오염됐어요. 당신이 주는 물이 필요해요. 물은 생명이니까. 그리고 내 사명을 다하기 위해서 난 당신의 몸이 필요하죠. 죽은 그들은 지금 분노로 기운이 강해요. 그래서 그들에게 지면 안돼요. 그러기 위해서는 강한 기운이 필요하고 그래서 당신의 몸이 필요해요. 당신과 내 기운이 합쳐진 에너지가 날 쓰러지지 않게 하죠."

난 그녀에게 그녀가 필요로 하는 물을 공급했다. 그리고 내 몸은 조금씩 피폐해져갔다. 그렇게 6개월여가 지나갈 무렵 그녀가 진지하게 말했다.

"처음엔 이 파괴를 증오했어요. 이런 상황을 만든 모든 인간과 세상, 그리고 시간을 증오했죠. 하지만 이제 깨달았어요. 파괴도 분명 또 다른 창조라는 것을요. 만약 내가 저 많은 죽음과 이 끔찍한 상황이 또 다른 창조라고 인정할 수 없다면 난 미치고 말았을 거예요. 일종의 자기위안이고 도피였고 자기기만이었죠. 하지만 파괴가 창조라고 믿기 시작하자 모든 것이 달리 보였어요. 강물이 흐르듯이 너무나 자연스러운 일이 된 거죠. 그리고 꼭 여기가 아니라도, 지금 이 순간에도 세상은 모두 파괴되고 있다는 것도 깨달았죠. 시간이 모든 것을 지금도 파괴하고 있어요. 그 엄청난 파괴를 느끼지 못할 뿐이죠."

그녀의 눈은 알 수 없는 광기로 빛나고 있었다.

"모든 신화는 파괴에 대해 먼저 쓰고 있잖아요. 파괴를 찬양하죠. 아레스는 제우스와 헤라의 적자이며 장자(長子)이고 그는 최고 미인인 아프로디테의 정부였잖아요. 왜 그였을까요? 파괴는 늘 창조보다 앞서기 때문일 거예요. 그와 아프로디테 사이에서 태어난 여러 신들도 모두 폭력적이며 파괴자들이죠. 그것이 진정한 세상이고 파괴하고자 하는 본능은 창조하고자 하는 본능보다 강하기 때문이죠. 파괴의 신 시바는 창조이전 단계에서는 우주의 축이었잖아요. 그 말은 결국 파괴를 통한 재창조를 표현한 거잖아요.”

그리고 며칠 후, 그녀는 내 옆에서 조용히 잠들었다. 너무나 평온한 얼굴이었다. 그녀가 어떻게 죽었는지 아는 사람은 아무도 없었다. 난 경찰조사를 오랫동안 받았지만 내가 해줄 말은 없었다.

내가 아는 거라곤 그녀가 죽기 전날 나와 처음으로 초저녁에 섹스를 했다는 것이다. 그날 밤 그녀는 아무 곳도 가지 않고 나와 긴 섹스를 했다. 그리고 난 행복하게 잠들었다. 6개월 만에 처음으로 저녁 8시에 잠들어서 다음 날 오후 4시에 일어났고 그녀는 내 옆에 조용히 편안하게 잠들어 있었다. 그렇게 행복해보이고 편안해 보일 수가 없었다.

난 그녀의 죽음을 아무에게도 알리고 싶지 않았다. 할 수만 있다면 그녀를 옛날 이집트 왕비처럼 보존하고 싶었다. 그녀의 죽음, 곧 삶이 신고하면 다 날아갈 것만 같았다. 결국 신고는 하우스키퍼가 했다. 나 역시 그녀 옆에서 다시 잠들었으니까. 다시 하루를 더 자고 있을 때 경찰이 날 깨웠다.

크리스티나를 보낸 후 난 그녀의 말처럼 그때까지 내가 가졌던 것들을 하나씩 파괴하기 시작했다. 그래야만 견딜 수 있었다. 처음엔 내 물건들을 부수었다. 그릇들을 산산이 부수었고 옷들을 불태웠다. 책들을 찢었고 가전제품을 부수었다. 그리고 끝내는 관계들을 파괴했다. 휴대폰을 산산이 부수면서 난 모든 관계를 차단했다.

한때는 파괴를 두려워한 적이 있었다. 하지만 그녀를 보내기 위해 날 파괴하면서 나 역시 파괴는 새로운 창조라는 것을 깨달았다. 파괴가 없다면 창조도 불가능하다 걸 절실히 느꼈다. 크리스티나가 무슨 말을 했는지 그때 이해가 됐다. 그리고 술에 취해 내가 알던 많은 사람들에게 메시지를 보냈다.

우리는 자연(自然)의 일부입니다. 자연은 '스스로 그러하다'입니다. 자연은 스스로 파괴하고 스스로 창조합니다. 인간은 그럴 수 있나요? 그건 한 개인의 관점에서 해결할 수 없는 더 큰 개념의 문제입니다. 자연이 우리를 파괴하고 다른 우리를 창조하는 것입니다. 파괴가 없는 창조는 없습니다. 왜 계절이 바뀌고 시간이 흐르나요?

시간(時間)은 파괴(破壞)와 이음동의어(異音同義語)입니다. 시간이 곧 파괴라는 말이죠. 시간이 흐른다는 의미는 파괴가 현재진행형이란 말입니다. 당장 느껴지진 않지만 영원할 것 같은 태양도 남은 생이 정해져 있습니다. 시간이 지금도 태양을 파괴하는 것이죠. 우리가 어느 바닷가에서 느끼는 그 부드러운 모래도 지나간 어떤 날에는 절대로 파괴될 것 같지 않던 바위였을 것입니다. 무엇이 살아 있고 무엇이 죽은 것인가요?

관계도 그 파괴의 범주에서 결코 벗어나지 못합니다. 관계도 파괴되죠. 관계한다는 건 기존의 관계를 파괴하는 것입니다. 영원히 변하지 않는 관계는 죽음을 원치 않는 인간들의 합창에 지나지 않습니다. 제제가 강요한 고통의 굴레일 뿐입니다. 관계도 파괴하고 새롭게 창조되어야 합니다. 그게 자연이고 인간이 따라야 할 법칙입니다. 하지만 누군가는 그걸 제약합니다. 바람에 문이 열리는 걸 막기 위해 문틀에 쇠기를 박아 넣는 거죠. 그럼 나중엔 자연이 쇠기가 아니라 문을 파괴합니다. 반복적인 자극, 곧 시간에 저항할 수 있는 존재는 전 우주에 아무 것도 없습니다.

역설적으로 혹은 변증법적으로 인간이 전 우주라면 우주는 자연이라고 명칭을 바꾸고, 스스로 그러하듯이 스스로 파괴할 줄 알아야 합니다. 파괴하지 않는 그 어떤 것도 아름답지 않습니다. 생

18

각해보세요. 인류가 모두 죽지 않고 늙기만 한다면 지구는 생산하지 못하는, 그래서 한 세대 만에 종말을 맞고 말 것입니다. 물이 흘러가듯이 삶도 흘러서 파괴되어야 하는 거죠.

4

자살도 선택해야만 하는 일들이 있다는 것을 알았다. 그중에 가장 중요한 결정은 어디서 어떻게 죽을 것인가를 결정해야만 했다. 난 권총을 공급받을 방법을 가지고 있었기에 이제 커터칼은 필요 없었다. 남은 결정은 바로 죽음의 장소였다. 차 안에서 연탄가스를 마시거나 아파트에서 뛰어내리고 싶진 않았다. 어디서 죽을 것인지 고민하다 쿠바 아바나를 선택했다. 약속이 하나 떠올랐다. 오래 전에 그런 약속을 했다. 형님이 처음으로 손목을 그은 뒤였다. 죽을 땐 쿠바에서 죽자고.

난 해밍웨이가 묵었다는 호텔 암보스 문도스에 방 두 개를 예약했다. 하나는 내 방이고 다른 하나는 나와 동행할 누군가의 방이었다. 형님을 위해서는 말레콘(MALECON)에 별도의 주택을 통째로 얻었다. 총을 쏘기에 호텔 암보스 문도스는 적절한 곳이 아니었다.

그리고 두 번째 선택을 해야 했다. 혼자 죽을 것인지 아니면 동행을 구할 것인지 결정해야 했다. 물론 난 형님과 함께 쿠바에 갈 것이다. 하지만 형님과 마지막 몇 시간을 함께 하고 싶진 않았다. 어색할 것 같았고 너무 긴 시간을 같이하면 내가 방아쇠를 당기지 못할지도 모른다는 염려 때문이었다.

혼자 조용히 지난 시간을 회상하며 보낼 수도 있었다. 그런데 문득 다른 사람들의 자살의 이유가 궁금했다. 아직 난 내 자살의 분명한 이유를 정의

내릴 수 없었다. 그래서 컨닝을 하듯 타인의 답안을 보고 싶었다. 그리고 당연히 동행이 있으면 좋겠다고 생각했다. 자살을 결심하니까 왜 자살하는 사람들이 평생 한 번도 보지 못한 생면부지의 사람들을 만나 함께 자살하는지 이해할 수 있었다. 어쨌든 혼자는 외롭고 그건 죽는 순간에도 마찬가지일 터였다. 그래서 난 인터넷공간에 같이 갈 사람을 찾는다는 글을 남겼다.

동행을 생각하자 갑자기 그런 생각이 들었다. 죽기 직전 따뜻한 섹스를 나눈다면 죽음이 훨씬 쉬울 것 같았다. 섹스 후에 더 살고 싶어질지도 모른다는 염려는 없었다. 그건 처음부터 고려사항이 아니었다. 내겐 여자는 죽음, 그리고 파괴와 가까운 존재였다. 또한 난 살인자가 될 터였다.

다른 이유도 있었다. 난 크리스티나가 말했듯 자살을 통해 날 파괴할 것이다. 그리고 그 파괴는 내가 알 수 없지만 새로운 창조와 연결되어야만 했다. 파괴와 창조를 동반하는 행위, 그건 성교라고 불리는 육체적인 결합이었다. 크리스티나가 죽기 전 나와 길고 편안한 섹스를 했듯 파괴는 섹스와 뗄 수 없는 가치였다. 창조가 없는 파괴를 원하지 않았다. 왜냐하면 그것이 진정한 파괴이기이기 때문이다.

같이 마지막여행을 하실 여성을 찾습니다. 마지막 여행지는 쿠바입니다. 쿠바에 가기 전 국내에서 먼저 만날 것입니다. 서로 합의가 된다면 왕복 비행기 티켓을 드리겠습니다. 쿠바에 도착해서 최종적으로 내가 묻는 질문에 적절한 답을 하면 돌아오는 비행기티켓은 없어도 될 것입니다. 만약 그 시험을 통과하지 못한다면 비행기를 타고 다시 돌아오시면 됩니다.

멍청한 사람과 마지막을 보내고 싶진 않았다. 쿠바산 커피를 마시며 시거를 피우고 모히토와 다이끼리를 마시며 지능지수가 낮거나 머릿속이 텅 빈 사람과 함께하긴 정말 싫었다.

동행자를 찾는 글을 올리고 난 정신병원으로 형님을 찾아갔다. 형님은 몇 년 전부터 정신병원에 있었다. 그건 형님의 자발적인 요구였다. 정신병이 있어서가 아니라 일반인들에 대한 공포와 적개심 때문이었다.

"사람들이 날 욕하는 소리가 들려. 나한테 진실을 말하라고 소리치는 거야. 하지만 난 말할 수가 없어. 그럼 그 모든 것들이 알려질 테고 그렇게 되면 살아남은 사람들과 그 가족들은 모두 돌에 맞아 죽을 거야. 어쩌면 그전에 나한테 진실을 말하라고 말하는 사람들을 내가 먼저 죽이겠지. 그것이 거짓이라고 알려지는 순간 우리 모두는 무사하지 못할 테니까. 그리고 그런 엄청난 거짓말을 버젓이 할 수 있는 이 조직이 너무 무서워."

형님은 해군사관학교를 졸업하고 해군이 되었다. 자신의 일을 사랑했고 국가를 지키는 일에 자부심을 가지고 있었다. 적어도 배가 침몰하기 전까지는 그랬다.

사고 이후 형님은 전역했지만 삶은 피폐해졌다.

"그들이 날 감시하고 있어. 도저히 그 감시를 피할 수가 없어. 매일 아침 날 감시하는 사람을 죽이는 상상을 해."

형님은 살인을 하지 않기 위해 자살을 여러 번 시도했지만 여전히 살아있다. 형님은 하고 싶은 말이 많을 터였다. 하지만 할 수 없는 처지 때문에 괴로워 했다. 사실을 말할 수 없는 고통. 형님은 자주 그때 다른 동료들과 죽었어야 했다고 말한다. 브레히트의 말처럼 살아남은 자의 슬픔을 지나 살아

남은 자의 죽음보다 더 큰 고통이 매일 낮과 밤을 지배하고 있었다.

"쿠바행 비행기표를 예매했어요. 같이 가요."

형님은 별말 없이 고개를 끄덕였다.

5

동행을 구한다는 글을 올린 뒤 여러 사람이 연락을 해왔다. 난 그들의 글을 하나씩 읽어나갔다. 그리고 인상적인 글을 올린 사람들을 만났다. 하지만 그들 대부분은 절대적으로 자살을 해야만 하는 이유가 없는, 그냥 삶이 힘들어서 자살을 생각하는 사람들이었다. 그러다 수정을 만났다.

작다고 느꼈다. 길지 않은 머리를 질끈 묶은 여자가 내 앞에 나타났다. 콧날이 높진 않지만 반듯하고 눈이 시원하게 뚫려 있었다. 얼굴도 작았다. 느낌을 표현하라면 낙천적으로 보이는데 예리했다. 좀 더 구체적으로 말하면 입술은 붉고 작다. 코는 높지 않고 날카롭다. 눈은 크지만 우울했다. 허리는 날씬했지만 가슴은 도드라졌다. 통째로 말하면 조금은 멍청해 보이지만 예리했다. 느낌이 그랬다. 한마디로 그녀의 캐릭터를 정의하라면, 일본 애니메이션에 나오는 얼굴이 작고 앳돼 보이지만 몸은 육감적인, 나이는 조금 들었지만 얼굴은 15살쯤으로 보이는 그런 캐릭터였다. 얼굴은 앳돼 보이지만 말과 행동으로 봐서 20대 중후반쯤 돼 보였다.

얼굴, 몸과는 다르게 말 한 마디를 하면 화살촉이 날아오는 느낌이었다. 티셔츠엔 Guess 마크가 붙어 있었다. 헐렁한 청바지는 얼마나 세탁을 안 했는지 얼룩이 여러 곳에 묻어 있었다. 그녀와 대화를 하면서 그녀가 상당한 지식의 소유자라는 걸 알 수 있었다. 난 마지막 질문을 던졌다.

"왜 죽으려고 하는데?"

"같은 이유로."

"같은 이유?"

"네. 날 파괴하지 않으면 틀림없이 누군가를 죽일 거예요. 그것도 끔찍하게. 그리고 해볼 만큼 해봤거든요."

"누군가를 죽이기 전에 먼저 자신을 죽이겠다는 말은 이유가 되네. 그런데 다 해봤다, 그 나이에?"

"나이는 상관없어요. 그리고 뭘 다 했는지는 내 기준이죠."

맞는 말이었다. 그런 걸로 시간을 낭비할 생각은 내게도 없었다. 그녀로 결정한 결정적인 이유는 그녀가 쿠바 아바나를 여행한 경험이 있다는 것이었다. 그녀는 5년 전 아바나에서 일주일을 보냈다고 말했다.

6

형님과 나는 멕시코를 거쳐 아바나에 도착했다. 난 형님을 말레콘 숙소에 내려주고 내 숙소인 호텔 암보스 문도스에 짐을 풀었다. 해군출신인 형님은 외국 경험이 많아 알아서 시간을 보낼 것이다.

수정은 나와 형님보다 일주일 뒤에 도착할 예정이었다. 그건 그녀의 뜻이었다. 만나야 할 사람이 있다고, 일주일의 시간을 달라고 요청했고 난 흔쾌히 동의했다. 나도 형님도 아바나에서 일주일의 시간이 필요했다. 딱히 할 일이 있는 건 아니었다. 그냥 그 분위기에 젖고 싶었다. 아무리 내가 원한 장소였고 여행으로 두 번이나 왔던 곳이지만 그건 다른 시간이었다. 낯선 느낌의 장소에서 죽긴 싫었다. 일주일은 내 공간이란 느낌을 가지기 위해 필요했다. 그냥 아바나의 시민처럼 빈둥거리며 일주일을 보내면 그만이었다. 술도 마시고 시가도 피우고 여기저기 쏘다니기에 일주일이면 충분했다.

난 헤밍웨이가 자주 갔다는 분홍색 건물 엘 플로리디타 바에 가서 다이끼리를 마셨다. 흰 색에 첫맛은 설탕 때문에 달착지근하고 중간은 레몬 때문에 신맛이 나고 끝은 럼주 본래의 쓴 맛이 나는 다이끼리(DAIQUIRI)는 어쩌면 딱 내 삶을 닮았다. 아니, 모든 인간의 삶과 같았다. 쿠바인들은 인생을 그렇게 술로 표현했을 것이고 헤밍웨이도 그걸 알고 즐겼을 것이다. 나도 헤밍웨이처럼 단맛을 내는 설탕은 뺀 파파 헤밍웨이(PAPA HEMINWAY)를 주문했다. 단맛은 이미 내 것이 아니었다. 나이든 바텐더가 내 술을 만들어줬다.

기분 좋게 술에 취하며 난 죽음이 대단한 일이 아니라고 생각했다. 적어도 여기 아바나에서 다이끼리에 취해 노릇노릇해지는 석양을 바라보고 있는 순간엔 이대로 다이끼리 한 잔에 죽어도 좋다고 생각했다. 그리고 사실 죽음은 극히 찰나의 우연일 뿐이기도 했다.

31살 이후 고려하지 않던 자살을 다시 결심하고 난 뒤 내가 깨달은 것은 죽음은 실수로 물 컵을 떨어뜨려 물 컵이 깨지는 것과 별반 다를 것이 없다는 것이다. 어느 날 아침 출근을 위해 면도를 하다가 면도날이 살을 파고들어 피가 나는 거나 면도 후에 **Skin treatment liquid** 병을 열다 뚜껑을 놓쳐 바닥에 굴러 떨어지는 일과 죽음의 확률이 다르다고 믿는 건 판단의 오류다. 그렇게 죽음은 단순하고 명백하게 찰나의 우연에 의해 결정된다.

생각해봐라. 누가 일본에 거대한 쓰나미가 덮쳐 삶이 한 순간에 사라지리라고 상상했겠는가? 그랬다면 그 전날 아이를 혼내지도, 공부하라는 엄마에게 대들지도, 쌓여가는 빚에 고민하며 술을 퍼붓지도, 보고 싶은 사람을 보지 못하고 억지로 참지도 않았을 것이다.

그런 기분으로 늦게까지 술을 마시고 취해 돌아와 잠을 잤다. 편안한 잠이었다. 다음날은 라 보데기타에서 모히토를 마셨다. 3일째엔 형님이 머무는 말레콘에 가서 낚시를 해서 고기를 잡아 요리를 하고 럼주를 마시며 시거를 피웠다. 형님이나 나나 낚시를 잘 하는 편이었다. 우린 어렸을 때부터 같이 낚시를 다녔고 바다와 가까운 삶을 살았던 경력을 가지고 있었다. 술에 취해 잠들고 다음날 일어나 어제 잡은 고기로 매운탕을 끓여 속을 푼 뒤 우린 다시 취했다.

아바나에 온 지 5일째 되는 날 수정을 만나러 호세마르티 국제공항으로 나갔다. 공항 내부는 아바나 모든 곳이 그렇듯 화려한, 온통 붉은색이다. 수정은 내가 서울에서 만났던 그 모습 그대로 출구에 나타났다. 우린 공항근처 식당에서 점심을 먹고 시가와 럼주를 사서 숙소로 돌아왔다.

"아바나 오랜만이지?"

"네. 늘 그리웠죠."

"그래. 나처럼 일주일은 어렵겠지만 이틀은 시간을 줄게. 편안한 마음이 들도록 쏘다녀. 질문은 모레 저녁에 할게."

"고마워요. 저녁에 같이 술 한 잔 했으면 좋겠는데 그래주실래요?"

난 그녀를 데리고 엘 플로리디타 바에 갔다. 술이 취하자 그녀가 자신의 얘기를 했다. 난 조용히 들었다.

"아주 어렸을 때 그 사람을 만났어요. 아마 15살인가 16살이었을 거예요.

그 사람이 우리 집 근처로 이사를 왔고 그 다음부터 그는 내게 신이 되었어요. 그는 다른 세상에서 온 것 같았어요. 우리와는 너무 달랐으니까요. 나와는 30살 차이가 났는데 그런 건 사랑하는데 아무런 이유가 안됐죠. 아니 오히려 신비감을 키워줬죠. 풋내가 나는 또래들에게는 없는 아우라를 볼 수 있었죠. 자신감에서 나오는 따뜻함. 자상한 배려. 난 그를 하늘나라에서 날 위해 보낸 천사라고 믿었어요."

"내가 어렸을 때 살던 집은 그 사람이 이사 온 번쩍거리는 신도시와 맞닿은 볼품없는 구도심의 마지막 집이었죠. 비유를 하자면 난 지옥에서 늘 천당을 보고 산 셈이죠. 남편에게 버림받은 엄마, 사생아를 낳은 언니, 술집에 나가던 또다른 언니. 난 그런 환경에서 살았죠. 하지만 그는 모든 것이 우리와 달랐어요. 아침마다 기사가 출근을 시켜주고 가정부가 매일 집 청소를 해줬죠. 그때 우리 집에서 주스를 만들어 팔았는데 그는 아침마다 그 주스가 맛있다고 사러왔어요. 출장을 갔다 오면 늘 선물을 사다줬죠. 따뜻한 미소를 지으며 내게 꿈이 뭐냐고 물었어요. 아직도 그의 말이 귀에 쟁쟁해요.

'그래. 열심히 공부해. 내가 널 응원할게. 그리고 니 꿈을 이루는 날 내가 큰 선물을 줄게.'

"그 사람을 위해 공부했고 그 사람을 위해 날 가꿨고 모든 것을 했죠. 그는 내게 폭군이었고 교주였어요. 그런데 그가 날 버렸어요. 이유가 뭔 줄 아세요? 이젠 자신이 없어도 내가 잘 살 거래요. 생각해보세요? 모터가 사라진 팬이 의미가 있나요? 먼지만 켜켜이 뒤집어쓰고 계속 살 수는 없잖아요. 수없이 그를 죽이겠다고 결심했는데 번번이 실패했어요. 사실 이번에도 일주일을 요청한 건 그를 죽이고 오려고 했는데 결국 또 실패했네요. 아직 그 사람은 죽고 싶지 않데요.”

“그럼 결국 사랑의 실연 때문에 죽을 생각인 건가?”

“그건 사랑이 아니에요. 믿음이고 종교죠.”

그녀는 키다리아저씨 얘기를 하고 있었다. 내가 상관할 바는 아니었다.

“정말 열심히 살았어요. 그게 그 사람을 행복하게 하는 거라고 믿었으니까. 아니, 솔직히 말하면 버림받을까봐 전전긍긍했죠. 근데 내가 잘 된 것이 내가 버림받은 이유가 된 거잖아요. 그냥 적당히 살았으면 아직도 그 사람의 도움이 필요했다면 날 버리지 않았을 텐데 말이죠.”

난 입을 다물었다. 아직 많이 어렸다. 난 그녀를 초대한 것이 잘한 일인지 후회가 되기 시작했다.

“제안이 하나 있는데요. 오늘밤 섹스하고 죽는 건 어때요? 난 그러고 싶은데.”

“그럴 수 없어. 넌 문제를 풀어야 하고 또 난 나를 죽이기 전에 먼저 죽여야 할 사람이 적어도 한 명은 있어.”

“왜 그 사람을 꼭 죽여야 하죠? 쿠바사람인가요? 물론 이건 단순한 호기심이에요. 답 안 해도 돼요.”

난 잠시 망설였다. 굳이 그녀에게 형님 얘기를 할 필요가 있을까 싶었다. 하지만 엘 플로리디타의 몽환적인 분위기와 아바나의 노릇한 석양과 술기운이 내 입을 열게 했다.

“내겐 형님이 한 분 계시는데 그분은 사는 것보다 죽는 게 편하다고 생각하시지. 하지만 여러 번 자살을 시도했는데도 번번이 실패했어. 그래서 혼자 해결하지 못하는 죽음을 내가 처리해주기로 했어. 어차피 난 날 죽일 거고 법을 염려하지 않아도 될 테니까."

"형님은 왜 죽고 싶어 하고 아저씨는 왜 죽으려고 하는데요?"

"형님은 나라가 저지른 어떤 나쁜 일에 본인이 원하지도 않았는데 어쩔 수 없이 연관이 됐어. 그냥 자신의 일을 묵묵히 수행했는데 어느 날 사고가 일어났고 그 사고로 인해 동료들이 많이 죽었는데 자신은 살아남았지. 문제는 그 사고의 진실이 왜곡됐다는 거야. 그리고 사고의 원인이 거짓으로 꾸며지는 걸 보고 분노했지만 아무에게도 말할 수 없는 처지야. 만약 진실을 밝히면 살아남은 모든 사람과 그 가족, 죽은 동료들의 가족까지 감내하기 어려운 고통을 맞이하기 때문이지. 거기까지만 말하지."

"잘 이해가 되진 않지만 더 묻는다고 말해줄 것 같지 않으니 더 이상은 묻지 않을게요. 그러는 아저씨는 이유가 뭔가요?"

7

인생의 우노 마스가 꼭 쾌락을 위해서만 있는 건 아니다. 가끔은 지옥의 문을 열기 위해 누군가 외친다. 우노 마스. 크리스티나와 영원히 헤어진 이후 일 년 만에 조세린이란 여자가 내 앞에 나타났다. 내 죽음을 위한 새로운 한 판, 우노 마스는 바로 조세린이었다.

2011년 8월. 광활한 남미 사막에서 난 조세린을 만났다. 조세린을 칠레에서 만났을 때 난 망치로 머리를 맞은 것처럼 놀랐다. 죽은 크리스티나가 피부색을 바꿔 환생했다고 믿었다. 내가 만났던 아이티 여자 크리스티나와 칠레에서 만난 조세린, 두 여자는 완전 같은 사람이었다. 물론 두 사람은 다른 사람이다. 하지만 정말 무엇이 사실인지, 내 눈앞에 펼쳐진 모습을 이해할 수 없었다.

난 조세린을 만난 뒤 우연치고는 너무나 이상한 일도 다 있다고 생각했었다. 도무지 가능하지 않은, 아무리 내가 인간이 외계인에 의해 창조됐다는 제카리아 시친의 책을 읽고 동의했어도, UFO가 우리 몰래 우리 주위를 날아다는 것을 믿었어도, 죽은 사람의 영혼이 들어와, 내가 세상에 단 한 번도 말하지 못한 정말 창피한 나의 과거를 눈도 깜박이지 않고 내 여자친구가 화장실을 간 사이에 내게 태연히 말하는 내 여자친구의 여자친구를 만났다 해도, 도깨비가 우리가 다루던 쟁기나 곡괭이가 변한 존재라는 사실을 홋카이도 노브리베스에서 깨달았어도, 인간은 부처가 말한 것처럼 그저 신호체계를 잘 발달시킨 기계와 별반 다르지 않음을 깨달았을 때도, 어딘가에서 온 전능한 우주인이 우리를 지구라는 실험실 안에서 시험하고 있다는 걸 이해했어도 크리스티나와 조세린의 외모는 눈으로 보면서도 이해할 수 없었다.

조세린은 남미에서 만났지만 백인이다. 투명하다고 느낄 정도로 노란 머리에 벽옥의 파란눈에 육감적인 몸을 가지고 있었다. 같은 생김새지만 피부색이 밤처럼 검은 크리스티나에게서는 느낄 수 없는 느낌이었다. 피부색에 따라 같은 사람도 완전히 다른 느낌을 준다는 걸 처음으로 알았다. 어쩌면 크리스티나의 몸은 조금은 경건한 느낌이었다면 조세린은 같은 몸을 가지고 있어도 놀라울 정도로 섹시했다. 그녀에 대해 모르고 그녀를 만나면 독일 드레스텐 맥주집이나 스페인 마드리드 어느 역에서 만날 수 있을 것 같은, 원나잇스텐드를 위해 꼭 만나고 싶은 그런 여자의 모양이었다. 그녀를 채용하고 난 뒤, 그녀가 내 사무실 문을 열고 내 앞으로 걸어오면 내 눈은 어쩔 수 없이 그녀의 커다란 가슴과 잘록한 허리 그리고 쭉 뻗은 하얀 다리를 바라보게 됐다.

하지만 그녀는 그런 곳에서 만날 수 없는 여자였다. 그녀의 삶은 그런 세속과는 먼 신비롭고 비밀스러웠다. 그것이 그녀의 무서움이다. 더구나 그녀는 육체적으로 처녀다. 왜냐하면 그녀의 종교가 여호와의 증인이기 때문이다.

그녀는 내게 말했다, 자신은 처녀라고. 그 말을 할 때 그녀의 태도엔 섹스란 조금은 사적이고 터부시되는 개념은 완전히 배제되어 있었다. 나 역시 그녀가 자신의 처녀에 대해 말할 때면 조금은 종교적인 메시지를 접하는 기분이었다. 일테면 예수를 낳은 동정녀 마리아에 대한 얘기 같은 느낌이었다. 자신이 처녀라고 말할 때 그녀의 눈과 온몸은 자랑스러움이 배어나왔다.

그녀를 안 지 일 년이 지날 즈음 조세린이 문을 열고 들어와 내 앞에서 말했다.

"아타까마 데 페드로에 가고 싶어요."

"휴가를 낸다는 말이야? 다녀와. 바쁜 시기도 아니니까. 내 결재가 필요하진 않잖아."

"같이 가고 싶단 말이에요."

난 처음엔 그 말이 무엇을 뜻하는지 이해하지 못해 그녀의 입을 바라봤다. 부연설명이 있으리란 생각에서였다. 일테면 그녀의 친구들과 함께 가는데 차량이 필요하다거나 회사차원에서 야유회를 가고 싶다거나. 하지만 그녀는 그런 날 아무 말 없이 바라만 봤다. 난 이제 그녀의 입이 아닌 눈을 들여다봤다. 그녀의 눈은 다른 말을 하고 있었다.

"당장 답하지 않아도 된다면 시간을 주면 좋겠어. 오래 걸리진 않을 거야."

그녀는 고개를 끄덕이고 조용히 문을 닫고 나갔다.

결국 난 그녀와 함께 모래먼지가 몰아치는 아타까마 데 페드로에 갔다. 저녁에 도착한 우린 술집에 마주 앉았다.

"왜 날 좋아하지?"

"내가 내게 많이 물었던 질문이네요. 언제부터인가 좋아졌어요. 같이 일한 지 일 년이 다 돼가네요. 그냥 언제부터인가 당신이 좋아졌어요. 그래요. 시간이 날 그렇게 만들었어요. 시간이 내 종교적인 믿음을 파괴했어요. 그리고 그 파괴된 곳에 새로운 꽃이 피었죠. 당신에 대한 사랑의 꽃이 나도 모르게 피었어요. 새봄에 아무도 모르게 민들레 싹이 그 두꺼운 대지를 소리도 없이 가르고 뾰족이 나오는 것처럼 내 사랑이 그랬어요. 그리고 그 다음부턴 도저히 어떻게 할 수가 없었어요. 저항을 허락하지 않았죠. 생각해보세요. 그토록 두껍고 단단한 대지를 그 작은 싹이 가를 수 있다는 게 믿어지세요? 전 제 사랑을 믿어본 적 없어요. 그냥 순응할 수밖에 없어요. 그게 믿음이었다면 내 종교적인 믿음도 깨지지 말았어야죠. 믿음은 한없이 나약하다는 걸 절절히 느꼈어요. 시간 앞에서, 그 엄청난 시간의 파괴력 앞에서 과연 그 무엇이 견딜 수 있겠어요. 당신과 아무 감정 없이 보낸 6개월 넘는 시간동안 시간은 나도 모르게, 아무도 모르게 내 안에서 무엇인가를 하고 있었던 거예요. 알았으면 처음부터 저항했겠죠. 정말 나조차도 모르게 날 파괴한 거잖아요."

"내가 떠나는 걸 알잖아."

사실이었다. 난 복귀명령을 받은 상태였다.

"그래서 여기 온 거에요. 내 처녀를 주고 싶었어요. 당신이 떠나기 전에 내가 가진 가장 소중한 것을 주고 싶었어요. 그러지 않으면 도저히 살 수가 없다는 걸 깨달았으니까요. 세상엔 딱 한 번만 가질 수 있는 것들이 있잖아요. 그리고 그건 딱 한 번만 줄 수 있죠. 그러니 난 그걸 당신에게 줘야만했어요."

"떠나는 걸 막을 수 없다는 걸 알았기에 여기 온 거에요. 당신을 가질 수 없다는 걸 난 알죠. 당신의 온몸이 그걸 내게 보여줬어요. 바람을 잡아 세울 수는 없잖아요. 그럼 더 이상 바람이 아니게 되니까. 강물을 막으면 그건 더이상 강물이 아니니까. 시간을 막을 수 없듯이. 그래요. 흐르고 떠나야만 가치가 있는 것들이 우리에겐 있죠. 내 사랑도 그럴 거예요. 당신에게만 머물지 않겠죠. 시간처럼, 강물처럼, 바람처럼 흐르겠죠. 난 내 종교를 잊을 거예요. 어쩌면 지금까지와는 다르게 자유롭게 살겠죠. 그동안 못해 본 많은 것들을 즐기면서요. 차라리 잘된 일인지도 몰라요."

그녀는 허탈하게 웃었다.

국내로 복귀하고 1년 후 휴가차 나온 직원에게 그녀가 죽었다는 말을 들었다.

"떠나고 3개월 후에 사망했어요."

그는 죽었다거나 자살했다고 말하지 않았다.

"경찰도 자살로 처리했대요. 유서도 있고 음성도 남겼답니다. 자신의 몸을 절대 해치지 말라고. 그리고 화장해서 바다에 뿌려달라고 했대요. 가족들도 그녀의 뜻을 따랐죠. 누군가는 그녀가 종교 때문에 자살했다고 말하기도 해요. 결혼 전엔 어떤 경우에도 처녀를 지켜야하는데 아이를 가졌다는 말도 들렸으니까요."

그는 슬쩍 날 올려다봤다. 나도 모르게 눈물이 뚝뚝 떨어졌다.

내 얘기를 다 들은 그녀도 고개를 푹 숙이고 어깨를 들썩이며 흐느꼈다. 난 그녀가 울음을 그칠 때까지 조용히 해가지는 아바나의 석양을 바라봤다.

"그녀를 이해할 수 있어요. 나도 그랬으니까요."

눈물이 흐르는 얼굴을 손으로 쓰윽 훔치며 그녀가 말했다.

8

"좋아. 질문을 하지."

수정이 다음날 저녁 내 방으로 찾아왔다.

"쉬운 걸로 해주세요. 난 정말 죽고 싶으니까."

"쉬운 건 없어. 그렇다고 단답형은 아니니까 걱정 마. 이건 종합적인 사고를 필요로 하는 질문이야. 일테면 논술이란 말이지. 정답은 없어. 그냥 니 생각을 말하면 돼."

"좋아요. 해보세요."

"가정을 하나 하자. 세 사람이 길을 가고 있다. 아주 좋은 사람, 아주 나쁜 사람, 언뜻 보면 좋은 사람 같지만 속으론 진짜 나쁜 사람. 그런데 그 길은 아주 먼 길이고, 어쩌면 한 달 이상 걸어야할지도 모른다. 그런데 그들에 센 식량도 물도 없다. 그렇다고 앞으로 식량을 구할 수 있을지 없을지도 모른다. 너는 그 중 아무나 한 사람을 죽여야만 니가 살 수 있는 상황이다. 판단은 전적으로 니가 할 수 있다. 어쩔 수 없이 니가 한 사람을 죽여야한다면 누구부터 죽일 거야? 순서대로 말해봐. 물론 그 이유를 니가 끌어올 수 있는 모든 지식을 동원해서, 그리고 니가 죽을 자격이 있다는 사실과 니 삶의 경험을 알 수 있도록, 하지만 분명히 니 생각을 말해봐."

"생각할 시간이 필요하네요. 그 전에 섹스부터 하고 답하면 안 될까요? 일테면 이건 내 답이 만족할 만한 게 못 됐을 때를 대비한 거예요. 통과 못 하면 섹스도 못 하잖아요. 이렇게 멋진 곳에서 맘에 드는 사람과 섹스도 못 해보고 돌아가긴 싫거든요."

"안 돼. 그건 룰이 아냐."

"예외도 있는 거죠."

"목숨을 걸고 예외를 말할 수는 없어. 지금 우리에게 섹스는 우리를 파괴할 수 있는 자격과 같은 의미야. 파괴가 없는 섹스, 창조는 없는 거 알잖아. 이해한 줄 알았는데."

"어쩔 수 없군요. 알았어요. 맘에 드는 답을 하도록 노력해보죠. 하루를 주세요."

"좋아."

9

난 다시 형님을 만나 말레콘 방파제에서 낚시를 하며 럼주를 들이켰다. 그리고 내가 아이티에서 보낸 메시지를 찾아 읽으며 내 자살을 되새김질 했다.

스스로 그러하다는 자연(自然)과 스스로 죽는다는 자살(自殺). 스스로 창조한다고 생각하면 곧 내가 창조주가 되는 것이다. 얼마나 다른 해석이며 얼마나 다른 결과인가. 우리는 죽음을 두려워한다. 하지만 달리 생각해보면 자살은 스스로를 스스로가 스스로의 방식으로 재창조하는 얼마나 멋진 일이란 말인가.

난 그런 놀라운 삼단논법을 죽음을 결정하기 전까지는 몰랐었다. 내가 30살 이전에 시도했던 자살은 말했던 것처럼 삶이 그냥 고단해서 그 고통에서 벗어나는 유일한 길이 자살이라고 생각했던 것이다. 하지만 지금은 패배적인 것이 아닌 내가 스스로 창조하는 창조주의 입장에서, 그리고 버러지만도 못한 존재들로부터 스스로를 보호하는 탈출로써 얼마나 멋진 일인가?

난 그런 생각을 술에 취해 형님에게 말했다. 형님은 묵묵히 듣기만 하다가 불쑥 입을 열었다.

"내가 얼마나 자살을 원했는지 넌 알잖아."

난 고개를 끄덕였다.

"내가 죽지 못한 이유 중엔 우리나라의 좆같은 지식인들도 있다는 거 알아?"

"그건 무슨 말이에요?"

형님은 럼주를 목울대가 다섯 번쯤 꿀꺽거리도록 들이키고 입을 열었다.

"우리나라 자살엔 트랜드가 있어. 처음 자살을 한 사람들은 세상에 적응하지 못하는, 세상과 대적하다 처절하게 깨진 사람들이었지. 정부 말 믿고 빚내서 축산업 했는데, 원예업 했는데 책임져주지 않고 빚더미에 올라앉은 사람들이 빚쟁이들 독촉에 자식들 살리려고 농약 마셨었지. 그 다음엔 공부에 지친 학생들이 그 뒤를 이었어. 그들은 약속이나 한 듯이 높은 곳에서 뛰어내렸지. 그들이 그토록 멀게만 느꼈던 정상에 올라서 자신들이 있던 바로 그 자리를 향해 날은 셈이지. 그 다음엔 IMF란 거대한 먹구름이 온 나라를 덮쳤잖아. 여기저기서 모두가 세상 패배자가 되어 할 수 있는 모든 방법을 동원해서 죽어나갔지. 이때까지만 해도 자살자들은 세상에 패한 사람들이라고 모두가 매도했잖아. 죽을 용기만 있으면 살 수 있지 않느냐고, 지식인이란 놈들이 신문에서 방송에서 그렇게 훈계해댔지. 그들이 그런 소리를 해대자 누군가 인터넷 댓글로 이렇게 소리쳤어.

'절망에게 함부로 희망을 말하지 말라.'

난 아직도 그 말만 생각하면 가슴이 징-하며 울리곤 해."

거기까지 말한 형님은 다시 럼주병을 입에 쑤셔 박았다.

"그리고 연예인들이 죽기 시작했지. 누구 말대로 모두가 살인자일 수도 있고 너무 정상만 바라본 탓도 있을 거야. 장자연의 경우는 저 높은 곳에 있는 새끼들이 여자의 수치심을 자극해 죽인 거지. 어떤 부자(父子)놈들은 구멍 동서까지 됐잖아. 그래도 그놈들은 자살하지 않아. 왜 수치심이 없기 때문이지. 그리고 드디어 카이스트 대학생에, 최우수 교수까지 죽었어. 그 교수의 자살 사유는 '명예심에 손상이 갈 것에 심리적 압박을 느껴'서라고 그를 아는 다른 교수가 말했잖아. 수치심을 느꼈다는 말이지. 수오지심(羞惡之心)이라 했잖아. 사람으로서 살아가는 오단 칠정 중 세 번째. 수치심은 인간이 가진 기본이란 말이지.

한 사람이 채 땅에 묻히기도 전에 연구비 2,200만원을 횡령했다는 기사가 온 나라에 쥐떼처럼 들끓었고 스스로 목숨을 끊은 그 분만이 아니라 그 가

36

족, 지인, 사돈에 팔촌까지 수치심에 몸을 떨어야 했지. 능지처참도 이 정도는 아니야. 아버지가 재벌이어서 힘없는 사람 야구방망이로 두들겨 패고도 집행유예 선고 받고 낯 버젓이 들고 다니는 사람에겐 상관없는 이야기일지 모르지만 세계적인 과학자를 아버지로 두고 남편으로 두고 지인으로 둔 사람들은 그 기사 때문에 수치심에 세상이 두려웠을 거야.

수치심이 없는 인간들이 수오지심을 가진 사람들을 죽음으로 내 모는 현실이 우리나라란 말이야. 이건 동물이 사람을 창피하게 만들어서 사람이 죽는 거나 같은 일이야. 어떻게 수치심이 없는 금수가 사람을 수치스럽게 할 수가 있지?

이젠 높고 낮은 것도 없고 패배나 승리도 없어. 그냥 이 나라는 죽어도 이상하지 않는 나라가 된 거야. 하기야 전과 14범이 대통령이 되고 정부관료 국회의원들, 판,검사가 국민의 의무인 군대 안 가도 떳떳이 살 수 있는 정말 이상한 나라에서 뭐가 이상한 일이 되겠어.

경제를 갱제라고 말한 전임 대통령은 IMF로 수많은 사람을 죽여 놓고 별소리 다하면서 살다 늙어죽었지. 경제를 잘 안다고 다 부자 만들어주겠다는 대통령은 물가가 폭등하는데 비싸면 소비하지 말래. 근데 그자들은 절대 자살 안 해. 왜 안 하냐면 수치심이 없기 때문이지. 한 달에 백만원으로 온 식구가 살아야 하는 남미국가들도 심지어 아프리카 사람들도 안 죽고 신나게 사는데 말이야."

형님은 새로운 럼주병의 두껑을 열고 시원하게 들이켰다.

"아무도 날 죽으라고 강요하지 않지만 난 죽음이 편할 것 같다. 내가 그들을 볼 자신이 없기 때문이야. 옛말에 한 하늘을 이고 살 수 없다는 말이 있잖아. 내가 그들을 죽일 수 없다면 내가 사라지는 것이 유일한 방법이지. 그게 내가 죽고 싶은 이유야."

10

수정이 날 찾아왔다. 자신 있다는 표정이었다.

"The way back이란 영화가 생각났어요. 그 사람과 헤어진 뒤 두 명의 남자와 하루 종일 섹스를 하고 난 뒤에 정말 할 일이 없어서 봤죠. 한 명은 내 분야에선 막강한 영향력을 행사하는 날 가르쳤던 교수였고 한 명은 같은 분야에서 역시 막강한 영향력을 행사하는 저널리스트였어요."

"거두절미."

난 그녀에 대해 더 알고 싶지 않았다. 그건 별로 도움이 안 되는 일이었다.

"알았어요. 소련 수용소에 갇힌 사람들이 탈출한 영화죠. 거기 아주 나쁜 사람이 나와요. 탈출을 같이 했죠. 나머지는 아주 착한지는 모르겠어요. 그냥 각자 아픔을 가지고 있는 사람들이죠. 리더가 한 명 있고요."

주인공들은 고비사막을 건너고 히말라야를 넘어 11개월 동안 6,500킬로미터를 걸었다. 시베리아에서 인도까지. 사실을 영화한 거라고 했다.

"소녀도 한 명 나오지? 중간에 합류한."

"네. 그리고 그녀는 죽죠."

"결론, 답을 말해."

"당연히 좋은 사람을 먼저 죽일 수 없죠. 그리고 나쁜 사람은 모두가 경계하니까 괜찮아요. 가끔은 도움이 될 때도 있죠. 나쁜 짓을 해야만 하는데 아무도 하지 않을 때, 그가 나서서 나쁜 짓을 해요. 일테면 민가에 가서 음식을 훔치거나, 자신들의 생존을 위해 누군가를 죽여야만 할 때."

"그래서?"

"그럼 남는 건 한 명뿐이잖아요. 겉으론 좋은 사람 같지만 속으론 나쁜 사람."

난 안타깝게 그녀를 바라봤다. 난 어쩔 수 없이 섹스도 없이 혼자 죽어야 한다고 결론 내렸다.

"넌 진짜 나쁜 놈에 대한 정의부터 틀렸어. 조무래기를 진짜 나쁜 놈이라고 착각한 거야. 진짜 나쁜 놈은 자신이 직접 누군가를 죽이지 않아. 고통으로 죽게 만들든가 다른 사람을 이용해서 죽이지.

삶에 복선 같은 건 없어. 진짜 나쁜 놈은 진짜 나쁜 놈이니까 진짜 나쁜 놈인 거야. 그러니 제일 먼저 죽여야지. 우리 삶에 복선이 있으려면 전지전능한 존재가 있어야 해. 게임을 하듯 그런 존재가 우리 삶을 조정한다면 가끔은 복선을 만들 수 있겠지. 나중에 큰 행복을 위해 지금 고난을 이겨내야 한다든가, 나쁜 놈이 진짜는 좋은 놈이었다는 식으로. 그런데 신은 없고 그러니 복선을 만들 주체가 없는 거야. 넌 실수를 한 거야. 아니 실수가 아니라 아직 제대로 세상을 모르는 거지. 그러니 더 경험하고 더 배워야 해. 물론 지금 죽을 자격이 없는 거지. 미안한데 이렇게 말할 수밖에 없다. **Way back for life.**"

"정말 날 보낼 건가요?"

난 고개를 끄덕였다.

"오늘밤 섹스는 안 되나요?"

난 고개를 저었다.

그녀에게 비행기 티켓을 내밀었다. 그녀는 멍하니 날 쳐다보다 너덜너덜해진 청바지를 끌고 검색대로 걸어갔다. 난 뒤돌아서서 걸었다. 날 부르는 소리에 뒤를 돌아보자 그녀가 내 등 뒤에 서 있었다. 난 무슨 일이냐고 눈으로 물었다.

"궁금한 게 있는데요. 얼마나 많은 사람들이 연락을 해왔어요?"

"왜 그게 궁금하지?"

"그냥요. 그냥 궁금해요."

"없어. 니가 유일해."

"진짜에요?"

난 고개를 끄덕였다.

"그렇군요. 아저씨는 정말 죽을 거예요?"

"그럼 넌 정말 죽으려고 여기 온 게 아니었어?"

"그건 아니에요. 확고했어요. 그건 지금도 마찬가지구요. 다만 혼자는 용기가 나질 않아서 여기까지 온 거에요. 또 아저씨를 만나보고 싶은 이상한 호기심도 있었구요. 진짜 연탄가스 마시면서 죽긴 싫었거든요. 아저씨를 만나보고 정말 글을 읽으면서 생각한 모습이라면 흔쾌히 죽을 수 있을 거 같았어요. 먼 길을 가기엔 딱인 사람을 만났다고 생각했는데, 결국 동행하지 못하고 이렇게 되돌아가네요. 다시 기회는 없는 거죠? 일테면 다시 문제를 풀 기회라든가, 아니면 섹스만이라도."

난 가볍게 고개를 저었다. 그녀는 그런 날 한참이나 쳐다보다가 다시 검색대를 향해 돌아서 걸어갔다. 이번엔 그녀가 검색대로 완전히 들어갈 때까지 지켜봤다.

11

수정과 헤어져 형님을 만나러 말레콘으로 향했다. 이미 연락을 해둔 상태였다. 형님은 럼주와 낚싯대를 준비해두고 있었다. 우린 방파제로 나갔다. 낚시를 하기엔 파도가 거셌지만 낚싯대를 바다에 처넣고 살사에 몸을 흔들며 우리 형제는 럼주를 마셨다.

"이런 날 죽으면 좋겠다는 생각이 든다."

형님이 무심한 듯 바람소리와 살사음악 소리에 실어 말했다. 난 짧게 반문했다.

"그렇지?"

말레콘방파제에선 노릇노릇 해가 저물고 아바나도 우리도 노릇노릇 물들어갔다.

우린 형님이 머무는 주택으로 돌아왔다. 이미 상당히 취한 상태였다.

"앉아서 술이나 한 잔 하고 있어. 저녁 준비할게."

난 고개를 끄덕이고 다시 잔에 술을 따랐다. 형님은 주방에서 덜그럭거리며 음식을 준비했다.

난 내게 준비한 질문을 내게 했다.

후회 없어?

수정도 내가 던진 질문에 답을 찾기 위해 고민했을 것이다. 나 역시 이 간단한 답을 찾기 위해 긴 시간 고민했다. 그리고 내 대답은 이랬다.

후회 없어. 다만 그리울 뿐이야. 먼 시간들이, 내가 아팠던, 날 아꼈던, 내가 아꼈던 사람들과 그 시간들이 그리울 뿐이야. 하지만 다신 아프고 싶지 않아.

고통을 끝내는 유일한 방법이 내 삶을 단절시키는 것이 최선이란 결론에 어떤 의문도 없었다. 자신의 삶에 충실하고 타인을 나처럼 사랑하며 살아온 사람은 사람 같지도 않은 인간들에게 손가락질 받는 것보단 죽음이 훨씬 편안하다는 걸 이해한다.

형님의 말처럼 절대 스스로 죽을 수 없는 인간들이 있다. 그 인간들은 세상을 바라보는 시각이 다르다. 우리라는 인간군상들을 우습게 알고 자신들은 우월한 존재라고 믿는 족속들이다. 잊을 거라는 믿음. 잊혀질 거란 확신. 그게 그들에게 만용을 준다. 더러운 존재들.

나는 이제 내가 만난, 그리고 나보다 먼저 이 세상을 떠난, 그리고 결국 날 자살로 이끈, 두 여자의 파편적인 주술들을 진주를 모아 목걸이를 만들 듯 하나의 완성된 주문으로 이해할 수 있다. 그리고 내 안에 그 모든 갈망과 욕정과 파괴의 본능들이 오래도록, 폭발을 기다리는 마그마처럼 부글거리며 들끓고 있다는 걸 내 눈으로 내 안의 심연을 들여다보고 있다. 즐길 만큼 즐겼고 그 즐김을 통해 내가 알아야 할 것들을 촉수 낮은 알전구 밑에서, 아니면 촉수가 퇴화된 파충류처럼, 도수가 맞지 않는 안경을 착용한 시력장애자처럼 알지도 못하는 점자들의 조합을 막무가내로 더듬고 또 더듬고 그러기를 몇 십 년 만에 겨우 이야기의 줄거리를 파악할 수 있었다.

내가 만약 두 여자를 만나지 못했다면 난 아직도 청맹과니처럼 알지도 못하는 이 세상에서 죽이고 싶은 인간들과 멍청한 짓거리를 계속하고 있었을 것이다.

이터널 스피릿, 스위스에 있다는 자살을 돕는 단체의 이름이다. 내 영혼이 날 깨우쳐주는 지금, 난 내 닳고 닳아서 쓸모없어진 몸을 버리고 잠자리의 화려한 변태(變態)처럼 다시 창조되려한다.

대체된다는 건 슬픈 일이다. 다시 생을 부여받는다는 건, 다시 인간으로 태어난다는 건 그냥 대체되는 것이다. 새로운 창조는 대체품일 수 없다. 버전업이 아닌 완전히 새로운 그 무엇이 되고 싶다. 어쩌면 내 뼈 한 조각이 다음 생에서 저 대양을 호령하는 범고래가 될 수도 있고 히말라야를 거니는 늑대이거나 그 늑대가 쉬는 작은 동굴일수도 있겠다. 그것이 완전하게 다시 태어나는 창조이다.

난 조용히 총을 꺼내 들었다. 저녁을 먹고 나면 난 형에게 총을 겨누지 못하리란 것을 알았다.

모든 죽음은 개별적이지만 또 사회적이기도 하다.

김일의 박치기

어둠이 먹물처럼 흘러내리고 광장에선 촛불들이 민들레꽃처럼 피어나고 있었다. 밤의 어둠과 촛불의 밝음이 만나는 선이 하얀 도화지에 굵은 연필로 힘주어 그은 선처럼 선명했다. 한겨울 찬바람도 두 세력이 팽팽히 부딪히며 뿜어내는 뜨거운 열기 때문에 광장 밖에 머물고 있었다. 그것이 인터넷방송을 통해 중계되는 광화문광장의 모습이었다.

벽에 걸린 시계의 시침과 분침이 일직선상에 놓였다. 오후 6시. 난 건물로 공급되는 전기를 차단했다. 컴퓨터화면에서 마우스를 이용해 차단기 「OFF」버튼을 클릭하면 끝이었다. 차단기가 열리고 외부전원이 차단되자 즉시 비상발전기가 돌기 시작했다. 외부전원을 공급하는 차단기가 동작하면 자동으로 비상발전기가 가동되도록 프로그램이 되어 있었다.

난 필요한 장소에만 전기를 공급했다. 외부에서 공급되는 전기는 공급처를 통제할 수 없지만 비상발전기는 꼭 필요한 곳에만 공급할 수 있는 기능이 있었다.

32층에 있는 사장은 전기가 차단됐었던 사실을 모를 것이다. 외부전원이 차단되고 비상발전기가 가동되어 내가 사장실이 있는 32층에 전기를 공급할 때까지 짧은 시간은 무정전장치를 통해 전기가 공급된 것이다. 전기가 차단되고 무정전 전원공급장치로 전원이 절체(絶體)되는 시간은 그야말로 찰나였다. 0.3초.

이번엔 다른 컴퓨터를 이용해 건물과 외부로 통하는 모든 출입구와 건물 내부에 설치된 통로를 폐쇄했다. 엘리베이터도 정지됐다.

광화문광장을 바라보고 서 있는 지상 33층, 지하 5층의 이 건물은 이제 완전히 폐쇄됐다. 누구도 이 건물의 시스템을 살려낼 수 없을 것이다. 통제권은 오로지 내 손에 있다.

이 건물엔 나를 포함해 단 두 명만 있다. 난 이 건물의 가장 낮은 곳, 지하 5층에 있고 다른 한 사람은 가장 높은 곳, 33층 펜트하우스에 있다. 주말에도 일이 있어 출근한 직원들은 모두 퇴근하라는 지시를 받고 이미 빌딩을 떠났다.

회사는 지난 번 촛불집회 때, 오후 7시에 주최측이 벌인 촛불소등행사에 회사 건물이 함께 소등됐다는 이유로 당시 근무했던 관리 인력들을 모두 해고했었다. 오늘도 직원들이 창을 통해 촛불을 지켜보지 못하도록 토요일 출근해서 일을 하던 모든 직원에게 오후 5시에 퇴근을 지시했다.

나는 비정규직 기계정비원이며 이 회사에 1년째 근무하고 있다. 난 펜트하우스에 남아 있는 사장이 불편하지 않게 난방과 필요한 지원을 위해 기계실에 남겨졌다. 그리고 내겐 비공식적인 또 하나의 일이 있다. 난 사장의 이종격투기 스파링 파트너이기도 했다.

난 매를 맞을 줄 알았다. 난 상대의 동작을 슬로비디오처럼 느린동작으로 잘라서 볼 수 있는 눈을 가지고 있었다. 그래서 최고의 파이터이자, 동시에 맞아도 치명상을 피하는 방법을 알았다. 사장이 맘껏 휘두르게 하고 또 적당히 맞아줬다. 하지만 부상을 당하지는 않는다. 적당히 상대의 전투욕을 불러일으키는 방법도 안다. 나는 그에게 최고의 스파링파트너인 셈이다.

"니 월급은 매값이야. 난 돈을 주고 정당한 게임을 하고 있다는 말이야. 요즘 세상 좋아졌다고 지랄을 떠는 것들이 말하는 갑질이니 뭐니 하는 것과는 거리가 멀다는 뜻이야. 알겠어?" 사장이 했던 말이다. 난 고개를 끄덕였다.

사장이 나를 상대로 이종격투기를 하는 날은 그가 화가 난 날이다. 그가 화가 난 이유는 다양했다. 회장에게 싫은 소리를 들었을 때, 회사가 안 좋은 일로 언론매체에 보도될 때, 분기실적이 좋지 않을 때, 아내와 싸운 날, 아들이 말을 듣지 않을 때 등등 다양했다.

사장은 무엇이 자신을 화나게 했는지 주먹을 날리며 내게 말했다. 내가 왜 맞는지 알아야 한다는 것이 그의 주장이다. 아마도 오늘은 광화문광장에 매서운 영하의 바람이 부는데도 촛불시위가 시작된 이후 가장 많은 170만 명의 촛불시민이 참여했기 때문일 거라고 생각했다.

뭐든 상관없었다. 오늘은 그가 맞을 테니까.

난 기계실을 나와 엘리베이터를 타고 32층으로 향했다. 그리고 사장의 개인 체육시설이 있는 32층에 카메라 세 대를 설치했다. 곧 있을 사장과의 이종격투기를 기록해야만 했다. 기록된 영상들은 내 무죄를 입증할 증거가 될 것이다. 설령 그가 죽는다 해도 난 사장의 주장처럼 정당한 게임을 했을 뿐이다. 이제까지 그가 내게 가했던 폭력들은 고스란히 오늘 저녁 그에게 되돌려질 것이다. 극한의 고통이 무엇인지 그는 오늘 저녁 알게 될 것이고 어쩌면 죽을 수도 있었다. 난 자비를 베풀지 않을 것이다.

CCTV가 동작하는 것을 확인한 후 휴대전화 기지국과의 전파차단기 두 대를 설치했다. 30층부터 33층까지는 완벽하게 전파가 차단될 것이다. 마지막으로 난 벽을 따라 설치된 가스배관을 살폈다. 약 2시간 후면 배관은 내부를 흐르는 가스의 압력을 견디지 못하고 잘릴 것이다. 그리고 그 순간 잘린 배관이 휘면서 옆 철골을 때리며 발생한 불꽃이 잘려진 가스배관에서 뿜어져 나온 가스에 불을 붙일 것이다. 그리고 엄청난 폭발이 뒤따를 것이다.

모든 준비를 마치고 난 창을 통해 광장을 바라봤다. 촛불들은 점점 부피를 키워가고 있었다. 광장에 어둠이 내리기 시작하자 그 어둠을 밀어내는 촛불들이 언 땅에 새싹들이 돋아나듯 피어나고 있었다. 하나하나 모인 촛불들은 거대한 불덩이가 되었고 그 불덩이를 타오르게 하는 에너지는 역설적으로 광장을 덮고 있는 검은 어둠이란 생각이 들었다. 이 나라를 뒤덮고 있는 어둡고 음습한 세력에 대항하기 위해 촛불이 타올랐듯이 광장을 가득 메운 촛불들은 제 몸을 태우는 것이 아니라 광장을 덮고 있는 검은 어둠이 마치 대지로 솟구친 원유처럼 불꽃을 키우는 연료가 된 듯 했다. 그런 느낌은 촛불들이 파도를 탈 때 더욱 분명했다. 기름을 부은 것처럼, 흔들리던 촛불이 화-악 폭발한다고 느꼈다. 한참을 촛불집회를 바라보다 다시 기계실로 내려왔다.

난 유튜브에서 김일과 안토니오 이노키의 1974년 대결을 검색해서 재생시켰다. 선생님이 광화문에서 쓰러지고 난 후 복수를 생각할 때마다 보고 또 본 경기장면이다.

두 사람 모두 역도산의 제자였고 한 때는 파트너로써 게임에 임했던 절친한 그리고 뛰어난 레슬러였다. 김일 선수는 고흥출신으로 씨름을 하다 레슬러가 되기 위해 28살에 여수에서 일본으로 밀항을 했다고 한다. 밀입국이 적발되어 교도소에 갇힌 뒤에도 역도산에게 편지를 보내 역도산의 보증으로 풀려난 뒤 역도산의 제자가 됐고 이노키는 광부의 아들로 태어나 브라질로 이민을 가서 투포환선수를 하다 되돌아와 역도산의 제자가 됐다. 김일이 일 년 선배였다.

해설가는 여러 가지 두 사람의 갈등과 분열을 설명했다. 박치기를 기술로 익히라는 조언은 역도산의 조언이었다고 해설가는 말한다.

김일은 일본인의 트라우마인 핵폭탄이 터지는 가디건을 걸치고 링에 오른다. 그가 입은 가디건이 그의 결연함을 보여주고 있다. 그게 기분이 나빴을까 이노키는 김일이 가디건을 펼쳐 보이는데 갑자기 주먹으로 김일을 가격한다. 경기가 시작된 후에도 주먹으로 가격을 시도하고 있다. 레슬링에서 주먹을 이용한 가격은 반칙이었다.

이노키가 사이드 헤드락을 걸자 김일 선수가 다리치기를 통해 빠져나온다. 이노키는 김일의 박치기를 의식해 경기 내내 김일의 머리를 왼손으로 밀고 있다. 무섭긴 무서운 모양이다. 이노키가 김일선수에게 코브라 트위스트를 걸자 김일이 슈프렉스로 뒤집어 매친다. 이어서 이노키가 양팔을 뒤로 꺾은 뒤 타이거 슈프렉스로 되치기를 한다. 이노키가 끝내기를 하기 위해 김일의 배위에 올라타고 누르는데 김일이 배치기로 빠져나오자 이노키는 다시 한 번 타이거 슈프렉스를 위해 팔을 꺾어 감는 순간 김일이 역으로 슈프렉스를 한다. 당시 김일의 나이가 40살을 넘겼는데도 저런 기술을 보여주는 건 대단하다.

김일이 박치기를 하기 위해 이노키의 머리카락을 감아쥐자 이노키는 팔을 뻗어 김일의 머리가 들어오지 못하도록 손으로 밀어낸다. 김일이 빠르게 머리를 빼내 복부에 첫 번째 박치기를 날린다. 이노키가 복부를 싸안고 비틀거린다. 김일이 복부에 두 번째 박치기를 한다. 이노키가 복부를 싸안는 틈을 이용해 박치기가 이노키의 머리를 강타한다.

두 번째 세 번째 박치기가 연속으로 작렬하자 이노키가 쓰러진다. 또 한 번 박치기가 작렬하고 이노키가 킥을 날리지만 연이어 박치기가 들어간다. 이노키가 다시 쓰러진다. 다시 박치기. 이노키가 링 밖으로 굴러 떨어진다. 연속되는 박치기. 이노키의 이마에서 피가 흐른다.

이제 끝내야할 때라는 걸 아는 김일의 마지막 박치기가 들어가는 순간 이노키의 바디 슬램, 백 드롭이 연속으로 먹힌다. 김일이 어이없이 매트에 눕고 심판의 카운트가 빠르게 계속된다. 예상치 못한 결과다. 허를 찔린 것이다. 하나, 둘 셋. 어이없는 패배다. 경기가 일본에서 열린 탓이리라. 그럼에도 경기가 끝난 후 둘은 끌어안고 눈물을 흘린다. 언뜻 이해할 수 없는 크로징(Closing)이지만 두 사람의 관계와 그들이 저 자리에 서기까지 흘렸을 피땀을 안다면 충분히 이해할 수 있는 일이었다. 난 선생님처럼 실시간 경기를 보진 못했지만 수없이 반복해서 보고 관련된 글들을 읽었기에 두 사람의 진실을 볼 수 있다.

난 다시 광화문광장 촛불집회 중계 화면을 컴퓨터에 띄웠다.

저녁 7시. 촛불집회를 생중계하는 인터넷방송을 통하여 광화문광장에서 일제히 촛불들이 꺼지는 순간 난 이 건물의 모든 출입문을 봉쇄하고 건물 전체를 소등했다. 시간이 천천히 흐른다. 10초, 20초. 내부망 전화기가 거칠게 운다.

"네."

난 평소와 달리 느리게 그리고 길게 여운을 끌며 낮은 목소리로 대답했다.

"야, 전기가 나간 거 몰라?"

내가 아무 말이 없자 무엇인가 생각났다는 듯이 욕이 튀어나온다.

"야 새꺄, 니가 지금 저 빨갱이 새끼들 따라서 소등한 거야?"

"네."

"이 새끼가 미쳤어! 죽고 싶어! 당장 전원 올려!"

씩씩대는 목소리가 전화기를 타고 울렸다.

난 33층 펜트하우스에 전원을 투입했다.

"너 이 새끼 당장 뛰어……."

사장이 말을 마치기 전 난 굳게 닫혀 있던 펜트하우스 유리문의 원격 열림 아이콘을 클릭했다. 거대한 유리문이 양 옆으로 밀려나며 열렸다. 복도에 있는 전등을 켜자 칠흑 같던 복도가 대낮처럼 환해졌다. 난 CCTV를 통해 33층 사장실에 있는 사장을 관찰했다.

"어- 이거 뭐야. 지금 뭐하는 거야?"

무슨 일이 벌어지고 있는지 알 수 없어 당황한 얼굴이 깊은 숲속에서 맹수를 만난 사람의 얼굴처럼 공포로 일그러지고 있었다. 난 사장이 주변을 두리번거리는 모습을 지켜보다 마이크를 켰다.

"32층으로 오시죠. 스파링을 시작해야죠. 화가 나면 주먹으로 해결하는 게 사장님 방식 아닌가요?"

"그래. 당장 뛰어와. 넌 오늘 죽었어."

"건물은 폐쇄됐습니다."

"뭐라고?"

사장은 내 말을 이해하지 못한 듯 아니면 잘못 들은 듯 CCTV를 향해 되물었다.

"이 건물은 완전히 폐쇄됐다고요. 그리고 통신도 차단됐죠."

사장은 책상에 있는 전화기를 들어 외부로 전화를 시도하다 연결이 안 되는 걸 확인했는지 자신의 휴대폰으로 통화를 시도했다. 하지만 통신은 완전히 두절됐고 휴대폰의 신호를 보내는 신호기들은 방해전파로 인해 벽을 넘지 못하고 있었다. 사장은 휴대폰과 CCTV를 번갈아 보다가 뛰기 시작했다.

사장은 열린 문을 뛰어서 통과한 후 사장실 전용 엘리베이터를 향해 뛰었다. 하지만 엘리베이터의 전원은 차단됐고 아무리 버튼을 눌러도 움직이지 않는다는 걸 확인한 얼굴에 땀이 흐르는 모습이 내가 줌업(Zoom-up)으로 보는 카메라에 고스란히 잡혔다. 붉어진 얼굴에 목에는 핏줄이 굵어져 있었다.

"다른 엘리베이터는 움직이지 않습니다. 문이 열린 엘리베이터를 타세요.”

 사장은 끈에 매달린 인형처럼 빛을 따라서 걸었다. 사장 앞에 엘리베이터가 멈추고 문이 좌우로 열렸다. 사장은 뒷걸음을 치며 엘리베이터에 올라탔다. 엘리베이터는 32층에 멈췄다. 사장이 체육시설로 들어서자 문이 닫혔다. 난 마이크 전원을 올렸다.

 “링 위에 글러브가 있어요. 그걸 끼세요. 그렇다고 오늘 경기종목이 권투는 아닙니다. 권투는 시시하잖아요. 늘 했던 것처럼 이종격투기죠. 글러브를 끼든 아니면 맨손으로 하건, 그건 선택하면 됩니다. 조금만 기다리세요”

 스피커에서 울려나오는 내 목소리에 사장은 주변을 두리번거렸다.

Round 1

<blockquote>
큰 슬픔을 견디기 위해서
반드시 그만한 크기의 기쁨이
필요한 것은 아닙니다.
</blockquote>

 내가 선생님을 처음 만난 건 12살 때였다. 난 아동보호시설에 있었고 선생님은 봉사활동 차 매달 셋째 주 일요일에 카톨릭단체 사람들과 함께 내가 있는 보호시설을 방문했다. 가끔은 두 딸과 함께 올 때도 있었다.

 남자회원들은 시설 수리부터 잡초제거, 쓰레기 치우기 같은 일을 했고 여자회원들은 우리를 위한 점심식사를 준비하거나 어린아이들을 돌보기도 했다. 선생님은 농사를 짓는다고 했다. 보호시

섬엔 꽤 널직한 공터와 산 밑에 놀고 있는 땅이 있었고 선생님은 그곳을 밭으로 만드셨다. 먼 거리인데 트럭에 경운기를 싣고 와 하루 종일 개간을 하셨다. 그리고 그곳에 철 따라 작물을 키우셨다. 정기봉사일이 아닐 때도 농사는 때가 중요하다고 말씀하시면서 혼자 달려와 농사를 지으셨다. 난 땅을 일구며 농사를 짓는 모습이 좋았고 그래서 다른 아이들이 놀러갈 때도 선생님을 도와 함께 농사를 지었다. 선생님은 퇴비를 만들고 유기농이란 방법으로 농사를 지었다.

"너희들이 먹을 건데 농약을 하면 안 되지. 건강하게 자라게 해야 돼. 땅이 힘이 있어야 돼. 그게 건강한 작물을 키우는 최고의 방법이야."

다른 아이들이 건성일 때도 난 열심히 했다. 땅을 일구고 쉴 때면 선생님은 내게 이런 저런 얘기를 들려주셨다. 어린 나이에 무슨 얘기인지도 모르면서 난 고개를 주억거렸다. 그때까지 난 농사꾼을 무식하다고 생각했는데 선생님을 만난 뒤론 그런 생각이 달라졌다. 아는 것도 많았고 세상에 대해서도 많은 얘기를 해주셨다.

"농사는 정직한 일이야. 이 땅에 우리 먹거리를 가꾸는 일만큼 큰일도 없다." 선생님이 늘 하시던 말씀이었다.

"힘들다고 포기하면 결국 지는 거다. 기름진 땅이 좋은 작물을 키우듯이 사람도 스스로 튼튼한 몸을 만들어야 거기서 좋은 성과를 낼 수 있는 거야. 몸과 마음을 함께 건강하게 키워야 하는 거지."

난 언제부터인가 선생님을 아버지, 어머니로 생각하고 있었다. 세상에 대한 분노가 조금씩 걷히고 감사함이란 것이, 작은 씨앗이 거대한 나무로 자라듯 내 안에 자라났다. 세상이 혹독한 겨울에서 따뜻한 봄으로 변해갔다. 그리고 한 해 한 해 내 몸과 마음이 자라면서 나도 반듯하게 자라, 선생님이 실망하지 않는 사람이 되리란 각오가 내 삶을 변화시켰다.

선생님은 밭을 일군 지 3년 후부터 밭에 밀을 심으셨다.

"우리 것을 지켜야 돼. 이 밀이 자라면 이 밀로 빵을 해먹자. 내가 오지 못할 때는 니가 이 밀을 가꾸어 돼. 잘 할 수 있지?"

난 학교에서 돌아오면 매일 밀밭에 나갔다. 풀을 뽑고 가뭄엔 호스를 연결해 밀밭에 물을 뿌렸다. 바람에 한들거리는 밀밭을 보며 선생님이 처음으로 날 칭찬했다. 행복했다. 그리고 선생님과 함께 있는 삶을 꿈꾸었다.

"시작할까요?"

내가 사장을 향해 다가가며 말하자 사장이 씩씩거리며 달려왔다. 사장은 글러브를 끼지 않았다.

"오늘은 게임을 조금 다르게 하죠."

"뭐야?"

내 말에 인상이 일그러지며 날 보고 소리쳤다.

"라운드로 나눠서 게임을 하죠. 5라운드 게임. 라운드당 2분 경기, 5분 휴식. 그리고 오늘 규칙은 내가 정하니까 다른 말은 하지 마세요."

"뭐야 새끼야! 이 새끼가 미쳤나. 지금 무슨 헛소리를 하는 거야."

일그러진 얼굴에서 모욕을 당했다는 표정을 짓고 있다.

"오늘은 그렇게 하죠. 이제까지 하던 경기와는 다를 테니까 중간에 쉬어야죠."

사장이 달려들며 팔을 휘둘렀다. 난 가볍게 비켜서며 래리어트를 날렸다. 사장이 목을 잡고 비틀거리며 링 코너에 처박혔다. 이 상황을 이해하지 못한 당황한 눈빛과 분노가 눈에서 이글거렸다. 저 눈빛은 곧 감당할 수 없는 공포로 변할 것이다.

"너, 너."

사장의 목에서 울리는 소리는 입 밖으로 빠져나오지 못하고 혀에 감겨 질척거리는 소리가 됐고 그 소리가 다시 목으로 기어들어가고 있었다. 충격으로 말이 제대로 구사되지 못했다.

"오늘은 진짜 시합을 하기로 했어요. 이전 같은 장난 말고. 그래야 하는 거잖아요. 정정당당하게 실력으로. 알았죠? 그러니 휴식시간이 필요하다는 말이에요."

난 사장으로부터 한 리치만큼 비켜서서 그가 다시 일어날 때까지 기다렸다. 1라운드는 아직 1분30초가 남아 있었다. 1라운드로 게임을 끝내고 싶진 않았다. 내겐 생각해야할 과거의 일들이 켜켜이 쌓여 있었다.

"충분히 쉬고 몸을 일으키세요. 아직 시간은 충분하니까. 1라운드 2분이 얼마나 긴 시간인지 알게 될 거에요. 사장님이 이제까지 살아온 시간의 길이보다 더 길지 몰라요. 그러니까 5라운드는 전혀 짐작도 할 수 없는 억겁의 시간만큼 길 거에요. 그러니 충분히 휴식을 취하고 일어나세요. 그전엔 공격하지 않을 테니까."

난 사장이 쓰러져 있는 링 코너에서 반대쪽 코너 기둥에 몸을 기대고 사장을 바라봤다. 30초쯤 지나 사장이 어렵게 몸을 일으켰다. 몸을 세웠지만 사장은 선뜻 다가오지 못하고 뒤로 주춤주춤 물러섰다. 난 사장이 물러나는 속도로 사장에게 다가갔다. 사장이 등을 기둥에 기댔다. 더 이상 물러설 곳이 없었다. 사장이 오른발 킥을 날리는 걸 가볍게 피하며 허공을 가르는 사장의 발을 허벅지부터 휘어잡고 옆구리에 닉킥을 꽂았다. 강하지 않게 조절한 킥이었다. 더 강하면 갈비뼈들이 부서졌을 것이다. 이제 1라운드였다.

허억- 사장의 입에서 바람 빠지는 소리가 들리고 상체가 무너졌다. 잡고 있던 허벅지를 놓자 사장의 몸이 코너에 처박혔다. 난 쓰러진 사장을 들어 올려 파이어맨즈 캐리 테이크 다운으로 매트에 던졌다. 사장의 몸이 매트와 부딪히며 반동으로 튀어 올랐다. 아직 1라운드는 40초가 남아있었지만 난 내 코너로 돌아와 자리에 앉았다.

Round 2

사랑한다는 것은

자기를 뛰어 넘는 비약입니다.

모든 사랑은 비약으로 이어지고

비약은 다시 비상으로 날개를 폅니다.

한 사람에 대한 사랑은

그 한사람에 머물지 않고

그가 사랑하는 모든 사람으로 이어지고

어느새 아름다운 사회와

훌륭한 역사에 대한 사랑으로 이어집니다.

사랑은 비약입니다.

내가 격투기를 배운 건 내가 선택할 수 있는 최선이었다. 자라면서 주먹을 이용한 싸움을 하며 살진 않았지만 내가 몸을 이용한 격투기를 잘 한다는 건 오래 전부터 알고 있었다. 그건 내 능력은 본능이었고 성격이었다. 난 언제나 차분했고 사물이 눈앞에서 움직일 때, 어떤 상황에서도 당황하거나 섣불리 움직이지 않고 끝까지 그 움직임에 눈을 고정할 수 있었다. 난 그런 내 능력을 초등학교에 들어가서 축구나 야구 같은 구기종목 경기를 하며 깨달았다. 남들이 성급하게 움직일 때 난 끝까지 집중했고 움직여야할 때는 가장 작은 동작으로 정확히 몸을 움직였다. 내 능력을 알아본 초등학교 선생님이 선수생활을 권유했지만 내겐 날 뒷바라지할 부모가 없었다.

한편으로 짧고 강력한 움직임이 얼마나 파괴적인지 태권도와 합기도를 배우며 깨달았고 본능적으로 내 몸은 학습된 방식으로 반응하는 습관이 길러졌다. 하지만 난 한 번도 내 능력을 활용하겠단 생각을 해본 적 없었다. 운동선수로 키워줄 부모가 없었고 싸움을 하며 살 생각은 없었다. 그러다 싸움도 삶의 방편이 될 수 있다는 걸 뒤늦게 깨달았다.

고등학교를 졸업하면 그동안 머물던 보호시설을 나와야만 했다. 지체장애가 있다면 정부 보조금이 계속되지만 그렇지 않다면 고등학교를 졸업하자마자 지원금이 끊기기 때문이었다. 나 역시 마찬가지였다.

어렵게 들어간 대학생활을 위해 난 잠을 자지 않았다. 좁은 고시원에 몸을 눕혀도 삶은 편하지 못했다. 등록금 마련을 위해 방학 때면 공사장으로 향했고 학기가 시작되면 대리운전을 해야만 했다. 수업시간엔 부족한 잠을 자느라 공부를 할 수도 없었다. 그렇게 졸업한대도 난 실업자 신세가 될 게 뻔했다. 좋은 학점에 사회가 요구하는 스펙으로 무장한 내 경쟁자들과 난 처음부터 경쟁상대가 아니었다.

더 이상 대학을 다닌다는 것이 무의미하다고 결론 내린 날 난 자퇴서를 제출했다. 휴학이 아니었다. 그리고 대리운전을 할 때 즐겨봤던 종합격투기 도장을 찾았다. 내가 관장의 지시에 따라 몇 가지 시범을 보이자 관장은 놀란 눈으로 날 바라봤다.

난 하루를 지내면 하나씩 기술을 익혔다. 관장의 표현에 의하면 난 괴물이 되고 있었다. 6개월이 지나자 관장은 날 무대에 세웠다. 난 관장의 기대에 충실히 보답했다. 승수가 쌓이고 내 이름이 격투기세계에 퍼져나가면서 관장과 난 유명세만큼의 돈을 벌었다. 나보다 일찍 도장생활을 시작한 고참들의 시선이 곱지 않았다.

"사생활 걸 사생활이란 말이야! 얘는 너희들과 틀려. 비교해줄까? 호랑이와 식용 돼지라면 적당한 비유겠네. 얼음물이나 가져와."

관장이 소리쳤다. 시간이 지나고 시합이 더해질수록 관장의 요구는 거칠어졌다.

"더 강렬해야 돼. 적당히 이기면 안 돼. 이 바닥에선 잔인하다는 소문이 나야 유명해진단 말이야."

난 충실히 그 요구에 따랐다. 정상에 서고 싶었다. 이제까지 불가능하다고 생각해서 포기해버린, 그래서 맛보지 못한 상승욕구가 내게 광기를 불어넣고 있었다. 나를 향해 열광하는 사람들이 있다는 사실이 앞뒤 가리지 않는 광기로 나타났다. 난 승리를 위해서가 아니라 명성을 위해서 상대에게 필요이상의 상처를 냈다.

텔레비전 중계가 처음으로 잡혔다. 난 늦게까지 운동을 하고 도장에 딸린 방에서 잠을 청했다. 그날 밤 난 공격을 당했다. 잠결에 누군가 침입했다는 걸 깨달았지만 이미 때는 늦었다. 본능적으로 몸을 비틀었지만 내리 꽂히는 칼을 완전히 피하진 못했다. 난 몸을 비틀면서 본능적으로 주먹을 날렸고 어둠속에서 날 노렸던 범인은 달아났다. 범인도 나도 제대로 된 공격에 실패한 것이다.

"일센티미터만 옆으로 갔으면 살지 못했을 겁니다. 비껴가긴 했지만 이건 프로의 솜씨에요. 이만하길 천만 다행입니다."

의사의 말이었다. 범인은 잡히지 않았다. 잠들기가 두려웠고 어렵게 잠들면 악몽에 시달리다 덜덜 떨며 잠을 깼다. 병원에 누워 있는 동안 난 내가 북극 4000미터 바다 밑에 갇혀 있다고 느꼈다. 설령 내가 바다을 박차고 올라 수면에 닿는다 해도 거긴 두께 3미터의 얼음이 날 막아설 터였다. 불현듯 가을바람에 흔들리는 밀밭과 밀짚모자를 쓰고 날 바라보던 선생님이 미치도록 그리웠다.

격투기를 그만두고 병원 퇴원 후 난 내가 머물렀던 보육시설을 찾았다. 사무실에 가서 선생님이 적어놓은 주소를 확인하고 달려갔다. 북극 4000미터, 차고 검은 바다에서 탈출할 유일한 탈출구라는 확신이 들었다.

"머슴으로 받아주세요."

"머슴? 내가 아들이 없는데 내 아들 해라."

난 왈칵 눈물이 났다. 멈추고 싶지 않았다. 그냥 엉엉 울었다. 밖에 나가서 억울한 일을 당한 뒤 집에 돌아와 아버지를 보면 눈물이 난다는 게 이런 느낌이라는 걸 처음 느꼈다.

땅~. 2라운드 공을 울렸다.

난 사장이 내 몸을 건드리지 못하게 피하면서 특별한 기술 없이 글러브를 끼고 사장의 안면에 펀치를 날렸다. 내 펀치를 안면에 정면으로 맞으면 사장은 바닥에 쓰러졌다. 난 사장이 몸을 일으키도록 옆구리에 킥을 날렸다.

"일어나세요. 매트에 누워있으면 갈비뼈가 부러질 테니까. 서 있다면 글러브를 낀 손만을 쓴다고 약속하죠."

내 말에 사장은 몸을 일으켜야만 했다. 이제 그의 온 몸은 공포에 점령당했다. 눈은 날 향해 있지만 시선은 내 몸에 이르지 못하고 내 발치에서 맴돈다. 벌겋게 부어오르고 있는 광대뼈 밑 안면근육이 실룩거리고 튀어나온 아랫입술은 윗입술과 평행을 이루지 못하고 어긋나 있다. 그 때문에 말이 새고 있었다.

"유런(이러는) 유-(이유-)가 어여(뭐야)? 증체(정체)가 어여(뭐야)?"

"이제야 내게 뭔가 이유가 있을 거란 걸 생각해내셨네요. 맞아요. 이유 없이 이러진 않을 거잖아요, 뭐, 그동안 여기서 매를 좀 맞았다고 이러지도 않을 거구요. 사장님 말대로 그건 엄연히 보상을 받고 맞은 거라고 치자구요. 그러니 잘 생각해 보세요. 생각해내면 보상이 있을 거고 기억하지 못하면 벌이 따를 거에요. 힌트를 줄까요? 빵. 힌트는 그거에요."

"펑(빵)?"

"그래요. 빵. 3라운드 시작하기 전까지 생각해내면 3라운드는 휴식하는 걸로 해주죠."

난 사장을 일으켜 세우고 파이어맨즈 캐리 테이크 다운으로 그를 바닥에 내던졌다. 내가 다시 다가가자 그가 손을 저으며 소리 질렀다.

"미을(밀). 미을, 미을."

"이제 기억하네요. 그럼 그때 얘기를 해보세요. 사장님의 입장에서 얘기를 하셔야해요. 왜 그렇게 결정하고 행동했는지 휴식시간동안 생각해보고 공이 울리면 얘기를 시작하세요. 3라운드는 각자의 코너에 앉아 그때 얘기를 듣는 걸로 하죠."

Round 3

낫물아 흘러흘러 어디로 가니
강물 따라 가고 싶어 강으로 간다.
강물아 흘러흘러 어디로 가니
넓은 세상 보고 싶어 바다로 간다.

선생님과 난 우리가 농사지은 수확물을 판매하기 위해 다양한 노력을 했다. 정작 농사지은 농부보다 더 많은 이익을 챙겨가는 중간 유통과정을 선생님은 피하고 싶어 했다. 그건 단지 우리만의 문제가 아니었다.

선생님이 조직한 농민단체는 기존 협동조합의 폐해에 대해 심각하게 고민했고 농민만을 위한, 농민의 이익을 위한 시스템을 만들기 위해 동분서주했다. 나 역시 생산자 편이라는 허울을 쓰고 각종 이권을 챙겨가는 협동조합이란 조직은 심하게 표현하면 기생충이란 생각을 가지게 됐다. 영농자금을 빌려주고 이자를 챙기고 계약재배란 명목으로 수확물의 판권을 독점했다. 헐값에 사서 마진을 남기고 파는 것으로 만족하지 못하고 운송비 명목으로 또 이익금에서 빼먹고 판매대금은 자신들의 통장에 의무적으로 저축하게 하는 등, 무려 5,6단계에서 피를 빨아대고 있었다. 농사를 짓지 않았다면 몰랐을 일이다. 협동조합은 또 다른 기업이고 착취자일 뿐이었다.

사장을 만난 것이 그때였다. 우린 우리가 수확한 밀의 판로를 찾고 있었다.

"우리가 하려는 사업에 꼭 필요한 것이 바로 우리밀입니다. 얼마든지 심고 거두세요. 다 사줄 테니까. 그것도 좋은 가격에."

사장은 아무 걱정 말라는 듯이 테이블을 가볍게 두 번 두드렸다.

땅~. 3라운드 공을 울렸다.

"시작하세요." 난 휴대폰의 녹음기능을 켜서 사장의 발치에 놨다.

"삼년 전 그분이 우리 사무실을 찾아와 처음 만났죠. 마침 그때 우리 회사는 국산밀을 이용한 새로운 고급제품을 내놓을 계획이었고 그래서 처음 만났죠."

사장은 이제 내게 하대를 하지 못했다.

"맞아요. 잘 기억하시네요. 그래서 어떻게 됐죠?"

사장이 부르튼 입술로 어렵게 이야기를 이어갔다.

사장은 밀밭을 방문하고 노랗게 익어가는 밀밭에서 농민회 사람들과 다정하게 포즈를 취하고 사진을 찍었다. 또한 도정시설을 둘러보고 도정된 밀을 손에 쥐고 웃으며 동행한 자신의 회사 카메라기자들을 향해 포즈를 취했다. 그리고 그 사진들은 곧 여러 신문지면에 등장했다.

농촌을 살리는 경영자. 우리밀을 이용한 제품생산 착수. 기업과 농촌의 아름다운 결연. 중간과정을 없앤 직거래 모범사례 등, 다양한 수사가 붙은 기사들이 쏟아졌고 그 덕에 사장이 만든 제품들은 만만치 않은 가격에도 프리미엄 브랜드로 날개 돋친 듯 팔려나갔다.

나쁘다고 말할 수 없는 일이었다. 사장이 신문을 이용하는 것은 감사해야할 일이었다. 좋은 가격에 땀 흘려 기른 밀을 판매하고 거기에 더해 선생님을 비롯한 우리밀살리기에 혼신의 힘을 쏟은 모든 사람들의 그동안의 공로가 칭찬받는 것이기도 했기 때문이다. 더 나아가 신문을 통한 우리밀 알리기는 덤이었다. 국민들이 기사를 접하고 우리밀의 가치를 안다면 수입밀에 치여 자급률이 1퍼센트에 지나지 않는 현실을 극복할 수 있다는 희망이 생기기도 했다.

1년 후엔 계약물량이 획기적으로 늘었고 계약기간도 5년 장기계약이 이루어졌다. 모두가 신이 났다. 그동안 판로 걱정에 밀농사를 외면하던 농민들도 하나, 둘 밀농사를 시작했다.

"궁금해서 묻는데 사장님은 어떻게 생각하세요? 난 항상 그게 궁금했어요. 악한 인간은 때가되면 반드시 본성을 드러내는 것일까요? 아니면 단지 운이 나빠서 악인이 되는 것일까요? 당시 사장님이 쓰지 말아야 할 수입밀, 그것도 폐기해야할 밀을 써서 문제가 됐을 때를 생각하고 답해보세요."

사장은 답을 하지 못했다. 난 자리에서 일어나 사장에게 다가갔다. 사장이 다급하게 입을 열었다.

"그땐 정말 처음부터 그러려고 한 건 아닙니다. 제품은 팔아야하는데 국산밀이 부족하니 어쩔 수가 없었어요. 미안합니다. 정말 미안합니다."

난 대답을 마친 사장을 일으켜 세워 헤드락으로 머리를 감아쥐고 반대편 기둥을 향해 달렸다. 사장이 무릎을 꿇고 코너 포스트를 감싸 안고 쓰러졌다.

"난 그렇게 생각하지 않아요. 재료가 없으면 생산을 줄여야죠. 그리고 우리에게 가격을 낮추라고 요구하지도 말았어야죠. 또한 불량제품이 발생한 건 국산밀 때문이 아니라는 해명도 약속한대로 했어야죠. 어느 것 하나 정상적인 행동을 하지 않았잖아요. 내가 정리하면 악한 인간은 모든 상황이 자신에게 유리하게 흘러갈 때는 본모습을 숨길 수 있지만 상황이 나쁘게 변하면 즉시 악행을 먼저 생각한다는 거에요."

제품판매 실적이 올라가고 밀 소요량이 늘어나면서 문제가 생기기 시작했다. 사장이 만들던 제품에서 곰팡이가 발생했다는 소비자고발이 여러 건 접수됐고 사장은 그것이 우리가 밀 관리를 잘못했다고 주장하며 단가를 낮추라고 요구했다.

어느 날 선생님이 날 불렀다.

"요구를 들어줘야 할 것 같다."

"말이 안 되잖아요. 우리는 최고의 밀만 납품했다는 건 누구나 아는 거잖아요. 더구나 매번 납품할 때마다 모든 검사를 다 통과하고 전수검사를 받았다는 건 저들이 더 잘 알잖아요."

"하지만 증명할 방법이 없잖아. 요구대로 단가를 낮춰도 최소 이윤은 남으니 어쩌겠냐. 이미 농민회에서는 토론을 통해 받아들이기로 했다. 너한테 말하는 것은 억울해도 이해해달라는 거다. 누구보다 품질관리를 위해 애쓴 걸 다 아는데 너에게 직접 말을 못하겠다고 나한테 미안하다고 말해달라고 하더라. 농민회에서 걱정하는 것은 모처럼 우리밀에 대한 수요가 늘어나고 새로 밀농사를 시작한 사람들도 많은데 여기서 일이 틀어지면 어렵게 확산되는 우리밀 소비와 밀농사가 위축될까봐 모두 그걸 걱정해서 내린 결정이다. 한 번만 눈 감고 가자."

"무슨 말씀인지 잘 알지만 판매단가가 문제가 아니라 오히려 여기서 우리가 잘못이 없는데도 인정하면 소비자에게 우리밀에 대한 신뢰가 깨져서 역효과가 나는 건 아닌가요?"

"그런 문제제기가 많았다. 가격을 낮추는 대신 사장이 그 부분은 자신들이 관리소홀 때문에 발생한 일이라고 해명하기로 했으니 지켜보자."

더는 따질 수가 없었다. 난 고개를 끄덕였다. 검게 그을린 얼굴로 나에 대한 미안함 때문에 자꾸 눈길을 피하는 선생님에게 달리 무슨 말을 하겠는가. 하지만 사장이 한다던 해명은 나오질 않았고 그렇게 시간이 흘렀다.

사장 아버지인 회장의 갑질사건이 발생한 건 그로부터 반년이 지났을 때였다. 그리고 밀 품질에 대한 진실도 밝혀졌다.

회장의 운전기사 폭행사건이 온 세상에 알려지면서 갑질논란이 온 방송을 도배했고 회사에 대한 온갖 탐사보도가 집요하게 이어졌다. 회장의 횡령과 배임, 각종 내부자거래와 불법자금 조성에 이어 폐기해야 할 수입밀을 국산밀로 둔갑시켜 부당이득을 얻은 것까지 드러난 것이다.

우리가 공급하는 밀만으로 수요를 감당하지 못한 회사가 수입밀을 국산이라고 속여 제품을 생산하다가 문제가 발생했다는 탐사보도가 터진 것이다. 이미 온갖 매체에 질 좋은 국산밀만을 사용한다고 공언했으니 밀 수입계약을 할 수 없는 처지에 대놓고 수입품을 쓸 수 없으니 유통기간이 경과해 폐기할 수입밀을 불법적으로 들여와 섞어서 쓴 것이 방송 취재로 들통난 것이다. 사장은 실무자들의 실수라고 변명했으나 그가 몰랐다는 것은 납득할 수 없는 일이었다. 누구도 그 말을 믿는 사람은 없었다.

"지금도 실무자의 실수라고 할 건가요?"

사장은 고개를 숙였다. 난 대답을 재촉했다.

"대답하세요."

"내 지시였습니다."

불매운동이 온라인을 통해 들불처럼 번졌다. 안타깝긴 했지만 우린 이미 5년 장기계약을 한 상태였고 우리가 어쩔 수 없는 상황이기도 했다. 하지만 그건 우리 착각이었다.

일방적인 계약파기 통보가 온 것이다. 언론이 잠잠해지자 사장은 더 이상 팔리지도 않는 고급브랜드제품을 판매할 수 없다는 이유로 계약파기를 선언했다. 자세히 살펴보지 못한 계약서에는 불가항력상황에 대한 조항에 사회적문제로 인한 실적악화 시엔 계약내용을 조정하거나 해지할 수 있다는 문구가 있었다. 법률적인 판단을 받아봤지만 소송에도 승리할 가능성이 희박하다는 답변만 들었다.

농민회에서 사장에게 선처를 호소하기 위해 올라간다는 얘기를 듣고 나도 따라나섰다. 하지만 선생님은 내가 동행하는 것을 제지하셨다. 선생님은 내게 어떤 능력이 있는지 잘 알고 있었다. 자칫 불상사가 발생할까봐 나를 만류하셨다.

"다녀올 테니 여기 있어라. 내 말을 들어줬으면 좋겠다."

선생님의 표정은 단호했다. 난 고개를 끄덕였다. 어쩔 수 없었다. 다음 날 농민회 간부들이 서울로 떠났다. 축겨진 선생님의 뒷모습에 가슴이 아팠다. 밭에 나가 일을 해보려 해도 도무지 일이 손에 잡히지 않았다. 선생님이 험한 꼴을 당할 것만 같아 더 이상 주저할 수가 없었다. 난 서울로 달렸다.

"어디서 지랄이야. 사람으로 상대해주니까 지들이 사람인줄 아나? 가뜩이나 요즘 인간 같지 않은 것들한테 시달렸는데 이젠 별것들이 다 와서 지랄들이네. 야~ 뭐해, 당장 끌어내."

내가 경비들이 제지하는 걸 뿌리치고 사장실 앞에 도착했을 때 사장실에서 들린 고함소리였다. 그리고 곧이어 선생님을 포함한 농민회 간부들이 직원들에게 질질 끌려나오고 있었다. 난 막아서는 직원들을 밀치며 선생님을 향해 뛰었다.

"선생님!"

내 외침에 선생님이 날 바라봤다. 난 달려가며 선생님을 끌고 나오는 사내의 명치를 피해 복부를 걸어찼다. 사내가 헉~ 바람 빠지는 소리를 지르며 나가 떨어졌다. 난 선생님을 일으켜 세웠고 다른 농민회 간부를 끌고나오는 사내의 팔을 오른발로 내리 찍으며 왼발로 다른 사내의 정강이를 걸어찼다. 두 사내가 풀썩 주저앉았다. 난 사장실로 몸을 돌렸다. 하지만 내 몸은 선생님에게 막혔다.

"그만둬."

"선생님!"

"제발 그만두라니까. 어서 여기서 나가라. 어서!"

선생님이 내 등을 밀쳤다. 난 거역할 수가 없었다.

"그럼 같이 가세요."

"그러자."

난 선생님을 모시고 돌아왔다. 돌아오는 내내 선생님은 침울했고 어두운 차창 밖만 바라보며 말 한마디 안하시고 집까지 오셨다. 집에 돌아와서도 도무지 말이 없으셨다. 흥이 많고 다정하셨던 분의 모습은 사라지고 내면에서 침식당하고 있다는 느낌이었다.

난 내 행동을 후회했다. 내가 선생님을 저렇게 만들었다는 자책감에 잠을 이룰 수 없었다. 내게 보이지 말아야 할 모습을 보이셨다고 생각하시는 것만 같았다. 더구나 농민회 간부들에게도 험한 꼴을 당하게 했다는 자책을 하시는 건 아닐까 싶었다. 그래서 굳이 날 남기고 서울로 올라가셨는데 내가 나타나서 선생님을 더 초라하게 만든 것만 같았다.

나도 선생님도 서로를 피하며 초가을을 보냈다.

"밀 씨앗을 뿌리겠습니다."

난 밭에도 잘 나오시지 않는 선생님께 미루고 미루던 말을 꺼냈다. 파종을 더 미루면 내년 밀농사는 접어야만 했다. 더 늦기 전에 파종을 해야 싹을 틔우고 뿌리를 내려 얼어 죽지 않고 겨울을 날 수 있었다. 판로가 없어도 종자를 버릴 수는 없는 노릇이었다.

선생님은 밭에 나오셨다. 힘이 없는 모습에 들어가시라고 하고 싶었지만 난 선생님이 일하는 걸 만류하지 않았다. 일을 해야 했다. 농부는 밭에서 흙을 만지며 일을 해야 했다. 지치고 쓰러질 때면 흙을 만져야 힘을 내고 살아 진다는 걸 그동안 농사를 지으며 깨달았다.

나와 선생님은 말없이 밀 씨앗을 뿌렸다. 그리고 선생님은 전국농민대회 를 위해 상경하셨다. 난 같이 나서지 못했고 선생님도 같이 가잔 말씀이 없 으셨다. 그날 선생님은 공격을 당하셨다.

내 눈에서 눈물이 쏟아졌다.

Round 4

이 하루를 애써 버티는 나를

그럼에도 미소 짓는 나를

어제와 같은 오늘을 살아가는 나를

아무도 박수 쳐주지 않지만

살아있다는 것만으로도

꿈꿀 수 있는 것만으로도

거친 바다 인생의 강물을 건너는 난

머물지 않는 바람의 영혼

난 멈추지 않는 바람의 영혼

내가 존경하고 사랑하는 선생님이 쓰러졌다는 말은 세상이 무너지는 것처럼 고통스러웠다.

평생 부조리와 싸우고 땅을 사랑하셨던 선생님은 광화문 광장에서 경찰이 쏜 물대포에 쓰러지셨다. 대통령이 공약한 쌀값을 지켜달라는 요구가 물대포를 직사한 유일한 이유였다.

생전 선생님은 가끔 김일선수에 대해 말씀하셨다. 선생님은 김일선수와 두 가지 인연을 가지고 있었다. 고향이 같다는 것과 김일선수의 사인을 받았다는 것이 그것이다. 하지만 선생님이 김일선수를 이야기하는 이유는 조금 정치적이었다.

"온갖 부조리와 반칙을 통쾌하게 박살냈잖아. 박치기로 말이야. 그 시절 모두가 김일선수의 박치기에 열광했던 건 부정, 반칙을 이겨내는 수단이 거창한 무기가 아닌 누구나 가지고 있는 신체의 일부, 머리였기 때문이지. 박치기를 할 때 자신의 머리도 얼마나 아팠겠어. 하지만 그 고통을 극복하면서 반칙을 깨부순 거잖아. 그게 필요해, 지금"

귓가에 선생님의 음성이 생생했다. 선생님은 내게 평생을 독재와 불의에 항거해 싸운 투사가 아닌 훌륭한 농부로, 늘 자상하고 흥에 겨운 아버지셨다. 난 아버지를 잃었다.

창문을 통해 광장을 바라봤다. 공연이 한창이었다. 그리고 광장을 빙 둘러 경찰차들이 세워져 있었다. 광장에 세워진 경찰차를 보자 분노와 공포가 동시에 밀려들었다. 선생님은 바로 저 광장에서 쓰러지셨다. 선생님이 쓰러진 자리를 한참이나 바라봤다. 거센 물줄기가 방심한 노구를 향해 성난 이빨을 드러낸 하이에나처럼 달려들었을 것이다. 세상은 노구를 이끌고 먼 곳에서 올라온 시골농부의 말에 귀 기울이지 않았고 약속을 지키라는 선생님의 외침은 보호받지 못했다. 정당하게 대통령이 약속한 일을 해달라는 호소는 불온하며 제거되어야 할 존재였다.

선생님이 쓰러져 병원에서 317일 동안 사투를 벌이고 끝내 숨을 거둔 뒤 사람들은 그 광장으로 모여들었다. 사람들은 이제야 같은 자리에서 선생님을 말하고 있었다.

무엇이 그때와 지금을 연결시켰고 선생님이 쓰러지던 그날과 오늘이 달라진 건 무엇일까. 과연 저 촛불을 들고 있는 광장에 모인 170만 명의 사람들, 아니 전국에서 촛불을 들고 있는 그 많은 사람들의 마음은 어떻게 바뀌었을까? 왜 그때는 침묵했던 사람들이 이제는 한 겨울 강추위에도 자리를 지키며 촛불을 들고 있을까. 70을 넘은 노인이 약속을 지키라고 외칠 때는 아무도 귀 기울여 듣지 않던 사람들을 지금의 모습으로 바꾼 건 무엇일까. 난 그것이 정말 궁금했다.

설마 쌀값이 올라가면 비싼 쌀값 때문에 밥을 못 먹을지도 모른다는 공포가 있진 않았을 것이다. 그냥 무관심. 사람들은 왜 스스로 분노하고 스스로 싸움을 시작하지 못할까.

먼 어둠을 보고 있는 내 귓속으로 안치환의 노래가 파고들었다. 난 고개를 돌려 무대를 바라봤다. 안치환이 노래를 부르고 있었다. 난 그의 노래에 귀를 기울였다. 노래가 절정을 향해 가고 가수의 목소리에서는 분노가 뿜어졌다. 난 눈을 감았다. 그 순간 또 다른 소리가 귀로 파고들었다. 등 뒤로 다가서는 발자국소리에 고개를 돌린 순간 어깨에 예리한 금속이 파고들었다. 따끔했다.

사장은 어디서 구했는지 예리한 쇳조각으로 내 목을 겨눈 것이다. 아마도 내가 도착하기 전 이 곳 체육시설 어딘가에서 찾아 숨겨두고 있었던 모양이다. 내 몸에 살기가 솟구쳤다. 난 쇳조각을 쥔 사장의 손목을 잡고 몸을 한 바퀴 회전시키며 복부를 무릎으로 가격했다. 사장의 팔이 탈골되는 소리가 들리고 무릎을 꺾으며 사장이 쓰러졌다.

다행히 내 상처는 깊지 않았다. 난 무릎을 꺾은 채 쓰러진 사장에게 블랙 아웃을 날렸다. 안면이 링 바닥에 큰 소리를 내며 부딪쳤고 사장은 바닥에 엎어졌다. 난 연속해서 킬 스위치로 공격했다. 사장은 내 연속된 거친 공격에 죽은 것처럼 링 위에 널브러졌다. 나도 거친 숨을 몰아쉬었다. 진정해야했다. 난 길게 단전에서 시작되는 심호흡을 연속 다섯 번 했다.

난 공격을 멈췄다. 더 공격하면 사장은 죽음에 이를 수도 있었다. 난 내 코너로 돌아와 그가 일어나기를 기다렸다.

사장은 4라운드가 끝나기 직전 몸을 일으켰다. 난 사장을 데려다 그의 코너에 앉히고 내 자리로 돌아와 공을 울려 4라운드를 끝냈다. 경기는 아직계속되고 있었다.

Round 5

처음으로 하늘을 만나는

어린 새처럼

처음으로 땅을 밟고

일어서는 새싹처럼

우리는 하루가 저무는

겨울 추운 저녁 무렵에도

마치 처음처럼

아침처럼 새봄처럼

한 달 전 선생님을 모시며 난 결심했다. 돌아가신 지 나흘 만에 장례를 치렀지만 사망신고도 하지 못했다. 사장이 선생님을 죽인 것은 아니다. 하지만 분명하게 선생님을 모욕했고 고통을 준 직접적인 사람임에는 틀림없다. 어쩌면 그 고통과 모욕이 선생님을 죽인 진짜 살인자의 실체일지도 모른다고 난 결론 내렸었다.

난 마지막 5라운드 공을 울렸다. 그리고 자리에서 일어나지 못하는 사장을 일으켜 세워 탈골된 팔을 제자리에 맞춰주었다. 어떤 외상의 흔적도 남기면 안 되기 때문이었다. 폭발로 인해 피부는 어차피 남아 있지 않을 테지만 뼈는 상황이 달랐다. 그리고 난 마지막으로 김일처럼 박치기를 그의 이마에 날렸다.

그가 세상의 반칙을 대표하진 않지만 어쨌든 난 선생님에게 아들로써 복수를 마쳤다. 난 바닥에 쓰러져 있는 사장을 보며 생각했다. 무엇이 그를 악한 인간으로 만들었을까? 그가 나 같은 처지로 태어났다면 그의 심성도 나와 같았을 것이다. 우리가 사는 이곳에서 무엇인가를 가진 사람들은 자신들이 가진 것을 특권과 치환할 수 있다고 믿으며 산다. 아니 어쩌면 우리가 그렇게 믿게 만드는 것인지도 모른다.

난 잠깐 내가 이 건물을 나간 뒤 그가 겪을 고통을 생각했다. 그는 죽을 것이다. 그것도 고통스럽게. 고통이 온몸으로 스멀스멀 기어들어오는 걸 모든 세포들이 느끼며, 서서히 죽어갈 것이다. 난 그의 숨이 멈출 때까지의 시간들을 영화 필름을 한 장 한 장 불에 비춰보듯 머릿속으로 그려본다. 몸에 한기가 돌고 생각만으로 숨이 막혀온다. 끔찍했다. 하지만 그의 죽음은 가스폭발에 의한 사고로 결론이 날 터였다. 그의 죽음과 날 연관 지을 사람은 아무도 없다. 단순한 사고일 뿐이다. 비정규직 기계수리공이 역학을 이해해서 몇 시간 후에 일어날 사고를 예측할 수 있다고 생각할 사람도, 설령 그걸 예측했다 해도 합당한 조치를 취해야할 의무가 있다고 우길 사람도 없을 터였다.

그들은 내가 기계역학에 얼마나 빠져 살았는지 모른다. 졸업을 하진 못했지만 난 공대에 다녔었고 유체역학을 포함한 대부분의 역학을 졸면서라도 들었고 5학기를 다니며 시험도 봤다. 먹고 살기 위해 방사능 피폭을 받으며 비파괴검사를 밤새워 하기도 했다. 단순한 방사능검사만이 아니라 레프리카란 조직검사를 통해 배관의 균열 정도와 진행을 예측할 수도 있었다. 고압의 가스배관에 희미하게 드러난 열화의 흔적을 발견하고 몇 시간 후면 배관이 터질 거란 예측을 할 수 있는 나의 능력도 모를 터였다.

난 전파차단기를 철거하고 내가 근무하는 곳에 들러 CCTV 녹화파일을 미리 준비한 이동식저장장치로 옮기고 내가 조작한 모든 것들을 제자리에 돌려놓고 건물을 나왔다.

난 촛불 속으로 걸어갔다. 촛불행사는 절정을 향해가고 있었다. 촛불 속에 앉아 주변 사람들을 오랫동안 바라봤다. 내 시야에 들어온 사람들은 모두 상기되어있었고 자신들의 승리를 확신한 얼굴들이었다. 하지만 그런 사람들을 보며 불편해지기 시작했다.

시간이 지날수록 마음이 점점 무거워졌다. 가슴이 자꾸 답답해지고 있었다. 거대한 돌덩이를 식도에 틀어박아놓은 것 같은 고통이 시작됐고 점점 더 심해졌다. 화장실에도 가보고 배가 허전해서 느끼는 느낌일까싶어 포장마차를 찾아 배를 채우기도 했지만 도무지 나아지질 않았다. 그러다 번뜩 머리를 내려치는 것이 있었다.

무엇인가 미진했다. 그것이 무엇일까. 복수를 마쳤지만 그것으로 내가 그들을 이겼다고 말할 수 있을까. 복수를 후회하진 않지만 그것만으로 할 일을 다 한 것일까? 그리고 근본적인 질문이 떠올랐다.

이 촛불이 가야할 곳은 어디일까? 과연 우리는 무엇으로 저들을 이길 수 있는가? 하나의 촛불, 거대한 촛불, 모두 가치 있지만 그걸로 우리가 저들을 이길 수 있을까?

무엇인가 끔찍하게 결여돼 있었다. 과정을 소중하게 생각하지만 그것만으로 승리를 만들 수는 없었다. 매듭, 결국 끝, 이라고 쓸 수 있는 무엇이 없다면 모두 일회성일 뿐이었다. 도저히 되돌릴 수 없는 매듭, 끝, 이 없다면 사람들이 선생님을 외면했듯이, 또다시 누군가는 이 광장에서 물대포에 죽어갈 것이다.

찬 바닥에서 난 생각하고 또 생각했다. 결국 우리가 이기는 방법은 무엇일까? 그때 사회자의 말이 들렸다.

"투표로 이겨야합니다. 그것만이 비가역적으로 이기는 것입니다."

난 고개를 주억거렸다. 결국 내가 가진 한 표를 사용하는 길 뿐이다. 김일 선수의 박치기처럼, 선생님이 말씀하신 박치기의 가치처럼, 우리 모두가 가진 우리의 한 표만이 세상을 바꿀 수 있는 유일한 무기였다.

난 그들과 결코 오늘처럼 링 위에서 다시 만나지 못한다. 내가 그들과 대적할 수 있는 유일한 무기는 투표장에 가는 것뿐이다.

난 행진이 시작되고 강처럼 흐르는 촛불 행렬 속에서 어머니에게 전화를 걸었다.

"땅을 놀릴 수는 없잖아요. 농사를 지어야죠."

참 농사꾼이 되자. 그리고 농민으로써 선생님을 대신해 다시 싸우자.

* 모든 얘기는 허구이며 단락별로 인용한 글은 신영복선생님의 글과 안치환의 노랫말입니다.

자전거 타는 신

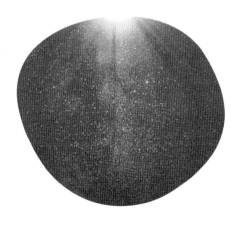

그는 신이 되기 위해 나를 떠났다. 그는 그가 정착할 별에서 신이 될 것이다. 그가 가는 별은 어린왕자가 여행한 소행성보다 조금 큰 Haiti라는 별이다. 그는 그의 오피스텔에 남겨진 E.T의 사진처럼 자전거를 타고 보름달이 뜬 하늘로 날아갔다. 그가 달 속으로 사라진 지금, 외계인들이 그리스에서 사라진 뒤 그들의 전설이 신화로 남은 것처럼 그는 내게 허드렛물에서 이제 신이 됐다.

Photo #1 JFK 공항
(그가 아메리칸 에어라인 티켓부스 앞에 커다란 배낭을 메고 날 기다리고 있다)
미국에서 만나는 일이 처음이지만 그는 늘 그랬던 것처럼 별다른 반응이 없다. 그의 건조한 반응을 보고 난 내 안에 생기는 반가움을 표내지 못한다.

그는 내가 미국에 온 이유를 잘 알고 있다. 난 지난 5일 동안 그가 아닌 다른 남자와 함께 있었다. 미국까지 왔지만 그 남자와 내겐 자유가 없었다. 우린 대부분의 시간을 호텔 수영장이나 카지노에 머물렀다. 짧은 외출을 할 때는 커다란 썬글래스를 끼고 챙이 넓은 모자를 눌러 쓴 채 가능한 한국인이 가지 않는 곳들을 찾아 다녔다. 눈에 띄면 그 남자나 나나 서로 피곤해지리란 것을 잘 알기 때문이었다.

그는 아무 것도 묻지 않고 아무 말도 하지 않는다. 난 그의 침묵을 담담히 받아들인다.

그를 미국에서 만나리라고는 생각하지 못했다. 뜻하지 않게 그를 만나게 된 이유는 함께 온 남자가 갑자기 돌아가야만 할 일이 한국에서 생긴 탓이다. 그 남자는 그가 소유한 회사에 급한 일이 있다는 말만 남기고 서둘러 떠났다. 미국에 올 때도 따로 왔기에 함께 갈 이유는 없었다. 또 다른 이유는 그가 아무도 지원하지 않은 아이티취재를 지원한 것이다. 물론 그 두 가지 사건은 완전히 별개로 일어난 일이다. 두 사건 사이에는 어떤 연관성도 없다. 다만 그 시기가 공교롭게 겹쳤을 뿐이다. 난 내게 남겨진 3일을 그와 함께 아이티에 가는 것으로 결정했다. 그는 침묵으로 내 동행을 허락했다.

그와 난 말없이 티켓팅을 하고 보안검색을 마친 뒤 산토도밍고행 비행기가 대기하고 있는 게이트로 걸음을 옮겼다.

JFK AA 12 Gate 앞에서 보딩을 기다리는 동안 그는 알랭 드 보통의 〈여행의 기술〉을 꺼내 읽기 시작했다. 난 책을 읽는 그를 바라본다. 비행기를 기다리는 승객들의 떠들썩한 소음 속에서도 그의 책 읽는 모습은 진지하다.

그는 가끔 빨간 펜으로 책에 밑줄을 긋거나 무엇인가를 적어 넣기도 했다.

영어로 말하는 소리 중 가장 듣기 싫은 소리는 히스패닉계가 말하는 영어이다. 그들은 첫 단어를 유난히 크게 발음한다. 보딩을 기다리는 내내 그 소리를 들어야 했다. 결국 난 나윤선의 재즈로 내 귀를 틀어막았다.

산토도밍고로 가는 비행기엔 빈자리가 많았다. 자리를 잡고 앉자 또다시 시끄러운 말들이 귓속으로 파고든다. 말들이 섞이고 있었다. 영어와 스페인어의 교접. 점령군의 언어, 침략을 위해 들어온 아메리카 대륙이란 전장에서 적군으로 만난 언어. 난 귀로 쏟아지는 두 언어를 밀어내며 그의 손을 잡았다. 그도 말없이 내 손을 커다란 그의 손안에 넣었다. 그가 읽는 페이지엔 남아메리카를 연구한 훔볼트에 관한 글이 있었다. 그는 훔볼트란 이름에 밑줄을 긋고 그 옆에 메모를 한다.

〈착취의 전도사〉

난 그의 손을 잡고 창밖을 봤다. 비행기는 이륙을 위해 긴 활주로 끝에서 온 몸에 힘을 몰아넣은 뒤 물갈퀴로 수면을 박차고 솟아오르는 새처럼 허드슨강의 물길을 거슬러 하늘로 솟구쳤다. 새의 뱃속에 앉아 있는 기분이다.

2010년 1월22일 13시38분30초.

비행기의 왼쪽 날개 밑으로 작은 점처럼 떠 있는 흰 배가 보였다. 흰 구름들이 다도해처럼 바다에 떠 있다. 흰 구름과 흰 배는 같은 고도에 떠 있다. 그리고 그 위에 흰 상현달이 조각처럼 매달려 있다. 어디가 하늘이고 어디가 바다인지 알 수 없다. 이제 막 뉴욕항을 출항한 저 배는 어디로 갈까? 난 눈으로 흰 배를 쫓다가 잠이 들었다.

산토도밍고에 도착한 시간은 밤이었다. 산토도밍고 호텔에서 난 그와 긴 사랑을 나눴다. 어제까지 함께 있었던 남자와는 전혀 다른 느낌이다. 뉴욕의 밤들이 불편했다면 그와의 섹스는 지루할 정도로 편했고 마지막은 번개처럼 짜릿했다. 냉방이 되는 호텔방에서 그와 난 산토도밍고의 날씨처럼 달아올랐고 땀을 흘렸다. 내 품에 안긴 그의 등에서 땀을 쓸어내며 난 그의 땀 냄새를 음미했다. 덜적지근하고 잘 익은 복숭아향기가 났다.

Photo #2 포르토프랭스

(폭격을 맞은 것처럼 건물들이 주저앉아 있다. 마치 시루떡을 보는 것 같다. 편도 1차선 도로엔 차들이 가득 차 움직일 줄 모르고 차선 한쪽은 집을 잃은 사람들이 친 조잡한 천막들이 가득하다.)

새벽까지 들리던 총성이 잠잠해지고 겨우 잠이 들었는데 나무판자를 마주대고 두드리는 듯한 닭울음소리에 눈을 떴다. 컵라면으로 아침을 대신하고 우린 일찍 집을 나섰다. 그는 오늘 대한적십자사와 민간의료봉사단, 그리고 한국국제협력단의 활동을 취재할 계획이다. 아이티 적십자사대표와 만남이 아침 일찍 계획되어 있었다. 아침 시간 이후엔 현장으로 나가기 때문에 만날 수가 없다고 했다.

이른 아침인데도 도로는 꽉 막혀 움직일 기미가 없다. 지구상에서 가장 가난한 나라에서 겪는 교통체증은 낯설었지만 이해하는 일은 어렵지 않았다. 열악한 도로사정과 그마저도 한쪽 차선은 집을 잃은 사람들의 엉성한 천막이 차지하고 있었다.

우린 차창 밖으로 거리를 바라봤다. 그는 카메라를 꺼내지도 않고 눈으로만 거리의 풍경들을 담고 있었다. 거리엔 다시 장이 서고, 은행 앞에는 돈을 찾기 위해 사람들이 긴 줄을 서고, 메인도로는 차가 막혀 10미터 전진에 10분이 걸리고, 무너진 잔재 옆에서 사람들은 아무렇지도 않게 다리를 떨며 물건을 팔고 누군가의 몸을 으깼을 벽돌은 이제 먹을 물건을 파는 좌판이 돼 있었다.

"It's terrible."

그가 운전을 하는 그레고리를 보고 탄식처럼 내뱉었다. 운전수 그레고리는 먼저 취재를 왔었던 다른 언론사 기자가 추천한 사람이었다. 그는 어제 도미니카와 아이티 국경에서 우리를 포르토프랭스까지 안내했고 우리가 빌린 집에 머물렀다. 안전을 위해서 밤에도 현지인과 함께 있으라는 충고 때문이었다.

"That is life." 그레고리가 창밖으로 고개를 길게 빼고 말했다.

'그것이 인생이라'고 말하는 그레고리는 현명하다. 그의 어린 조카도 희생됐다고 했다.

"Late?"

자꾸 시계를 들여다보는 그에게 그레고리가 짧게 물었다. 그는 천천히 고개를 끄떡였다.

"Take a seatbelt, please."

그레고리는 운전대를 움켜잡고 막힌 도로를 피해 골목으로 달리기 시작한다. 포장이 되지 않은 도로를 그는 클랙션을 울려대며 거칠 것 없이 달린다. 차가 흔들릴 때마다 몸이 좌우로 춤을 췄고 머리가 천정에 닿았다.

골목길을 벗어나 다시 메인도로로 나와도 정체는 여전하다. 그레고리는 정체를 피해 상대 차선으로 달리고 교차로에선 무조건 차를 밀어놓는다. 상대 운전수가 항의하면 목을 길게 빼고 큰 소리로 윽박지른다. 이제까지 들은 프랑스어의 부드러움은 어디에도 없다.

사람들과 나쁜 차를 모는 사람들은 좋은 차에 길을 양보한다. 좋은 차를 모는 그레고리는 당연한 듯 양보를 받는다. 물론 차는 우리가 렌트한 차였다. 그레고리는 그의 동포들에겐 거칠고 무례한 존재였다. 거칠게 운전하는 그레고리의 하얀 두 눈이 백미러를 통해 날 응시한다. 날 의식하는 것일까.

거친 그레고리의 운전 덕분에 우린 약속시간에 적십자사무실에 도착할 수 있었다. 한쪽 건물이 주저앉은 적십자건물 앞엔 사람들이 몰려 있었다. 국적을 알 수 없는 사람들이 각자의 언어로 떠들어대는 소리는 동물원에 있는 모든 동물들을 한 우리에 몰아넣은 것 같다. 사람들은 건물이 무너질까봐 건물로 들어가지 않고 잔디밭에 모여 있었다. 쏟아지는 햇볕이 강렬했다.

한국적십자사에서 파견된 분이 우리를 맞는다. 날 인사시키는 그의 태도가 어색하다.

"대학 동창입니다. 시간이 돼서 같이 왔습니다."

어색해하는 그를 방해하지 않기 위해 난 뒤로 쳐졌다.

"이곳에 오기 전에 아이티인들이 이번 지진을 신의 뜻이라고 한다는 말을 들었었죠. 난 그때 이 사람들은 운명을 잘 받아들인다고 생각했는데 그런 게 아닙니다. 이들이 말하는 신의 뜻이란, 나라를 이 모양으로 만든, 권력을 가진 자들에 대한 조롱인 셈이죠. 파괴된 주택들은 대부분 콘크리트로 지어진 좋은 집들입니다. 없는 사람들이 사는 허름한 판자촌은 피해가 없습니다. 무너지지도 않았고 또 무너진다 해도 사람을 상하게 하지 못하니까요. 그러니 신의 뜻이란 나라를 이 모양으로 만든 사람들에 대한 신의 징벌인 셈이죠."

"하지만 고통은 결국 못 가진 사람들이 더 크겠죠."

"그러게 말입니다. 또 다른 오해도 있죠. 한국 언론엔 아이티인들이 남의 물건을 탈취한다고 했는데 그건 전혀 사실이 아닙니다. 상점에 주인들이 모두 죽었거나 방치된 물건을 가져가는 걸 탈취라고 말할 순 없죠. 일테면 주인 없는 음식을 필요한 사람들이 나눠 갖는 거니까요. 관점의 차이죠."

"네."

그가 아이티 적십자사 대표를 만나기 위해 건물로 들어가는 걸 보고 난 주변을 어슬렁거렸다. 그런 내게 한국인 몇 사람이 아는 체를 했다.

"안녕하세요? 무슨 프로그램으로 오셨어요?"

"네."

난 애매하게 대답하고 서둘러 차로 돌아왔다. 이곳도 불편했다. 그레고리는 내가 자리에 앉자 라디오볼륨을 줄였다.

"I don't mind."

난 눈을 감고 음악을 듣는다.

그를 다시 만난 건 대학 졸업 후 5년만이었다. 동창 중에 언론 계통에 있는 사람들끼리 모임이나 만들자고 가진 세 번째 모임에서였다. 첫 번째와 두 번째 모임이 있는 건 알았지만 난 가지 않았었다. 그때 내 삶은 잘 짜여진 비단처럼 틈이 없었고 윤기가 흘렀었다. 그리고 이혼 전이었다.

이혼은 내게서 아이를 뺏어갔고 내 삶을 파괴했다. 지금까지 성능 좋은 차로 쉬지 않고 올랐던 정상에서 브레이크도 없이 내리막길을 질주하다 깡 그리 파괴됐다. 주변사람들은 비웃음을 보이며 하나 둘 떠나갔다. 난 누구든 기댈 사람이 필요했다.

그가 나와 함께 4년을 강의실에서 지냈다는 사실도 그를 다시 만났을 때 처음 알았다. 그만큼 그는 평범한 남자였다. 그때까지 난 평범한 사람에게 관심을 가져본 적이 없었다.

워낙 말이 없는 사람이라 그의 삶의 이력은 다른 친구를 통해 들었다. 그는 처음엔 정치부에 근무하다 사회부로 옮긴 뒤 결국 그가 뿌리내린 곳이 지금의 교열부였다. 그토록 느린 사람이 정치부와 사회부기자를 어떻게 5년 동안이나 해왔을까 싶었다. 정치부기자란 취재원을 따라 하루 종일 이리 뛰고 저리 뛰는 직업이다. 그나마 출입기자라면 한 곳에 기다리다 뉴스를 물어오거나 옆 기자의 기사를 편집할 수도 있었겠지만 그런 자리는 고참 기자들의 몫이었다. 사회부로 옮긴 뒤에도 그는 사건현장을 뛰어다녀야 했을 것이다. 그의 동기들은 벌써 차장이 됐지만 그는 여전히 평기자였다.

그와 난 밤늦은 시간에 자주 만났다. 내가 방송을 마치는 시간에 그는 교열을 마쳤다. 우린 한강을 산책하곤 했다.

장마가 막 끝나고 별이 서울 하늘을 가득 덮은 날이었다.

"내가 고아라는 거 알아?"

처음 듣는 얘기였고 소문과도 달랐다. 특별하지 않았던 그가 신문사에 입사하고 모두가 욕심을 내는 정치부기자에 보직 받은 이유가 그의 집안이 든든해서라는 말을 들었던 터였다.

난 고개를 흔들었다.

"어머니는 내가 태어나자마자 돌아가셨고 아버지는 내가 초등학교에 입학하기 전에 돌아가셨어."

밤하늘에 가득한 별들 아래서 그는 나처럼 외로워보였다. 하지만 그때 그를 내 품에 안은 이유는 별들이 만든 낭만적인 분위기나 그의 외로움 때문이 아니었다. 그건 오로지 내 필요에 의해서였다.

『수마가 할퀴고 간 마을에 가장 필요한 것은 물』이란 말을 들었을 때 난 깨달음을 얻은 느낌이었다. 홍수처럼 밀려왔다 깊은 물길만 남기고 가버린 한 남자로 인해 내 가슴엔 큰물이 휩쓸고 간 마을처럼 온갖 찌꺼기들이 내 의지완 상관없이 쌓여 있었다. 치우지도 못하고 넋을 놓고 찌꺼기들을 바라보고 있을 때 그 글을 읽었다. 작가가 써준 멘트였는지 아니면 어느 인터넷 댓글이었는지 기억할 순 없지만 그 글을 읽고 난 망설임 없이 그를 선택했었다.

난 쉬운 선택을 한 셈이다. 한 남자가 사라진 자리에 색깔 없는 이 남자면 적당하다 싶었다. 그는 내게 남겨진 한 남자의 찌꺼기를 씻어낼 허드렛물이었다. 하지만 그는 내 뱃속에 원죄처럼 똬리를 틀고 있는 모성애를 자주 자극했다. 난 그의 아픔을 외면했지만 이해할 수 있었다. 나 역시 날 버린 아버지를 미워했지만 자주 그리워했고 빼앗긴 아이를 찾고 싶었다.

난 가끔 자문했다.

그를 사랑해?

답은 분명했다. 이제까지 한 번도 그를 사랑한다고 생각한 적은 없었다.

그럼 왜 만나고 왜 가끔은 화를 내지?

그가 필요해. 그것뿐이야.

찌꺼기들을 씻어내기 위해서?

그래. 그리고 외로운 건 싫으니까.

이기적이어도 그건 사실이었다.

그는 널 사랑할까?

바로 답을 하지 못했다. 그가 날 사랑하는지 자신이 없었다.

그도 내가 필요할까?

그 질문에도 난 답을 하지 못했다. 때론 그런 것 같기도 했고 때론 아닌 것 같기도 했다.

아이티 적십자 대표를 만나고 온 그는 한국국제협력단이 머물고 있다는 곳으로 향했다. 도착해보니 그곳은 한국기업이 발전소를 건설하고 있는 현장이었다. 넓은 공터 한 쪽에 천막을 친 곳이 국제협력단 본부였다. 그곳엔 한국에서 온 기자들도 머물고 있었다. 난 어쩔 수 없이 차에 남았다.

"Is he your husband?"

그레고리가 내게 묻는다.

"No, he is my friend."

난 그레고리의 시선을 피해 눈을 감고 부족한 잠을 청했다. 음악의 볼륨이 낮아진다. 깜박 잠이 들었다고 생각했는데 깊게 잔 모양이었다. 그가 국제협력단에서 얻어왔다고 내게 식판을 내밀었다. 간만에 보는 김치와 흰밥, 고추장까지 있었다.

점심을 먹고 우린 대학의료봉사단이 활동하는 포르토프랭스 중심가를 들린 후 숙소로 향했다. 치안이 위험해서 해지기 전에 숙소에 도착해야 한다고 그레고리가 말했다. 돌아오는 길에 그레고리는 파괴가 심한 지역을 찾아 차를 몰았다. 아침엔 골목길로 달려서 보지 못한 참상이 눈앞에 펼쳐졌다. 무너진 학교 건물들, 성당, 고층건물들이 계곡을 사이에 두고 시루떡처럼 무너져 있었다. 사람들이 무너진 건물에서 철근을 빼내고 있었다. 이 도시를 복구한다는 건 불가능해 보였다. 신도시를 건설해야 한다는 말이 이해가 됐다.

아이티의 폐허를 보면서 난 이혼 직후의 내 삶이 떠올랐다. 그를 다시 만난 시기이기도 했다. 지금 내 눈앞에 펼쳐진 모습은 그때 내 모습을 닮아 있었다. 무얼 먼저 손대야 할지 도저히 엄두가 나지 않는 상황들이 꼭 닮아 있었다.

Photo #3 Bevic 고급주택가

(미군들이 살고 있는 고급주택가에 있는 2층집 수영장 앞에서 난 그가 읽던 책을 읽고 있다.)

아이티 2일차. 난 혼자 남겨졌다. 그는 오늘 아이티교민들을 만날 예정이었다. 그도 나도 불편할 일은 피하고 싶었다. 난 그가 읽던 책을 펼쳐 그가 마킹펜으로 표해놓은 부분들만 찾아 읽었다. 마킹 옆에 빨간 펜으로 적은 글씨가 보인다.

> 애기똥풀의 영어식 표현은 celandine 이다. 작은 애기똥풀이라는 문장은 그 느낌이 더하다. small celandine, 우리 이름이 훨씬 멋지지만 영어식 표현도 그럴싸하다. 애기똥풀이라고 부르면 꽃의 모양이 눈에 선하고 small celandine이라고 부르면 노란색 작은 도자기 인형이 그려진다. 하동 근처에서 애기똥풀을 찍은 적이 있다. 완전한 노란색을 가졌다. 그래서 순수하다.

아이티에서 난 그의 메모 덕에 애기똥풀, 사이프러스, 떡갈나무를 알게 되었다.

"미스타 최가 당신을 구경시켜주라고 했어요."

그레고리가 내 곁에 와 있다. 그는 날 위해 그레고리를 집에 남겼다. 그레고리는 날 차에 태우고 비포장도로를 달리기 시작했다.

"Where are we going?"

"Caribbean sea."

비포장도로를 두 시간쯤 달리자 에머럴드빛 바다가 나타났다. 그레고리에게 묻자 지명이 작멜(JACMEL)이라 했다. 바다는 내리쬐는 태양 뿐 텅 비어 있었다.

난 망설이지 않고 옷을 입은 채 바다로 뛰어들었다. 얇은 옷들이 몸에 엉겨 붙었고 그레고리가 팔짱을 낀 채 날 보고 있었지만 난 신경 쓰지 않았다. 해방감이었다. 바다의 시원함보단 마음의 해방감이었다. 난 그레고리에게 손짓을 했다. 그레고리도 망설이지 않고 물로 뛰어 들었다.

"You are a mermaid."

그레고리가 말했다.

"You are a black fish."

그레고리가 웃었다.

우린 지칠 때까지 물속에서 수영을 하다 힘이 빠지면 나무 그늘에 드러눕기를 반복했다. 투명한 푸른 물속에서 눈을 뜨면 가까이에서 단단한 근육을 가진 검은 고기가 내 곁을 배회한다는 생각이 들었다. 내가 힘껏 멀어지면 어느 새 검은 물고기는 다시 내 곁에 가까이 와 있었다.

그레고리와 난 점심시간이 지나서 바다를 떠났다. 그레고리가 날 데려간 곳은 프랑스의 도시에 온 듯한 착각을 일으키는 작은 도시였다. 이곳은 폐허가 된 포르토프랭스완 완전히 달랐다. 폐허와 불과 두 시간 거리에 있는 이 도시는 모든 것들을 잊게 했다.

작멜은 커피가 많이 나서 식민지시절 프랑스인들이 몰려와 커피무역을 하던 도시며 영화제도 매년 열리는 곳이라는 설명을 그레고리가 덧붙였다. 그레고리와 난 바다가 보이는 작은 식당에서 늦은 점심을 먹고 커피를 마신 뒤 중세 프랑스 거리를 걷듯 태양빛을 따라 시내를 걸었다.

그날 밤 그는 연락이 없었다. 통화를 시도했지만 전화가 되지 않았다. 그레고리와 난 냉장고에 있던 맥주를 마시기 시작했다.

"미국에서 공부했다고 들었는데 왜 돌아왔죠?"

"싫었어요. 여긴 모두가 나와 같잖아요. 미국은 그렇지 않죠."

그레고리는 간단하지만 명료하게 이유를 설명했다. 그의 얘기가 모두 진실이라고 믿을 생각은 없다. 하늘엔 별들이 쏟아지고 있었다.

"그는 올 수 없나보네요."

난 그레고리를 남겨두고 방으로 향했다. 뒤척이다 잠이 들었던 모양이다. 문이 열리는 소리가 들리고 발자국소리가 내 침대에 가까워졌다. 난 조심스럽지만 망설이지 않는 발자국소리를 듣는다. 발자국소리가 침대 곁에서 멈춘다. 난 몸을 뒤챘다. 따뜻한 손이 내 얼굴을 쓰다듬었다. 난 손을 뻗어 내 얼굴을 쓰다듬는 손을 잡았다.

새벽에 딱딱거리는 닭울음소리에 눈을 떴다. 내 곁엔 그가 자고 있었다.

난 그레고리가 사다 준 담배를 피워 물고 마당으로 나왔다. 마당을 나오기 위해 지나친 거실 소파에 그레고리가 자고 있었다.

하늘은 별들의 장관이다. 저 별 어디쯤에선 내가 피우는 담뱃불도 별로 보일까? 난 다시 돌아갈 서울을 생각했다. 그곳엔 또 다른 남자가 날 기다리고 있다. 또 아이가 있다. 내게 홍수처럼 왔다가 가버린 남자가 남기고 간 생명. 나와 관계 맺은 많은 사람들이 날 기다릴 것이다.

내가 그곳에서 해야 할 일들에 대해 혐오감이 밀려왔다. 그곳에서 다시 안면을 마주하고 무엇인가를 모의해야만 하는 사람들에게도 혐오감은 마찬가지였다. 검은 물고기와 함께 한 하루가 마치 삶의 근원적인 것인 양 내 몸에 젖어들었다.

가장 단순하고 가장 감각적인 행위만 생각하고 싶어졌다. 수많은 눈들과 수많은 관계들, 내게 붙여진 모든 꼬리표들을 가위로 싹둑싹둑 잘라버리고 싶다. 하지만 난 돌아가야만 한다. 오늘 그레고리가 날 도미니카 국경까지 태워주면 거기 서울에 먼저 돌아간 남자가 마련한 차가 기다리고 있을 터였다. 아이티와 도미니카 국경, 히마니가 혐오스러운 미래로 가는 블랙홀인 셈이다.

아침을 먹고 그와 짧은 인사를 나눴다. 그는 아이티에서 일주일을 더 머물러야 했다. 그의 회사에서 모금한 성금을 전달하는 임무까지 마쳐야만 했다. 그레고리와 난 포르토프랭스를 떠나 국경선인 히마니에 도착할 때까지 말이 없었다. 음악을 크게 틀어 놓고 멍하니 밖을 바라봤다. 히마니를 통과할 때 나비떼가 나타났다. 내 삶의 블랙홀엔 흰색, 노란색 나비떼가 보이지 않는 국경을, 블랙홀의 입구를 떠돌고 있었다. 나비들의 군무는 오래 계속

됐다. 무엇을 위한 군무란 말인가.

국경을 넘는 내 등 뒤에서 그레고리는 복잡한 표정으로 멀어지는 날 바라봤다.

"Good bye, Black fish."

난 그가 들을 수 없는 작은 소리로 그레고리에게 마지막 인사를 건넸다.

Photo #4 압구정동

(도로가 복잡하다. 난 횡단보도 앞에 서 있다. 도로 맞은 편 건물은 매연 속에 을씨년스럽게 서 있다)

빠앙.

횡단보도 건너편 빌딩을 바라보며 8차선 도로에 그려진 횡단보도를 건너는 내 귀로 찢어진 공기파편들이 파고들었다. 머릿속에서 소리 파편들이 질주했다. 생각보다 발이 빨랐다. 힘겹게 인도에 올라서 차도를 바라봤다. 공기층을 찢은 클랙션 소리를 남기고 독일에서 만들어졌다는 차는 까마득히 멀어져 가고 있었다. 뒷모습이 100미터 세계선수권대회에 출전한 건강한 남자의 단단한 엉덩이를 연상시키는 차였다.

그 차는 내 차와 같은 모델이었다. 액셀을 밟은 발에 힘을 줄때면 하얀 슬로프를 미끄러지며 활강하고 있다는 착각이 들곤 했다. 고개를 흔들어 소리를 털어내고 건너편 횡단보도 신호를 바라봤다. 신호기에선 아직도 초록불이 깜박이고 있었다.

난 고개를 젖히고 내 앞에 버티고 선 건물을 올려다봤다. 건물과 맞닿은 하늘엔 차들이 내뿜은 매연이 덩어리져 있었다. 하늘은 검은 갯벌을 연상시켰고 건물은 갯벌에 꽂힌 굵은 폐목 같았다. 잠깐, 포르토프랭스에서 본 밤하늘이 떠올랐다.

폐목 안에서 그는 부화에 실패한 한 마리 번데기처럼 날 기다리고 있을 것이다.

그를 만나기 위해서는 내가 익히 알고 있던 세상과 다른 곳으로 와야만 했다. 그를 만나러 올 때마다 난 차에 후진기어를 넣고 전속력으로 달리는 기분을 느끼곤 했다. 좋은 느낌은 아니었다. 옷차림도 신경이 쓰였다. 그를 만나는 곳이 실내일 때면 입구에서 내 모습을 살펴보곤 했다. 옷장 가장 구석진 곳에 걸려 있는 옷을 입고 나와도 그를 만나는 곳에선 여지없이 사람들의 이목을 끌곤 했다. 그런 시선이 내 몸에 닿을 때마다 두드러기라도 난 것처럼 가려웠다.

느린 사람.

난 그에게 그런 꼬리표를 붙여줬다.

느린 사람과 그렇지 않은 사람.

카테고리는 단 두 가지뿐이다. '느린 사람'이란 카테고리엔 그가 유일했다. 나를 포함한 내가 아는 누구도 그 카테고리와는 멀었다.

그는 속도에 대해 특별한 성향을 가진 셈이다. 특별하다는 것은 희소성을 말하는 것이 아니라 비정상적인 성적 취향을 가진 사람들처럼 이해하지 못할 사람에 가깝다는 의미였다.

"오늘은 얼마나 기다렸어?"

난 그가 내려놓은 책제목을 빠르게 읽으며 물었다.

〈전도서를 위한 장미〉 -신이 된 인간들의 이야기-

대답 대신 그는 30분이나 늦은 날 웃으며 맞았다.

"또 약속시간보다 30분이나 먼저 와서 기다렸지?"

묻지 않아도 알 일을 묻는 내 목소리는 건조했다. 30분이나 늦은 사람이 30분이나 먼저 와서 기다린 사람에게 건네는 목소리론 어울리지 않는다는 걸 알지만 내 목소리에 미안함은 없었다. 그가 30분, 혹은 1시간이나 먼저 와서 기다리는 것처럼 내 말투도 이젠 습관이 되어 있었다.

"주문 안 했지?"

1초, 2초, 3초. 난 그의 대답을 기다리면서 초침 소리를 듣는다. 그리고 어김없이 짜증이 몰려왔다. 세 번의 초침 소리를 듣고서야 그의 대답을 들을 수 있었다.

"응."

늘 한 박자 늦게 말하는 그와 대화를 이어가는 일은 힘들었다. 그런 그를 보며 난 진공관을 생각했다. 대학시절 전공수업으로 들은 미디어의 역사란 강의시간에 진공관이란 장치를 봤었다. 그에겐 수신시스템과 송신시스템 사이에 거대한 진공관이 있을 것만 같았다. 가끔은 내 말들이 그 진공관에서 길을 잃곤 했다. 그리고 그의 진공관 탓에 자연히 우린 대화보다는 침묵에 더 많이 의지했다.

주문한 음식을 말없이 먹었다. 마치 먹기 위해 모이는 원시인들처럼 우린 상대방의 음식 씹는 소리를 들으며 그릇을 비워갔다. 음식을 다 먹고 난 뒤에도 그는 말이 없었다. 분명히 내가 듣기를 원하는 답이 있다는 걸 그는 알고 있다.

"정말 갈 거야?"

커피를 마시다 난 참지 못하고 물었다.

"응."

한 박자 느리게 되돌아오는 그의 말이 내 어깨에 단단하게 뭉쳐놓은 마지막 기대를 쏙 빼내버린다. 온 몸에서 힘이 빠져나가는 소리가 쏴- 쏴- 내 귀에 들린다.

"이유가 뭐야? 난 아무 것도 아냐?"

질문을 해놓고 후회한다. 내가 그에게 물을 질문은 아니었다. 나 역시 그에게 진지해본 적이 없었기 때문이다.

"여기선 내가 하찮지만 거기 가면 신이 될 수 있어."

"신?"

난 그가 읽던 책과 그의 얼굴을 번갈아 보며 물었다.

"그래, 신."

"그게 이유야? 이번에 교열부를 아웃소싱하기로 했다는 소식 들었어. 그것 때문 아냐?" 내 질문은 어두운 지하실에서 쩌렁쩌렁 울리는 폭력적인 질문에 가까웠다.

교열부는 그가 마지막에 찾은 누추한 은신처였다. 회사는 그 은신처를 헐어버릴 것이다. 그는 대답 대신 희미하게 웃었다. 조롱 섞인 웃음. 자존심이 상한다.

"가면 끝이야."

그는 말없이 날 바라본다. 나도 그의 눈을 오래 들여다봤다. 그의 눈을 보면서 난 방금 그에게 선언하듯 던진 말을 후회한다. 내 말이 아니어도 그의 눈엔 분명한 각오가 담겨 있었다.

"아이티 취재 둘째 날 난 백삼숙이라는 분을 만났어. 그분은 지진이 나기 훨씬 전부터 아이티에서 활동을 해온 분이었어. 그분을 통해 오래 전부터 아이티를 위해 일해오고 있는 사람들을 만났어. 한국사람 뿐만 아니라 세계에서 온 사람들을 만났지. 내가 만난 그들은 진정한 신이었어. 그곳 주민들은 그 사람들이 말하는 신을 믿는 것이 아니라 그들 자체를 신으로 믿고 있었어. 신은 보이지 않는 저 높은 곳에서 지시하고 벌주는 존재가 아니라 그렇게 함께 뒹굴고 함께 고민하는 존재여야 한다는 내 생각과 완전히 일치하는 존재들이었어."

난 그보다 먼저 국내에 돌아와서 그가 쓴 기사를 봤었다.

『아이티에서 신이 된 여자』

기사 타이틀이 그랬었다.

"아이티에서 돌아온 후 얻은 3일간의 휴가 동안 하동에 다녀왔어."

하동이라면 나도 잘 안다. 가보진 않았지만 그가 예고도 없이 잠적하면 가는 곳이었다. 그의 말에 따르면 하동 어디쯤엔 세상에서 상처받은 사람들, 정신없이 돌아가는 세상에 적응하지 못하는 사람들이 모여 사는 곳이 있다고 했다. 의료사고를 낸 의사, 사상 때문에 임용에 실패한 대학교수, 변호사, 정치인, 한때는 성공한 벤처기업가, 이름을 대면 알만한 연예인까지 있다고 했다.

"난 아이티에 가기 전까지만 해도 돌아오면 그들의 곁으로 갈 생각이었어. 그런데 아이티에서 생각이 바뀌었어. 그래서 하동식구들에게 같이 가자고 제의했고 몇 사람이 함께 하기로 했어. 그리고……."

난 그의 말을 기다린다. 째깍 째깍. 초침 소리가 머릿속에서 울린다. 기다

림은 짜증 대신 조바심을 일으킨다.

"그곳에서 한 여자를 알았어. 현지 여자야. 그녀에게 돌아오겠다고 약속했어."

난 그를 남겨두고 자리에서 일어선다. 그가 날 뒤따라 나온다. 그와 난 차들이 질주하는 거리에서 서로의 은신처를 향해 등을 돌렸다.

Photo #5 여의도 공원
(그가 벤치에 앉아 날 기다리고 있다. 가로등 불빛 때문에 하늘을 올려다보는 그의 얼굴이 신비하게 보인다. 그의 앞에 자전거가 세워져 있다.)

새벽 2시가 가까워서야 촬영이 끝났다. 그는 10시부터 공원에서 기다리고 있었다. 낮에 그는 출발일자를 전화로 말했었다. 하늘이 어두웠고 곧 비가 쏟아질 것 같다. 그는 벤치에 앉아 하늘을 올려다보고 있었다. 그의 앞에 자전거가 세워져 있다.

"설마 자전거를 타고 온 건 아니지?"

"맞아."

그에겐 차가 없었다. 그는 정치부와 사회부 시절에 타던 차도 교열부로 옮긴 뒤에 처분해 버렸었다.

"타."

그는 날 태우고 공원을 달리기 시작했다. 무엇인가를 그렇게 열심히 하는 걸 본 건 처음이었다. 내 손에 닿은 그의 복부는 단단한 근육이 수축과 이완을 빠르게 반복하고 있었고 그의 등에서 난 땀에 내가 입고 있는 실크블라우스까지 물기가 번졌다. 난 그가 자전거를 세울 때까지 말없이 그의 거친

호흡소리를 들었다. 자전거를 타고 공원을 달리는 그의 행동에 어떤 의미가 있는지 묻지 않았다. 그는 30분을 달린 뒤에야 자전거를 세웠다. 그는 자전거를 세우고 가로등 밑에서 달게 담배를 피웠다.

난 그의 자전거를 반으로 접어 트렁크에 싣고 차를 몰아 자유로를 향해 달렸다. 검은 구름이 낮게 깔린 자유로는 비어 있었다. 난 오른발에 힘을 주었다. 엔진의 회전속도가 빠르게 올랐고 속도는 몇 초 만에 160킬로미터를 지시했다. 창밖으로 가로등들이 점점 빠르게 뒤로 사라지는 걸 바라보며 난 발에 힘을 가했다. 속도계가 순식간에 180킬로미터를 가리켰다. 발끝에서 전해진 쾌감이 실핏줄을 통해 전신으로 퍼져나가고 있었다.

난 옆자리에 앉아 있는 그를 바라봤다. 그의 얼굴은 평온했다. 그는 평온한 눈빛으로 정면을 똑바로 응시한 채 앉아 있었다.

난 차를 세웠다.

"해볼래?"

난 그에게 물었다. 등에 땀이 흥건하도록 자전거 페달을 밟는 그에게 속도를 느끼게 해주려는 것이 내가 자유로에 나온 이유였다. 텅 빈 이 도로에서 그는 규정속도보다 느리게 달릴 거라 생각했다. 그럼 난 그를 무시하리라 다짐했다.

내가 던진 많은 질문에 답하지 않는 그에게, 내게 같이 가주지 않겠냐고 물어주지도 않는 그에게 난 그가 적응하지 못하는 속도를 보여주고 싶었다. 의미 없는 일이지만 그것이 내 자존심이었다.

한참이나 날 바라보던 그가 운전석에 앉았다. 그는 안전벨트도 매지 않고 차를 출발시켰다. 차가 출발하자 빗방울이 창문에 떨어졌다. 그는 한 손에

핸들을 잡고 한 손으로 내 손을 잡았다. 천천히 출발한 차는 속도를 높이기 시작했다. 그리고 빠르게 속도계의 지침을 우측으로 몰아갔다. 순식간에 속도계는 180킬로미터를 넘고 있었다. 내 손에 땀이 나기 시작했고 다리에 힘이 들어갔다. 하지만 그를 제지할 수는 없었다. 내가 몰아간 일이었다. 내 손에서 땀이 배어났지만 그의 손은 건조했다. 그의 얼굴은 옆자리에 앉아 있을 때와 달라지지 않고 평온했다. 창문에 맺힌 빗방울을 와이퍼로 밀어내자 차는 이미 200킬로미터를 넘고 있었다. 바퀴에서 빗물이 튕겨나가는 소리가 들렸다. 하지만 그는 속도를 줄일 생각이 없어 보였다. 미터기의 눈금이 220킬로미터를 넘기자 난 소리를 질렀다.

"세워!"

그가 날 짧게 바라보다 차를 우측에 붙였다. 차가 서자 다리에서 힘이 빠져나갔다. 내 입에서 긴 숨이 몰려나왔다. 그런 나를 차에 남겨두고 그는 담배를 물고 밖으로 나갔다. 한참을 앉아 있자 다시 다리에 힘이 모아졌다. 난 도어를 열고 그에게 갔다. 제법 굵은 비가 그의 어깨를 적시고 있었다.

난 그에게 물었다.

"난 네가 속도를 두려워한다고 생각했어. 아니, 속도의 지진아라고 생각했어."

"맞아. 정확해."

"지금은 뭐지? 방금 전 넌 내가 아는 네가 아냐?"

"맞아. 그것도 나야."

그가 날 오래 바라봤다.

"여긴 그냥 공간일 뿐이야. 어둠에 둘러싸인 의미 없는 공간. 내가 봐야할 것도, 내가 만나야 할 사람도, 내가 알아야만 할 것도, 내가 기다려할 할 사람도, 날 기다려주는 사람도, 그 무엇도 없는 그냥 공간. 이백이십이든 삼백이든 그건 의미 없는 숫자일 뿐이야. 그냥 달리는 거니까."

"그럼. 아까 공원에서 자전거는 무슨 의미야? 거기도 그냥 달리면 되는 공간이잖아? 등에 땀이 나도록 뭔가를 열심히 하는 널 본 건 처음이었어."

"난 흉내를 내 본 거야."

난 그를 올려다봤다.

"이티 흉내. 이티의 마지막 장면."

난 한참을 생각한 후에야 이티의 마지막 장면에 자전거를 타고 하얀 달이 떠있는 하늘을 나는 자전거를 생각해냈다.

"유치하지만 흉내를 내보고 싶었어. 죽어라 달리면 내 자전거가 하늘을 날 수 있을까, 그런 웃기는 생각을 하며 달려봤어."

그의 오피스텔 벽엔 E.T가 자전거를 타고 보름달 위를 날아가는 사진이 붙어 있었다.

"날면? 이티처럼 우주에라도 가고 싶어?"

"응."

"거기 가면 뭐가 있는데?"

평소와 달리 빠르게 대답하던 그가 그 질문엔 입을 다물었다. 이번에도 내 질문은 그의 진공관에서 길을 잃었지만 난 답을 듣지 않아도 알 수 있었다. 그는 자신을 일찍 떠나가 버린 사람들을 찾고 싶은 것이다. 나도 그랬다. 날 떠나버린 사람들을 찾아가고 싶었고 지금도 그랬다.

Photo #6 그의 오피스텔

(텅 빈 그의 오피스텔에 나 혼자 앉아 있다. 책상 앞 벽엔 여러 장의 사진들과 그림들이 붙어있거나 걸려있다. 그의 어릴 적 가족사진이 걸려있던 벽이 텅 비어있다.)

그가 떠난 지 일주일이 지났다. 난 그의 방에 앉아 있다. 그의 방 벽엔 그가 찍은 사진들이 낙서처럼 걸려 있다. 그는 교열이 없는 토요일이면 사진기를 들고 지방을 헤매고 다녔다. 그리고 가끔 내가 진행하는 프로에 엽서를 써서 보내곤 했다. 자신이 찍은 사진이 박힌 엽서였다.

언젠가 그는 사진작가가 꿈이었다고 말했었다. 그의 사진은 세상을 멈추게 한다. 그는 사진을 찍는 행위가 신의 놀이라고 말하곤 했다. 그가 셔터를 누르는 순간 페르마타가 시작된다. 그는 그가 원하는 시간에 원하는 모습으로 세상을 멈추게 한다.

자전거를 타고 달을 향해 날아가는 E.T 사진 옆에 검은 여자가 날 보고 있다. 미인이다. 커다란 눈은 좋아하는 사람을 볼 때 숨겨지지 않는 기쁨이 가득하다. 그는 지금 까만 피부에 흰 눈을 가진 아이티여인과 사랑을 나누고 있을까? 어떤 느낌일까? 난 그의 쾌감이 궁금해진다.

뉴욕에서 함께 시간을 보낸 남자에게서 전화가 온다. 난 그 전화를 무시한다.

그가 이 남자의 존재를 안 건 별이 많았던 그날 밤이었다. 그날밤에도 남자는 내게 여러 번 전화를 했었다. 난 그에게 이혼의 이유와 남자에 대해 말했었다.

남자는 내게 아버지 같은 존재였다. 그의 부모가 사고로 그의 곁을 떠난 것과는 비교할 수 없는 상처가 내겐 있었다. 내 부모는 내가 대학에 입학하던 해에 날 버렸다. 아버지는 집을 나갔고 어머니는 새 남자를 찾아 떠났다. 홀로 남겨진 내가 기댈 수 있는 곳은 남자가 전부였다. 내가 정상에 올라설 수 있도록 힘을 쓴 것도 그였다. 사실 그는 처음부터 내겐 지렛대였다. 그 남자의 권력이 아니었으면 난 정상에 가보지도 못했을 것이다. 하지만 결국 남자 때문에 이혼을 당하기도 했다. 하지만 남자를 탓할 수는 없었다. 결혼 후 남자를 만난 일은 없었지만 남편은 이해하지 못했다. 남편의 입장에서 생각하면 당연했다.

그가 이혼 후 내 뺨을 치울 허드렛물이었다면 남자는 끝도 없이 추락하는 내 삶에 제동장치였다. 남자에겐 그럴 수 있는 권력이 있었다.

전화벨이 계속 울린다. 전원을 끄면서 이제 난 추락쯤은 무시하리라 다짐한다. 언제든 내 삶에 오직 뺨만 남았다고 생각될 때 난 그를 만나러 아이티로 떠날 것이다. 내 남은 인생의 굴곡을 알 수는 없지만 그 결심이 분명한 하나의 위안이 된다.

"난 시간여행을 하는 거야. 아주 오래 전으로. 그리고 신이 되는 거지."

ET 사진에 그가 남긴 메모였다.

"아프리카의 신들은 결코 아프리카 사람을 닮지 않았어. 케냐의 신은 하늘에서 밧줄을 타고 내려왔다고 하는데 그건 밧줄이 아니라 우주선을 타고 왔다는 말이야. 하기야 모든 신들은 하늘에서 내려오지. 땅속에서 기어 나오는 건 말이 안 되기 때문이야. 그건 우주선을 타고 왔다는 의미거든. 그리고 그리스 로마신화에 나오는 신들은 모두 외계인이라는 게 내 생각이야. 실제로 키클롭스 같은 괴물들은 외계인과 인간 사이에 태어난 돌연변이인 셈이지. 외계인이 지구를 떠난 이유는 종족번식이 안된다는 이유 때문이지 않을까. 왜 정상적인 종족이 태어나지 않았는지는 내가 생물학자가 아니라서 모르겠고. 이스터섬의 모아이석상들, 잉카의 이해할 수 없는 거대한 그림들, 영국의 스톤헤지, 그 거대한 구조물들은 분명 외계인이 만든 거라는 게 내 생각이야. 그리스신화의 제우스를 비롯한 티탄족들이 모두 거인들이잖아. 신이라 불리는 존재들은 그냥 또 다른 생명체일 뿐이야. 그러니 나도 신이 될 수 있고."

그의 말이 환청처럼 내 귀에 들린다. 만약 내가 그를 따라 간다면 나 역시 신이 될 것이다.

생각해보면 그는 내게 한낱 허드렛물이었지만 이제 그는 신이 됐다. 이제 난 그가 신이라는 사실에 전혀 의문을 품지 않는다. 놀랍지만 그건 사실이다. 내 마음의 변화를 사진이 인화되는 시간을 지켜보듯 보고 있다.

난 그의 사진 한 장을 떼어 지갑에 넣고 그의 방을 나선다.

게임과 혁명

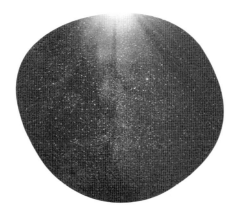

1

정확히 1년 만에 그녀가 나타났다. 9월25일. 1년 전 오늘 그녀는 휴가를 떠났었다. 그리고 허락받은 3일간의 휴가가 끝난 뒤에도 돌아오지 않았다.

– 사랑은 실패를 각오해야 하는 거잖아요, 혁명처럼.

그녀가 내게 했던 말이다. 그녀가 떠난 이유를 수없이 생각해 봤지만 어떤 판단도 할 수가 없었다. 그녀를 마지막으로 봤던 9월 25일 새벽에도 그녀는 별다른 말이 없었다.

이제 겨우 그녀로부터 자유로워진 내 앞에 나타난 이유가 궁금했다. 어쩌면 그녀는 우리의 사랑을 1년 동안 유보했던 것일까. 그리고 유보된 사랑을 다시 시작이라도 하려는 것일까.

그녀가 혁명 같은 사랑을 말했을 때 난 다른 혁명을 꿈꾸고 있었다. 그리고 그때 내가 꿈꾸었던 혁명은 분명 실패했다. 실패의 대가는 혹독했다. 6개월 동안 감옥살이를 해야만 했고 아내와 아이들은 날 떠났다. 직장을 잃었고 내가 동지라고 말했던 사람들도 날 버렸다.

2

그녀를 처음 만나던 날 난 회사와 힘겨운 싸움을 시작하고 있었다. 더위가 시작되던 6월 중순이었다. 정부는 IMF에 굴복해 회사를 매각하기 위한 작업을 진행하고 있었다. IMF가 침몰하는 나라에 자금지원 조건으로 공공기업을 매각하라고 요구하고 그에 대한 정부와의 이면합의가 있다는 사실은 정부와 회사의 부정에도 공공연한 비밀이었다. 규모가 커서 초국적자본이 인수자금을 마련할 수 없으니 인수할 수 있는 규모로 조각조각 쪼개라는 요구가 있었고 현재 정부와 회사는 분할에 필요한 법률개정을 밀어붙이고 있었다.

"개새끼들."

회사를 팔아먹겠다고 모인 이사회를 저지하기 위해 뛰어다녔지만 억센 청경들의 손에 끌려나온 뒤였다. 내 입에서 튀어나간 욕지기를 들은 그녀가 의자에 앉은 채로 날 올려다봤다. 길거리 불량배를 보는, 그런 눈빛이었다. 난 그녀 옆에 서있는 조직을 맡고 있는 이위원장을 쳐다봤다.

"일 도와줄 아가씨야. 본부에서 보내줬어. 기획처장 도와주던 아가씬데 본부에서 인심 쓴 셈이지. 지난 번 회의 때 언론 홍보를 강화하기로 했잖아. 전공이 언론정보학이라니까 가르치면서 일해. 인사해. 여기 비대위 홍보팀장인 김위원장이다."

"처음 뵙겠습니다. 정은비입니다."

그녀는 일어나 깍듯하게 고개를 숙였다.

"그나저나 저 인간들 식당에서 처리할 줄은 정말 몰랐어."

이사회가 열리기로 했던 대회의실을 봉쇄하자 회사는 식당에서 이사회를 열었다.

"그러니까 개자식들이죠."

난 털썩 의자에 몸을 던졌다. 머리가 엉망이었고 욕지기들이 목구멍까지 가득 차 있었다. 뭐하나 제대로 되는 게 없었다. 많은 진통 끝에 비상대책위원회라고 꾸려진 게 벌써 두 달이 넘었지만 본부에 있는 자들은 방관으로 일관했다. 애초 서로를 소 닭 보듯 하던 조직들을 한 곳에 뭉뚱그려 급조된 비상대책위원회도 매일 말싸움에 시간만 보내고 있었다. 그사이 회사에서는 계획대로 착착 일을 진행시키고 있었다. 이러다간 제대로 싸워보지도 못하고 무릎 꿇을 것이 뻔했다. 거대한 사자와 맨손으로 싸우는 기분이었다. 시간이 갈수록 두려웠다.

3

7월이 시작됐다. 집을 떠난 지가 벌써 세 달 째다. 장마는 제대로 비 한 번 뿌리지 않고 끝이 났다. 날씨는 숨막히게 더웠고 서울은 연일 30도를 넘기고 있었다. 텔레비전에선 휴가를 떠나는 차량으로 고속도로가 몸살을 앓는다는 영상과 자막이 나오고 있었다. 주말에 순번을 매겨 다녀오는 집도 내

차례가 되려면 보름을 기다려야만 했다.

철야를 끝내고 여관으로 향하는데 전화가 왔다. 플립을 열자 뜻밖에도 그녀의 목소리가 귓속으로 흘러들었다. 난 서둘러 통화음량을 낮췄다. 무의식적인 행동이었다. 차를 운전하던 정책담당 박위원장이 잠깐 내 쪽으로 고개를 돌렸다.

"저예요, 은비. 어디세요?"

"어- 차안이야. 이제 끝났어." 난 집에서 걸려온 전화를 받는 목소리로 말했다. 오후에 난 그녀와 자주 눈이 마주쳤었다. 퇴근 무렵 날 보던 그녀의 깊은 눈길이 떠올랐다.

"그럼 같이 계시겠네요."

"응. 왜 무슨 일이라도 있어?"

"그냥……. 술 한 잔 했으면 했는데……." 그녀는 말을 줄였다.

"알았어. 조금 있다 내가 전화하지."

여관에 도착해 나는 박위원장에게 다녀올 곳이 있다고 말하고 그녀를 만났다. 그녀와 나는 말없이 소주를 두 병 비웠다. 세 병째 마개를 딸 때 그녀가 입을 열었다.

"어제 저녁에도 전화했었어요."

어제 저녁엔 술자리가 있었고 진동모드로 설정해 놓은 전화기는 벗어놓은 상의 주머니에 있었다.

"이런 제가 이상해요. 저도 잘 모르겠어요. 이러면 안 된다고 생각하면서도 멈춰지질 않아요. 전화를 한 뒤 전화가 오길 오래 기다렸어요. 기다려도 연락이 없으니까 화가 났어요."

그녀는 내 눈을 들여다보며 말했다. 난 잔을 들어 입에 부었다. 속이 뜨거워지고 있었다.

난 내가 그녀에게 가졌던 감정을 생각했다. 스물네 살. 나보다 열두 살이 어렸다. 내가 대학에 입학했을 때 그녀는 손수건을 가슴에 매달고 초등학교에 입학했을 것이다.

서툴긴 하지만 맡겨진 일은 처리해내고 있었고 가끔은 내가 생각하지 못한 부분을 알려주기도 했다. 노동가요를 열심히 배우고 우리의 일에 동감을 표하기도 했다. 가끔은 사소한 것들로 사람을 감동시키는 여자였다. 어쨌거나 난 아이가 둘이나 딸린 남자였다. 그런 내게 그녀는 다가오려는 것이다.

대체 그녀는 왜 날 선택한 것인가. 흔히 여자들이 동경하는 투사의 이미지 때문이라면 그럴 수도 있겠다 싶었다. 투쟁복을 입고 삭발을 하고 밤늦도록 전국의 지부를 독려하며 투쟁속보를 내려 보내고 감옥에 갈 각오로 싸우는 이미지 때문이라면 여자들이 한 번쯤 동경하는 이유가 된다는 것쯤은 나도 알고 있었다. 더구나 난 비대위원 중에서 유일하게 삼십대, 그런 만큼 열정을 가지고 있기도 했다.

그런 것인가.

"누구에겐가 이런 내 얘기를 하고 싶었어요. 하지만 내 주위엔 그럴만한 사람이 없어요."

난 다시 잔을 채웠고 급하게 마셨다.

"언제부턴가 나도 모르게 위원장님을 훔쳐봤어요. 일에 몰두해 있을 때나 어딘가로 전화할 때도 훔쳐봤어요. 제게 뭔가를 설명하는 동안 제 눈엔 위원장님 입만 보여요. 사람들과 얘기하는 동안 뒷모습을 훔쳐보다 다른 위원장님과 눈이 마주칠 때도 있었어요. 화가 나서 욕하는 걸 들으면 안쓰러웠어요. 며칠 전 종이를 자르다 손을 베었을 땐 큰 상처가 아니었는데도 가슴이 시렸어요. 눈물이 쏟아져 화장실로 뛰어갔어요. 사무실에 계시는 분들이 빨리 이 상황이 끝나 집으로 돌아갔으면 좋겠다고 말하는 걸 들을 때마다 전 속으로 빌어요. 영원히 이 상황이 끝나지 않게 해달라고요. 혼란스러워요. 저도 위원장님이 지금 하고 계신 일이 뜻대로, 빠른 시간 내에 해결되길 빌어요. 위원장님은 승리라고 말하시더군요. 그래요. 승리. 저도 위원장님이 승리하길 매일 빌어요. 하지만 승리하면 위원장님은 집으로 내려가실 거고 그걸 생각하면 차라리 끝나지 않길 빌곤 했어요."

난 그녀의 손을 잡았다. 가늘게 떨리고 있었다.

"위원장님 손톱은 너무 예뻐요. 정말로 예뻐요. 매일 이 손을 잡고 싶었어요."

난 아무 말도 하지 않았다.

4

7월의 마지막 날이었다. 파업찬반투표가 끝났다. 79.25% 찬성. 밤늦도록 쏟아지는 각 지부의 투표결과를 집계해 최종 결과를 뽑은 시간은 새벽 1시였다. 희생자구제기금 찬반투표 결과를 보고 짐작했던 일인데도 모두들 술집으로 몰려나갔다. 난 투표결과를 각 신문사에 보도자료와 함께 팩스로 보내고 사무실을 나섰다. 언론이 서서히 반응을 보이고 있었다.

난 그녀를 만나러 갔다. 20분 전에 그녀는 내게 전화를 했었다. 그녀와 한

강에 나갔고 우린 유람선이 강을 따라 흘러가는 모습을 보며 강가에 오래 앉아있었다. 시간도 강물처럼 흘러간다고 느꼈고 그녀와 나 사이에도 흐름을 막을 수 없는 커다란 강이 흐른다고 느꼈다. 그녀가 몸을 돌려 내 목을 끌어안았다.

"당신이라고 불러도 되죠?" 그녀가 내 귀에 입을 대고 물었다. 난 고개를 끄덕였다.

"사랑해요. 당신을 정말로 사랑해요." 그날은 내 생일이었다.

"이제 정말 파업을 하는 건가요?"

강바람을 쏘이며 담배를 피워 문 내게 그녀가 머리를 기대며 물어왔다. 난 빨아들였던 담배연기를 바람 속으로 길게 뱉어냈다.

"그래야 되겠지. 하지만 이 조직으로 그럴 수 있을지 걱정이 돼. 은비도 매일 보고 있잖아. 전국 지부에서 매일 같이 항의전화가 걸려오는 데도 비대위원이란 사람들 하는 짓을. 지난 번 대의원대회 때 목숨을 걸겠다고 한 사람들이야. 그게 목숨을 건 사람들처럼 보여?"

"당신은 왜 목숨을 걸었죠? 언젠가 제게 말했었죠? 이번 일이 당신에겐 혁명과 같다고. 당신의 혁명은 어떤 거죠?"

난 그녀의 눈을 들여다봤다.

"내 혁명?" 그녀는 고개를 끄덕였다. 난 정확하게 내 혁명에 대해 말로 정의해 본 적이 없었다. 그래서 그녀의 질문은 당황스러웠다. 다시 한 개비의 담배를 피워 물고 난 내 혁명에 대해 말로 정리를 했다.

"내 기억, 내 과거에 대한 부정(否定)이지. 늘 가슴속에 씹다버린 껌처럼 엉겨 붙은 더러운 패배감을 깨부수고 싶어. 그게 내 혁명이야."

그녀는 더 묻지 않았다.

"은비는 왜 날 선택했지?" 이번엔 내가 물었다.

"저 역시 당신처럼 부정하고 싶은 과거를 가지고 있어요. 지난 내 과거는 불행했었죠. 가난하고 부모는 내가 채 백일이 되기 전에 헤어졌고 엄마는 날 버렸어요. 오빠와 언니는 데려가면서 난 짐이 될까봐 혼자 남겨졌어요. 날 길러준 할머니와 아버지는 늘 불쌍했어요. 전 당신이 내 느낌을 이해할 수 있을 것 같았어요. 그리고 당신이 주는 느낌이 좋았어요. 당신의 혁명이 성공하는 날 난 당신과 축배를 들 거예요. 당신의 혁명은 제 혁명이기도 하니까요. 당신이 깨부수고 싶어 하는 패배감은 제 안에도 자라고 있거든요. 당신은 사랑을 대가로 고용한 제 용병인 셈이에요."

"난 가정이 있어." 난 고지식하게 말했다.

"사랑은 실패를 각오해야 하는 거잖아요. 당신의 혁명처럼."

5

8월이 시작됐다. 파업이 결의됐지만 비대위원들은 결정을 내리지 못하고 있었다. 장마가 지나고 난 뒤에 상륙한 태풍은 전국을 흙탕물로 뒤집고 있었다. 난 내 순번이 돌아왔는데도 집에 가지 않았다. 대신 그녀를 태우고 바닷가에 갔다. 난 그녀를 위해 비가 쏟아지는 하늘에 폭죽을 쏘아 올렸고 그녀는 폭죽처럼 땅을 박차고 내 목을 끌어안았다.

그녀를 데려다 주기 위해 그녀와 내가 그녀의 허름한 자취방에 도착했을 때 그녀의 남자친구가 우리를 기다리고 있었다. 덩치는 크지만 좀 멍청해 보이는 친구였다. 난 당황하지 않았다.

그녀에게 다른 남자가 있으리라고 짐작했던 건 그녀와 한강에 나간 다음 날이었다. 차에 두고 내린 내 휴대폰에 무려 14번의 부재중전화가 걸려왔다는 메시지를 봤을 때였다. 하지만 난 그 사실을 그녀에게 말하지 않았다. 어떻게 내 전화번호를 알고 있는지, 도대체 누구인지 난 모른 척 했다. 가끔씩 사무실 그녀의 자리로 걸려오는 전화를 내가 받았을 때, 말없이 전화가 끊길 때도 그런 짐작은 있었다.

그 친구는 차에서 내리는 우릴 가로막고 씩씩거렸다.

"뭐야 당신!"

"뭐하는 거야? 지금."

나보다 그녀가 먼저 나섰다.

"몰라서 물어? 이것들이 정말……"

"도대체 오빠가 뭔데 이러는 거야? 가세요. 위원장님."

"누구시죠?"

"나 은비하고 결혼할 사람입니다. 양쪽 집안에서도 다 허락했어요."

"그래요. 알았습니다."

"말도 안 돼. 누가 오빠하고 결혼한대. 누구 맘대로 결혼을 해. 어서 가세요. 위원장님."

난 차를 몰고 그곳을 벗어났다.

"그 사람은 일방적이고 무식하고 지겨워요. 내가 싫다고 하자 자해를 했어요. 또 바보스럽기도 해요. 그 큰 덩치에 내 앞에서 자주 울죠. 하지만 그 사람은 내 첫남자예요. 첫 번째라는 게 무슨 의미가 있는지는 모르지만 가끔은 착하기도 하고 안쓰럽기도 해요."

1시간쯤 뒤에 그녀가 전화로 내게 한 말이었다. 그녀는 미안하다는 말도
했다.

그 친구를 다시 만난 건 그로부터 일주일 후였다. 그녀의 자취방이었다.
그녀는 내게 손수 지은 밥을 먹이고 싶어 했고 여러 번 거절 끝에 집에 갔었
다. 날 남겨두고 나간 그녀가 그 친구에게 큰소리로 돌아가라고 말하는 소
리가 들렸다. 그 친구는 순순히 돌아갔다. 그때부터 난 그 친구를 무시했다.

6

그녀와 가까이 지내는 시간이 늘어나면서 난 그녀가 게임을 하고 있을
지 모른다는 생각이 들기 시작했다. 그녀가 하고 있는 게임은 언젠가 그녀
와 함께 했던 게임과 비슷했다. 두 대의 전투기가 등장하는 게임이었다. 주
화를 넣자 커다란 화면에 두 대의 전투기가 등장했다. 화면상단으로 쉴 새
없이 나타나는 거대한 적기와 우주선들을 향해 나와 그녀는 무수한 폭탄과
총알들을 난사했었다. 내가 쩔쩔매는 동안 그녀는 능숙하게 적들을 물리치
고 있었다. 그녀가 워낙 능숙했기에 난 그녀의 활약상에 한 눈을 팔기 일쑤
였고 그러는 사이 내 전투기가 위험에 처하면 그녀는 나머지 한 손을 이용
해 내 전투기를 위기에서 구출해냈다. 그렇게 게임을 잘 하는 여자를 난 처
음 봤다. 비단 그 게임만이 아니라 그녀는 그 오락실에 있는 모든 게임에 능
숙했다.

난 그녀가 그때처럼 두 대의 전투기를 조종하고 있다고 생각했다. 나를

사랑한다면서도 그 친구를 보내지 못하는 그녀를 보며 가진 생각이었다. 그 친구가 깨 부셔야 할 적들은 내가 비워놓은 그녀의 일상이었고 내가 폭파해야할 목표물은 실체가 분명하지 않지만 그녀 자신의 지난날들을 지배했던 아픔일지도 모른다고 생각했다. 난 그런 그녀의 행동을 모른 척 했다. 그녀를 사랑했지만 내겐 눈앞에 처리해야만 할 일이 산처럼 쌓여 있었다. 그녀를 온전히 차지하고 싶은 맘이 강했지만 내 앞날이 두려웠다. 또한 그녀에겐 그녀가 첫남자라고 말한 남자가 있었다. 난 그 친구를 안전장치로 생각했다. 내가 갑자기 그녀의 손을 놓고 사라졌을 때 그녀를 상처 없이 받아줄 그물망 같은 의미였다.

그녀가 게임을 하고 있을지 모른다는 생각을 한 후로 난 내가 꿈꾸던 혁명도 게임일지 모른다고 생각했다. 난 이미 죽어 실체도 없는 아버지와, 아버지를 불행하게 만듦으로써 결과적으로 우리 가족을 불행하게 만든 이 사회의 오만과 폭력을 향해 싸움을 걸고 있는 셈이었다. 하지만 싸움의 승자는 내가 되지 못하리란 사실은 처음부터 알고 있었다. 질 것이 뻔한 싸움을 하는 건 게임만이 가능했다.

어쩌면 회사를 팔겠다는 회사의 경영진들 역시 게임을 즐기고 있는지 몰랐다. 그들 역시 아버지 시대의 위정자들처럼 오만과 폭력으로 모든 일들을 결정해 버리는 위험한 게임을 하고 있었다. 하지만 그들은 어떠한 경우에도 자신들이 승자가 되리라는 것을 잘 알고 있었다.

스타크래프트처럼, 혹은 전투기가 이상한 무기들을 쏟아내는 게임처럼 우리 모두는 지금 진행되고 있는 매각작업을 게임으로 생각하는지도 몰랐다. 게임은 게임일 뿐이었다. 어떤 경우에도 내가 조종하는 게임 속의 「내」

가 죽어도 현실의 난 멀쩡할 수 있는 것이 게임이었다.

난 그게 마음에 들었다. 모두가 게임을 하고 있는 이 상황에서 현실의 난 상처받지도 죽지도, 어떤 것도 잃지 않는다는 사실이 내게 터무니없는 용기를 심어줬다.

8월이 끝나가고 있었다. 한차례 비가 지나갔고 날씨는 급속히 선선해졌다. 난 그녀에게 조금씩 침몰해가고 있었다.

7

9월이 시작됐다. 날씨는 선선했고 하늘은 그지없이 높았다. 먼 바다가 그리워지는 날씨들이 계속됐다. 정기국회가 시작됐고 우리가 어떤 것도 결정하지 못하고 미적거리는 동안 정부와 회사에서는 최후의 일격을 가해왔다.

"법안이 상임위에서 통과됐데."

"뭐야 이렇게 빨리 통과시키지는 못할 거라고 했잖아. 이런 씨발. 회사 이 개새끼들. 지들 입으로 약속한 일을 이렇게 해도 되는 거야."

비대위원들은 저마다 한마디씩 해댔다.

"그러게 제가 뭐라고 했습니까? 국회가 열리고 있는 한 언제라도 법은 통과시킬 수 있다고 몇 번씩 말하지 않았습니까? 이제 또 어떻게 조합원들에게 말할 겁니까?"

전화통은 쉬지 않고 울려대고 있었다. 하지만 누구도 전화를 받는 사람은 없었다. 조합원들이 법안이 상임위를 통과했다는 소식을 듣고 거는 전화일 게 뻔했기 때문이다. 난 수화기를 집어 들었다. 수화기를 들자마자 귓속으로 욕부터 쏟아졌다.

"미안합니다."

난 연신 고개를 주억거렸다. 내가 전화기를 들자 옆에 있던 그녀도 전화기를 들었다.

"잠깐만요."

그녀가 우리를 바라보며 말했다.

"비대위원을 바꿔달라는데요."

옆에 있던 비대위원들이 슬금슬금 자리를 피하기 시작했다. 수화기를 든 그녀는 날 쳐다봤다.

"나가지 말고 전화 좀 받아요. 욕이라도 실컷 먹어야 되는 것 아닙니까?"

난 악에 받혀 소리를 질렀다. 하지만 이미 비대위원들은 문밖을 나서고 있었다.

실컷 들은 욕 때문인지 술은 쉽게 목을 타넘었다. 취하기 위해 마시는 술이었다. 하지만 술이 한 잔 들어갈 때마다 귓속으로 파고든 욕지기가 술기운에 밀려 다시 내 입을 통해 토해졌다. 술 한 잔이 들어가면 욕은 서너 개씩 쏟아져 나왔다.

"개자식들. 더러운 놈들. 병신들."

도대체 누구를 향한 것인지도 모른 채 욕은 날을 세워 날아갔다. 그녀는 그런 내 입을 자신의 가슴에 파묻었다. 이제 욕들은 그녀 가슴 골짜기에서 메아리가 되어 내게로 되돌아왔다.

"그래 난 개새끼다. 난 병신이다."

아버지의 얼굴과 어린 시절이 빠르게 내 눈앞에서 스쳐갔다.

"당신, 너무 안타까워요. 내가 힘이 되어드리고 싶지만 난 아무 것도 해줄 수가 없어요. 하지만 힘을 내요. 제가 지켜봐 드릴게요."

난 그녀가 하고 있는 말을 내식으로 받아들였다. GAME OVER, INSERT COIN이란 메시지가 나타난 화면에 그녀는 다시 주화를 넣고 있었다. 그녀는 그녀의 게임에서 「나」란 전투기가 폭파해야 할 목표물을 놓치고 싶어 하지 않는다고 생각했다. 난 그녀가 원하는 목표물을 폭파해주고 싶었다.

난 이 게임을 다시 시작할 수 있는 방법을 생각했다.

8

지도부는 어쩔 수 없이 파업을 결정했다. 난 전국 사업장에 있는 노조간부들에게 한날한시에 비대위로 집결할 것을 팩스로 지시했다. 내 계획은 실행됐고 비대위는 500여명의 분노한 노조간부들에게 떠밀려 파업을 결정했다. 본부는 여전히 산 넘어 불구경하듯 했다.

파업신고서를 제출하자 노동부사무소에 있던 직원은 코웃음부터 날렸다.

"놓고 가세요. 절차는 잘 알고 계시죠. 일단 수리가 되면 조정이 시작되고 중재안이 나갈 겁니다. 국가 기간산업은 원칙적으로 파업이 불가능하다는 건 뭐 잘 아실 테고……. 그 다음에 봅시다. 왜 쓸데없는 일들을 하는지 모르겠네요. 일단 접수는 하겠습니다."

"뭐야! 당신 지금 뭐라고 했어. 쓸데없는 일. 당신이 뭔데 쓸데없니 있니 하는 거야. 지금!" 난 화를 냈다. 하지만 같이 화를 내야할 나머지 비대위원들이 날 말렸다.

"김위원장, 그만해. 가자고. 여기서 이래봐야 뭐가 달라지겠어."

"뭐요? 당신이 그러고도 비대위원이야?"

"허, 그래. 김위원장만 투사구먼 그래. 적전분열이라더니 이 경우를 보고 하는 소리구만. 아- 파업신고를 했으면 지켜보면 될 일 아닌가. 우리가 파업 지시를 내렸는데 하부조직이 따라주지 않으면 말짱 도루묵이야. 그때 가서 우리가 뭘 할 수 있겠어. 내 말이 틀려? 틀리면 틀리다고 말해봐. 거- 괜히 혼자 잘난 척 하지 마. 누군 그만한 열정이 없어서 이러고 있는 줄 알아. 노 조를 해도 내가 자네보다 20년을 더했어. 현실을 생각해야지, 현실을."

난 주먹을 날리고 싶었다.

아내에게서 전화를 받은 건 파업신고서를 제출한 날 밤이었다. 사무실에 서 혼자 마신 술에 취해 있던 내게 아내가 부탁인지 협박인지 말들을 쏟아 냈다.

"저도 알만큼은 알고 있어요. 당신 혼자 그런다고 뭐가 달라져요. 이제 그 만했으면 당신의 아픈 과거에 대해 할 만큼 한 것 아닌가요? 끝내 그 과거 와 목숨을 걸고 싸워야 하나요? 아버님이 가족을 떠나 있었던 시간동안 당 신이 느껴야했던 감정을 모르지 않아요. 하지만 아버님은 아버님이고 당신 은 당신이에요. 당신이 늘 내게 말했죠? 아버지가 미웠다고요. 가족을 팽개 치고 뜻대로 행동하고 당신에겐 씻기지 않는 아픈 상처를 준 아버지가 죽 도록 미웠다고요. 이제까지 당신이 했던 과정이 아버님에 대한 뒤늦은 이해 이든 아니면 끝나지 않는 미움이든 전 상관없어요. 하지만 당신의 자식들 에게도 같은 아픔을, 같은 미움을 주고 싶은 건가요? 내가 부탁할게요. 이제 그만하세요. 난 당신이 판단하길 바래요. 하지만 그 판단에 대해서는 당신이 책임을 지셔야 해요."

난 아내의 전화를 받고 내게 물었다. 진짜 무엇인가? 아버지 때문인가. 아니면 그녀 때문인가. 그것도 아니면 진정으로 내 의지인가. 알 수 없었다. 그건 결론이 날 수 없는 물음이었다. 어느 한 가지가 전부일 수 없다는 결론은 있었다. 세 가지 이유가 서로를 부추기고 있는 것만은 사실이었다. 만약 내게 의지가 없었다면 난 내 혁명을 시작하지도 않았을 것이다. 만약 내게 노동운동을 이유로 가족을 팽개친 아버지가 없었다면 난 내 혁명을 포기할 수 있었다. 그리고 마지막으로 생각했다. 그녀가 원하는 이 게임을 포기할 것인가. 나와 같은 코드의 아픔을 가진 그녀가 깨부수길 원하는 것을 내가 포기할 수 있을까. 자신 없었다. 난 이미 그녀에게 침몰 당했고 그녀의 전투기가 되어 그녀의 아픔을 폭파해주고 싶었다.

9

준법파업마저 호응이 없었다. 그런 상황에 대해 비대위와 하부조직 간의 책임공방만 들끓었다. 각 지부에서는 비대위가 목숨을 보전하기에 급급하다고 몰아세웠고 비대위원들은 준법파업도 소화해내지 못하는 조직력으로 뭘 하겠느냐며 자신들만 희생양이 될 수는 없다고 넋두리를 늘어놓았다.

"파업은 아무나 하는 줄 알아. 애당초 시작도 하지 말았어야 했어. 내가 뭐랬냐고. 이런 조직으로 파업을 시작한 게 잘못이지. 짐이나 싸자고. 벌써 몇 달째야. 애새끼들 얼굴보고 싶어서도 이 짓 이제 그만둬야겠어."

난 그런 사람 얼굴에 내 얼굴을 들이밀었다.

"아닌 말로 비대위가 이제까지 보여준 게 뭐가 있습니까? 희생자구제기금 거출도 회사에서 못해준다니까 손을 놓은 게 누군데 하부조직 탓을 합니까? 그러고도 조직력 운운할 수 있습니까? 이런 조직력을 만든 게 누굽니까? 바로 선배님들 아닙니까? 부끄러운 줄 아셔야죠."

"허, 그러다 사람 치겠네. 그래 다른 거 다 때려치우고 비대위원이라고 시켜놨더니 여직원하고 눈 맞아 지낸 사람이 그런 말 할 자격이 있던가? 내 그것 하나만 물어보세. 파업 좋아하네. 파업은 그만두고 집안이나 잘 다스려 이 친구야. 괜히 그러다 파업하기 전에 감방부터 가지 말고."

맥이 풀렸다. 어떻게 알았는지는 궁금하지 않았다. 감정이란 숨긴다고 숨겨지는 것이 아닌 것쯤은 진작 알고 있었다. 그녀와 내가 지난 몇 달 동안 서로에게 가졌던 감정이 숨겨질 거라고 믿었던 적은 없었다. 어느 순간이 됐든 많은 사람이 한 사무실에서 부딪히는 동안 누군가는 눈치 챘으리라고 생각해오고 있던 터였다.

다행히 그녀는 그 자리에 없었다. 하지만 그녀가 여름에도 가지 않던 휴가를 가겠다고 말하는 걸 들으며 그녀도 사무실에서 오간 이야기를 들었다고 짐작할 수 있었다.

그날 밤 그녀와 함께 밤늦도록 술을 마셨고 새벽에 헤어져 돌아와 잠깐 눈을 붙였다. 그녀는 작은 여행용 가방을 가지고 떠났다. 할머니와 아버지가 사는 고향에 갈 거라 했다.

9월 25일 아침이 밝고 있었다. 특별법안이 본회의에 상정되는 날이었다. 아내의 전화를 받은 건 막 숙소를 나설 때였다. 아내는 내게 마지막 말을 했다.

"아이들과 친정에 갈 거예요. 이 전화가 당신에게 주는 마지막 기회예요.

오늘 중으로 내려오세요."

난 아무 말도 하지 않았다. 난 내가 할 수 있는 유일한 방법을 실행시키기 위해 여의도로 향했다.

10

국회의사당 앞은 한산했다. 난 천천히 국회의사당으로 들어섰다. 제지하는 사람은 없었다. 경비들은 그저 방청객쯤으로 생각했다. 난 가슴으로 손을 가져갔다. 신문지에 싸여 있는데도 칼날은 섬뜩했다. 아이들과 아내와 그녀를 잠깐 생각했다.

칼날이 박히는 순간이 뇌에 전달되는 느낌은 이상하게도 짜릿했다. 마치 잘 익은 수박을 가르는 기분과 비슷했다. 난 천천히 칼날을 좌측에서 우측으로 이동시켰다. 핏물이 손을 적시고 있었다. 잊어버린 아픔과 기억되는 아픔들이 눈앞을 스치고 지나갔다. 돈을 달라고 어머니를 보채며 울고 있는 남자아이가 보였다. 연이어 아버지와 할머니에게 매달려 울고 있는 작은 여자아이도 보였다. 그 모든 환영들은 칼날이 꽂힌 배의 통증보다 더 생생하고 현실적이었다.

사람들이 몰려오는 소리가 꿈결 같았다.

11

재판이 진행되는 동안 난 그녀를 찾기 위해 뛰어다녔다. 내가 병원에 입원해 있었던 1달 동안 그녀는 출근하지 않고 있다는 말을 들었던 터였다. 난 어머니가 지키고 있었던 병실에서 거의 매일 그녀를 기다렸었다. 아내는 내가 수술을 끝내고 회복을 하고 있을 때 처남을 통해 이혼서류를 보내왔다.

그녀가 나타나지 않자 난 그녀의 남자친구를 만나보면 그녀의 행방을 알 수 있으리라 생각했다. 하지만 내가 찾아가기 전에 그 친구가 날 찾아왔다. 날 찾아온 그 친구는 내게 그녀의 행방을 대라고 소리 질렀다. 나와 그 친구는 이제껏 우리를 조종했던 조종사를 잃어버리고 끝도 모를 수직낙하를 하고 있는 셈이었다.

퇴원 후 난 그 친구를 찾아갔다. 그때 내가 만난 그 친구는 처음 내가 생각했던 것처럼 멍청하지도, 시시하지도 않았다. 그 친구는 술을 마시고 내 앞에서 울며 말했다.

"그녀가 방황했을 때, 그녀가 정말 힘들어서 모든 걸 포기하려고 했을 때 제가 크진 않지만 버팀목이 됐었습니다. 그때 제가 그녀를 붙잡지 않았다면 그녀는 지금쯤 돈 많은 장애인과 살고 있을 겁니다. 그녀의 먼 친척 중에 장애인 아들을 둔 사람이 있는데 돈을 미끼로 그녀를 시집보내라고 아버지를 꼬드겼고 그녀의 아버지가 동의했었죠. 못 들었나요?"

난 고개를 저었다.

"그녀의 집안에 대해 들으셨죠? 그래요. 그녀는 그 모든 걸 감당하기엔 너무 여렸고 너무 지쳐있었습니다. 그때 그녀는 제게 기댔었죠. 지금 그녀의 모습은 그때 같지 않습니다. 좋아 보입니다. 생기가 넘치고 친절하고 자신이 있어 보입니다. 전 그런 그녀가 자랑스럽습니다. 근데 지금 그녀는 날 싫어합니다. 이제 이만하면 됐구나 싶었는데 그녀는 날 피합니다. 물론 당신 때문이겠죠. 당신이 나타나기 전까진 우린 정말 좋았는데……."

그 친구는 말을 잇지 못하고 탁자에 얼굴을 묻고 흐느꼈다. 난 그 친구가 고마웠다. 그녀가 인생을 시궁창에 처박지 않도록 버팀목이 돼준 그 친구가 정말 고마웠다. 난 그 친구의 등을 두드려줬다. 그리고 말했었다.

"그녀를 찾자. 그리고 난 사라지는 거야. 친구가 그녀를 위해 한 일이 고맙고 또 그녀를 얼마나 사랑하는지 느낄 수 있어. 그래 그녀를 찾고 난 뒤엔 난 사라지는 거야. 내가 나타나기 전처럼 행복해지기만 하면 돼. 이 좆같은 세상에서 그녀만은 행복해져야 되니까."

우린 이제 연적이 아닌 동지가 되어 있었다. 그리고 우린 그녀를 찾아 많은 곳을 다녔고 많은 곳에 연락을 했다. 하지만 어디에서도 그녀의 흔적을 발견할 수 없었다.

다시 나온 세상은 치열한 전투가 끝난 게임기 화면처럼 조용했다. 비대위원들은 여전히 자신의 지부에서 영향력을 행사하고 있었고 새로운 고용주와 함께 조합원들의 목을 자르기 위해 구조조정 협상을 벌이고 있었다. 칼자루는 여전히 그들에게 쥐어져 있었다. 그것이 세상이었다.

내가 돌아갈 곳은 어디에도 없었다. 희생자구제기금은 끝내 거출되지 않았고 내가 받은 몇 푼 되지 않는, 해고 됐다는 이유로 원래 내가 받아야할 퇴직금의 반도 못되는 돈으론 아무 것도 시작할 수 없었다. 그 돈마저 아내에게 위자료로 주었다. 날 받아줄 직장은 없었다.

한동안 그녀를 다시 찾았다. 그 친구와 함께 그녀를 찾기 위해 지나왔던 과정을 난 세밀하게 다시 반복했다. 하지만 난 그녀를 만날 수 없었다. 그러니까 그녀는 그녀가 나와 함께, 혹은 그 동안 그녀가 지나왔었던 과거의 그 어떤 길에서도 멀리 벗어나 있다는 결론을 내렸을 뿐이다. 난 지쳐있었고 이제 그녀를 포기해야만 한다는 걸 알았다. 그렇게 난 서서히 그녀를 지워왔었다. 그리고 이제 난 그녀의 그림자만 희미하게 남긴 채 그녀에 대한 감정에서 어느 정도는 자유로워졌다고 믿었다. 그런 내게 그녀가 나타난 것이다.

12

술잔을 내려놓는 그녀를 난 오랫동안 바라봤다. 묻고 싶고 하고 싶은 말들이 많았지만 내가 먼저 입을 열고 싶지는 않았다. 그녀는 내 눈길을 피하지 않고 내 눈을 들여다봤다.

"이렇게 불쑥 전화하고 만나자고 해서 미안해요. 당신이 날 찾았다는 것, 당신이 원했던 혁명에서 승리하지 못했다는 것, 그리고 당신이 감옥에 있었고 그 후로 어떤 것들을 잃었는지 알고 있어요. 당신을 한 번은 만나야한다고 생각했어요."

난 그녀의 모습을 살폈다. 달라진 것은 없어 보였다. 옷이 고급스러워지고 화장을 했다는 것이 다르다면 달랐다. 대체 어디에서 1년을 보냈단 말인가.

"제가 1년 동안 어디 있었는지 궁금하실 거예요."

난 고개를 끄떡였다.

"변신을 했어요. 그래요. 당신 말대로 혁명을 했어요. 그리고 성공했어요. 당신도 알듯이 지난 내 과거는 불행했었죠. 당신 역시 가난하고 불행하게 자랐고 그런데도 모든 걸 걸고 싸웠었죠. 당신이 싸움을 하는 동안 당신 가족들은 불안에 떨고 당신이 혹 잘못될까봐 조마조마하게 보냈다는 것 잘 알아요. 더구나 말은 안했지만 당신 역시 두려움을 숨기고 지냈었죠. 앞서 나가면서도 늘 뒤를 돌아보곤 했어요. 따라와야 할 사람들은 저만치 뒤에서 방관하기 일쑤였고 함께 있었던 다른 비대위원들마저 눈치만 보고 망설이는 동안 당신은 힘들어했었죠.

내가 정말 사랑했던 사람들은 늘 힘들기만 한 현실이 너무 싫었어요. 이 세상이 싫었어요. 그 사실이 미치도록 싫었어요. 가난하고 외롭고 두려움에 떨어야 되는 현실이 싫었어요.

내가 떠나던 날 새벽, 당신이 뭔가 결심하고 있다는 걸 알았지만 전 당신을 막지 못했어요. 염려가 없었던 건 절대 아니에요. 하지만 그만두라고 말하진 못했어요. 그때 제가 말린다고 당신이 그만둘 거라 생각하지도 않았고요. 실패할 것을 알아도 해봐야만 하는 것들이 있잖아요. 혁명처럼, 당신과 제 사랑처럼요. 그때 저 또한 결심했어요. 내 식의 혁명을 하겠다고요."

그녀는 잠깐 눈물을 보였고 난 그녀가 승리했다는 혁명이 무엇인지 굳이 묻지 않았다. 그녀는 내 앞에 봉투 하나를 내밀었다.

"당신이 잃어버린 모든 것들을 제자리로 돌릴 수는 없겠지만 내가 할 수 있는 일은 이것뿐이에요. 정말 다시 당신과 시작하고 싶지만 그럴 순 없어요. 난 이미 선택했으니까요. 내 선택이 시궁창일지도 모르지만 생각해보면 그다지 시궁창도 아니에요. 가끔씩은 행복하고 가끔씩은 웃기도 하니까요. 지금 생활도 나쁘지 않아요."

그녀와 나는 남은 맥주를 마시고 문을 나섰다. 그녀가 나가자 고급승용차가 대기하고 있었다. 그녀를 태운 차는 도로를 질주해 갔다.

멀어지는 그녀를 보며 난 생각했다. 그녀를 만나기 전까지 내게 게임은 그저 게임일 뿐, 현실과는 전혀 다른 세계였다. 하지만 그녀에게 게임은 또 하나의 분명한 삶이었다는 걸 난 그녀가 떠난 한참 후에 알았다. 그 차이는 10년이란, 세대 간의 차이일 수도 있었다. 게임 속에서 두 대의 전투기를 능숙하게 조종하듯이 그녀는 두 남자의 감정을 지배했었다.

생각해보면 나 역시 그 해 여름과 가을까지 내게 일어났던 일에 게임의 룰을 적용했었다는 걸 깨달았다. 현실의 룰을 적용했다면 난 그녀를 받아들이지도 배를 가르지도 않았을 것이다. 사랑이나 혁명은 게임의 룰을 적용해야만 시작할 수 있다는 생각이 든 것은 병원에 누워 있을 때였다.

GAME OVER. INSERT COIN. 하지만 난 다시 게임을 시작할 주화를 가지고 있지 못했다.

깜빠멘토 데 메히요네스

Campamento De Mejillones

구장로球場路

   – 서행시초西行詩抄1

백석

삼리三里밖 강江쟁변엔 자갯돌에서

비멀이한 옷을 부숭부숭 말려 입고 오는 길인데

산山모롱고지 하나 도는 동안에 옷은 또 함북 젖었다

한 이십리二十里 가면 거리라든데

한껏 남아 걸어도 거리는 뵈이지 않는다

나는 어니 외진 산山길에서 만난 새악시가 곱기도 하든 것과

어니메 강江물 속에 들여다뵈이든 쏘가리가 한 자나 되게 크든 것을 생각하며

산山비에 젖었다는 말렀다 하며 오는 길이다

이젠 배도 출출히 고팠는데

어서 그 옹기장사가 온다는 거리로 들어가면 무엇보다도 몬저 '주류판매업酒類販賣業'이라고

써붙인 집으로 들어가자

그 뜨수한 구들에서

따끈한 삼십오도三十五度 소주燒酒나 한잔 마시고

그리고 그 시래깃국에 소피를 넣고 두부를 두고 끓인 구수한 술국을 트근히

멫 사발이고 왕사발로 멫 사발이고 먹자

1

　잠을 깨고 나니 10시였다. 20년을 한결 같이 출근을 위해 새벽에 일어나
야만 했던 내가 늦잠을 즐기고 있다. 땅위에서 사람들의 두런거리는 말소리
가 13층 내 방까지 들린다. 그들의 다정한 두런거림이 궁금했다. 언제 저런
두런거리는 대화를 했나 생각해봤지만 기억이 없다. 자리를 털고 일어나 창
문을 열었다. 아파트 담장 너머 작은 텃밭에 사람들이 옹기종기 모여 작물
을 가꾸고 있었다.

하늘은 13층 아파트 높이에서 손에 잡혔다. 탁하게 푸르다. 파란 바탕에 촘촘한 씨줄과 날줄이 엮인, 반투명의 흰 천이 덧씌워진 느낌. 거기에 흰 물감을 뿌린 듯한 구름이 여기저기 흩어져 있었다. 앞산에서 꿩 한 마리가 꿩~꿩 울고 뒷산에서 꿩~꿩 대답을 한다. 그 산 너머엔 내가 한국을 떠나기 전 살았던 아파트의 물탱크가 고개를 내밀고 나를 보고 있었다.

나는 그 아파트에서 시린 봄날 섬진강에서 날 기다렸었던 한 여자와 6년을 함께 살았다. 그리고 4년 전 그녀는 홀연 날 떠났다. 그녀에 대한 아픔이 사금파리처럼 가슴을 찔러왔다. 다시 깊은 자책이 밀려온다. 난 서둘러 돌아서 욕실로 뛰어들어 찬물을 뒤집어썼다. 기분을 추슬러야 했다. 오늘은 페드로와 만나 그를 축하해줘야 하는 날이었다.

칠레 사막에서 페드로는 내 친구였다. 많은 나이차, 책임자와 통역사란 관계에도 불구하고 나는 그에게 많은 시간을 기댔었다.

그는 내가 그만 둔 회사에 최종 합격했다. 세 번째 도전 만에 얻은 결실이었다. 합격소식을 듣자마자 내게 연락을 했고 난 오늘 그를 맘껏 축하해줄 것이다. 내가 회사를 그만뒀다는 걸 말하면 그의 표정은 어떨까?

2

난 일주일 전에 사표를 냈다. 20년 넘게 근무한 회사였고 모두가 부러워하는, 일명 신의 직장이었다. 물론 처음부터 그랬던 것은 아니다. 이 땅에 6.25보다 무서운 국난이었다는 IMF란 광풍이 휩쓸고 간 뒤 정년이 보장된 일자리는 최고의 직장이 됐다. 수많은 회사들이 망하고 그 회사에 다니던 셀 수 없는 사람들이 일자리를 잃고 실업자로 전락한 뒤에 생긴 변화였다. 망할 일도 또 환란 이후에 생긴 '사오정'이란 신조어와도 거리가 먼 회사의 부장인 난 정년을 13년 남기고 회사를 그만뒀다.

이유는 분명했다.

한 달 전 입사동기가 동해안에서 시체로 발견됐다. 이유는 신병비관이었다. 그의 투병소식을 들은 건 칠레에서였다. 간암말기라 했다. 간암의 이유는 업무상 스트레스와 음주였다. 남겨진 가족들은 문상을 간 회사 직원 모두를 가장을 죽인 살인범처럼 바라봤다.

그 자리에서 캐나다에 이민을 갔던, 나와는 각별했던 또 다른 입사동기를 10년 만에 만났었다.

"아버지가 몸이 안 좋으셔서 들어왔다가 소식 들었어."

어떻게 알고 왔냐는 질문에 대한 그의 대답이었다. 그는 아직도 이 땅에서 직장인으로 사는 우리 모두를 측은한 눈길로 바라봤다. 자리만 달랐다면 그는 우리에게 왜 이러며 사냐고 물을 눈치였다. 잘 다니던 직장을 그만두고 캐나다로 간다고 했을 때 내가 이유를 물었었다. IMF가 회사의 도산과 실직자들의 자살을 강요하던 때였다.

"이 땅이 싫다. 언제 전쟁이 터질지, 언제 전쟁보다 무서운 IMF가 또 닥칠지 모르는 이 땅이 싫다. 전쟁이 나면 모든 게 끝장인줄 알면서도 전쟁을 부추기는 사람들이 널려 있고 대통령이었던 사람이 자기가 저질러 놓은 IMF가 자기 탓이 아니라고 버젓이 큰소리치고 다니는 이 땅이 싫다. 그런 대통령 내손으로 또 뽑지 말란 법 없잖아. 이 땅은 이성적인 판단이 불가능한 땅이란 사실을 깨달았다. 나 역시 그놈의 지역이 뭐라고 여태 그렇게 했으니까. 우리 자식이 언제 왕따 때문에 아파트 옥상에서 뛰어내릴지 몰라 전전긍긍하기도 싫다. IMF 터지고 떠나기로 작정하고 알아봤는데 마침 기술이민 자리가 났어. 캐나다에 처이모도 사시고."

그의 딸이 왕따를 당하고 있으며 그 때문에 온 가족들이 힘들다는 하소연을 술자리에서 들었었다.

"거긴 어때?"

누군가 물었다.

"힘은 들지만 맘은 편해. 적어도 술 때문에 죽을 일은 없으니까."

"제수씨와 애들은 적응했냐? 백인들 사이에서 적응하기 쉽지 않다던데."

그의 말에 조금 감정이 상한 듯한 다른 친구가 따지듯 안부를 물었다.

"적응하는데 힘들었지. 근데 지금은 다들 잘 왔다는 눈치야."

이유는 또 있었다. 문상을 갔다 온 다음날 아이티에서 레베카의 소식이 전해졌다. 그녀가 다니던 사무실을 그만둔 지는 오래된 일이었다. 그리고 어쩌면 좋지 않은 곳에 있을지도 모른다는 말을 얼마 전 상혁이에게 들었었다.

"며칠 전에 제가 확인했어요."

'확인했다'란 상혁의 말은 표현하기 어려운 부분을 다 생략한, 짐작이 온전한 사실이며 앞으로도 상황이 변할 가능성은 별로 없다는 의미까지를 포함한, 긴 문장의 축약이었다.

상혁이가 전하는 사실은 레베카가 도미니카에서 몸을 파는 창녀가 됐다는 말이었다. 커다란 눈동자에 예쁜 미소를 지닌 18살, 내가 잘 알던 검은 피부의 아이티 처녀 레베카는 지금 도미니카에서 창녀란 직업을 가진 것이다. 결국 그녀가 가진 단 하나의 선택은 몸을 팔아 아버지와 동생의 삶을 지

탱하는 것뿐이었던 셈이다. 늘 걱정했던 일이었다. 아이티를 떠나는 순간에
도 그려지던 최악의 수순이었다. 난 전화기를 내려놓으며 회사에 사표를 제
출하겠다는 결심과 내 나라를 떠나겠단 결심을 동시에 했다.

내가 사표를 내자 모두가 이해할 수 없다는 눈빛이었고 그중 많은 사람
들이 날 만류했지만 내 결심은 단단했다.

이유를 묻는 질문에 내 대답은 캐나다로 이민을 갔던 친구와 같았다. 지
구 반대편, 아이티에 살던 레베카라는 검은 피부의 처녀가 창녀가 돼서 내
가 잘 다니던 회사에 사표를 제출한다면 사람들이 날 창녀보다도 못한 정
신병자 취급을 할 것이 뻔했기 때문이다.

"이 나라가 싫어졌어. 내 조국에 대한 모든 희망이 고갈됐거든."

그건 솔직한 내 심정이었다.

3

조국이 싫어졌다는 것은 더 이상 신문이나 뉴스를 보지 않고 또한 투표
장에 가지 않는다는 의미라고 난 이해한다. 투표를 포기한 뒤로 나는 담배
를 피우지 않는다. 담배를 끊은 뒤로 난 더 이상 책을 읽지 않는다.

내가 울분을 토하며 나랏일에 대해 토론하지 않게 된 후로 난 술을 즐겨
하지 않는다. 술을 즐겨하지 않으면서부터 타인과 돈독한 관계를 맺지 않는
다. 만약 나를 둘러싼 많은 가치들에 대한 희망을 보여줄 수 있는 사람이 있
다면 나는 그와 밤새 고주망태가 되도록 술을 마실 것이다.

내 나라가 싫어지고, 투표장에 가지 않고, 담배를 끊고, 술에 취하지 않고

부터 내 삶은 깜빠멘토가 있던 메히요네스 같은 사막이 됐다.

4

난 페드로를 만나기 위해 집을 나섰다. 내가 페드로를 안 것은 칠레 메이요네스 사막이었다.

날 환영하기 위해 준비한 술자리에서 난 제대로 취하지 못했다. 따라 놓은 술잔에 산토도밍고에서 내게 눈물을 보인 레베카의 얼굴이 어른거려 잔을 비울 수가 없었다. 다른 이유는, 함께 자리한 사람들의 면면이 날 불편하게 했다. 그 술자리에 굳이 이름을 붙인다면 〈감정이 좋지 못한 옛 동료들이 사막에서 다시 만나 마련한 술자리〉정도였다. 현재 동료가 아닌 '옛'동료들이었다. 각자가 몇 년 만에 보는 처지였다. 모르는 사람도 많았다. 더구나 지금은 한 회사에 근무하지도 않았다. 이 자리에 좌장격인 이소장은 정년퇴직을 하고 현재의 회사로 재취업을 한 경우였다. 그는 김영길차장과 내가 노동조합활동을 할 때 우리가 있던 사업소의 소장이었고 사사건건 우리와 부딪혔던 사람이었다. 앞뒤가 꽉 막힌 사람이었다.

나보다 연상인 듯한 몇 사람은 내가 모르는 사람들이었다. 그들은 부장이란 호칭으로 불리고 있었다. 그들의 대화를 들어보면 오래 전 어떤 이유로든 정년 전에 퇴직을 하고 회사를 나간 사람들이었다. 나보다 연배였고 어쨌든 한때는 회사 선배였는데 문제는 내가 명령을 내려야 할 하도급회사 소속도 여럿이었다. 불편한 관계였다.

그래도 그 사람들은 김영길차장에 비하면 아무 것도 아니었다. 문제는 김영길차장이었다. 그는 대학후배였고 한 회사에서 노동조합을 함께한 처지였다. 그는 내가 조직을 떠난 후 파업을 주도한 이유로 해고됐고 복직하지 못했다.

그 자리에 모인 사람들이 속한 회사도 다양했다. 이소장과 박화중부장이란 사람은 도급사 소속이고 김영길차장과 몇 사람은 도급사의 하청이거나 우리 회사의 하청사 소속이었다. 도급사와 우리 회사를 빼면 나머지 사람들은 모두 국내 인력송출회사에서 모집해 보낸 계약직이었다. 따라서 업무나 보수, 명령체계에서 상대적으로 낮은 위치였다. 김영길차장도 그런 처지였다. 그런 계약직은 나이가 많으면 무조건 부장이라 불렸고 40대면 차장, 30대면 과장으로 불렸다.

그들 대부분은 해외를 이곳저곳 전전하다 고국과는 가장 먼 곳까지 흘러 들어온 사람들이었다.

"첫날밤은 제대로 취해야 잠을 잔다니까요. 사막에서 부는 모래바람 소리 못 들어봤죠? 음산해서 소름이 쫙 끼친다니까요."

김영길차장이 내게 소주와 비슷한 맛을 내는 피스코샤워를 내밀며 말했다. 이미 와인을 몇 잔이나 마신 속에 그보다 독한 피스코샤워가 들어가자 위가 저릿했다.

"그래 오늘은 아무 생각하지 말고 마시고 자라고. 출근은 다음 주부터 하고."

이소장도 옆에서 거들었다.

먼 이국땅에서 오랜만에 만나 반가운 티를 낸다고 모두가 분위기를 띄웠지만 분위기는 좀체 흥이 나지 않았다.

5

사전에 이곳에 누가 있는지 알아보고 결정할 정도의 여유가 내겐 없었다. 아이티에서 사업을 정리하는 일은 생각보다 복잡했고 어려운 일이었다. 파이낸싱을 했던 외국 은행과 법률적으로 처리해야할 일들이 산더미처럼 쌓여있었고 우리 회사 지분을 다시 매각하는 일도 어렵긴 마찬가지였다. 더구나 그 틈에 레베카가 있었다. 이것저것 따질 여유가 없었다. 어디든 귀국만 아니면 됐다.

해외사업담당부장은 내게 두 나라를 말했다. 필리핀과 칠레였다. 난 망설임 없이 칠레를 선택했다. 그냥 휴식이라고 생각했다. 몸도 마음도 지쳐 있었다. 남미여행을 할 수 있다는 것도 맘에 들었다.

"그 유명한 김현식부장님이 왔는데 2차 가야 되는 거 아닙니까? 마침 내일은 큰일도 없잖아요. 데이비드도 내일부터 휴가라던데."

데이비드는 발주처의 현장 책임자였다. 술자리가 도무지 흥이 나지 않고 시들해지자 가장 어린 고차장이 눈치를 보며 모두에게 말했다. 고차장은 이곳에서 처음 만나는 사람이었다. 사연은 모르지만 명예퇴직을 했다고 들었다.

"소장님, 그러시죠. 김현식부장님이 누굽니까. 음주가무의 대가 아닙니까?"

김영길차장이 말을 받았다. 말에서 서걱거리는 모래가 씹혀 나왔다.

"그럴까? 그럼 준비들 하지. 차는 통역사한테 운전하라고 하고."

이소장이 동의를 하자 기다렸다는 듯이 우르르 일어났다.

"저는 좀 쉬겠습니다. 정리할 것도 많고."

난 자리를 일어서는 이소장에게 말했다. 정말 쉬고 싶었다. 머릿속이 미로처럼 복잡했다.

"웬만하면 같이 가지. 김부장 환영식인데."

"다음에요."

"사람, 부장이 돼서도 아직도 그렇게 뻣뻣해서 쓰나. 노조할 때나 별로 달라진 게 없어. 뭐, 본인이 싫다면야 어쩔 수 없지."

이소장이 감추고 있던 감정을 드러냈다.

"부장님, 같이 가시죠. 여기가 사막이지만 나름 끝내줘요. 치카빠(Chica bar)에 가면 남미의 모든 여자들을 만날 수 있어요. 코스타리카부터 콜롬비아, 베네수엘라, 볼리비아, 페루, 브라질, 아르헨티나까지 남미의 모든 미인들이 다 모여 있어요. 세상에 이런 곳 없습니다."

한 때 같이 근무하다 사업을 하겠다며 명예퇴직을 했던 장만호차장이었다.

"미안해. 아이티에서부터 몸이 안 좋았어."

난 내 방에 와서 누웠다. 볼리비아 우유니사막에서 시작돼 아타까마사막을 가로지른 바람에 부실한 창문이 흔들리는 소리가 요란했고 바짝 붙어 있는 해변에서는 철썩거리는 파도소리도 들렸다. 앞방에서 고국에 있는 아이들과 속삭이는 소리도 고스란히 귀에 들어온다. 어느 방에선가는 다른 술판이 벌어지고 있는 모양이다.

6

난 다음날 풀지 않은 배낭을 메고 길을 나섰다. 목적지는 아타카마사막이었다. 월요일까지는 3일이 남아있었다. 이곳의 삶이 불편하겠지만 어떻게 든 날 추슬러야만 했다. 다행히 나와 동행하겠다는 사람이 있었다. 통역사 윤기사였다. 내가 사막엘 가겠다고 하자 공무담당을 하는 최차장이 주선해 준 것이다.

윤기사는 차까지 빌려왔다. 스페인어를 하지 못하는 처지에 버스를 두 번 이나 갈아 탈 일이 내심 걱정이었는데 마다할 처지가 아니었다. 차가 출발 하자 난 시트를 뒤로 젖히고 느긋하게 창밖을 바라봤다. 끝도 없는 사막이 펼쳐져 있었다.

"언제부터 여기서 일했어?"

"1년 됐어요."

"한국에서 일하지 왜 여기까지 왔어?"

내 질문에 윤기사가 피식 웃었다.

"취직이 안 돼 여기까지 온 거에요."

윤기사의 말에 난 물은 걸 후회했다.

"마음 쓰지 마세요. 나만 그런 게 아니라 우리 세대 모두가 누구 말처럼 루저세대니까요."

"원망인가?"

"그렇게 들리세요? 저희는 남을 탓할 수 없는 세대잖아요. 부장님 세대처 럼 배고프지도 않았고 화염병을 던져야했던 것도 아니죠. 그냥 공부만하면 되는 세댄데 그걸 못했으니 무슨 변명이 있을 수 있겠어요."

그는 자조적인 투로 말을 이었다.

"학과 동기 중에 한국에 남아 있는 친구 거의 없어요. 동창회는 남미에서 해야 할 처지죠.”

난 도미니카에서 일하는 상혁이가 생각났다. 그도 자신이 버림받은 세대라고 말했었다.

7

상혁이를 처음 만난 날은 아이티에서 강진이 발생한 날이었다. 아이티에서 지진이 났을 때 난 산토도밍고에 있었다. 회사가 아이티 포르토프랭스에 건설 중인 디젤발전소의 시공을 맡은 최사장을 만나고 있었다. 안전을 생각한다면 상황을 지켜보며 산토도밍고에서 기다려야했지만 난 최사장에게 차를 부탁했다.

“정말 지금 갈 생각이에요? 웬만하면 며칠만 기다려보시죠.”

최사장은 날 만류했다. 하지만 지체할 수가 없었다. 지진의 진앙지와 가까운 곳에 발전소가 지어지고 있었다. 공항이 이미 폐쇄됐다는 보도가 있었기에 10시간을 차로 달려야만 했다. 최사장은 직원 한 명을 붙여줬다. 그가 상혁이었다.

“혼자 운전하기엔 너무 먼 거립니다. 교대로 하시죠. 저도 도미니카 전력청장 만나고 곧 따라가겠습니다.”

산토도밍고(Santo Domingo)에서 포르토프랭스(Port Au Prince)까지 10시간을 달리면서 우린 첫 만남치고는 꽤 많은 대화를 나눴다. 그와 나는 제법 잘 어울리는 짝이란 걸 10시간 동안 깨달았다. 상혁이와 난 싫어하는 것과 좋아하는 것이 비슷했다. 우린 한국을 싫어했고 이승철을 좋아했다. 그런데 문제는 그가 운전을 하지 못한다는 것이었다.

"아무에게도 말 안했는데 사실 운전하기 겁나요. 큰 사고를 냈었죠. 그 뒤로 운전을 할 수 없게 됐어요. 대통령선거가 있던 날이었어요. 결과가 굳어지는 것을 보고 자유로로 차를 몰았죠. 그냥 속이 답답했어요. 이해할 수도 없었고요. 아마 오랜 백수생활 때문에 쌓인 스트레스도 한몫했겠죠. 속도계가 계기판의 끝까지 가는 걸 본 게 마지막이었어요. 차가 하늘을 난다고 느꼈어요. 다행히 목숨을 건졌지만 그 후로 차를 운전할 수 없더라고요. 대수술을 하고 몸을 움직일 수 있을 때쯤 전직대통령이 서거했다는 뉴스를 봤죠. 미련 없이 짐을 쌌어요. 고모가 산토도밍고에 살아요. 그리고 최사장님이 한국 사람을 구한다는 얘기를 아버지한테 들었는데 망설이고 있다가 결심을 했죠. 공항에서 비행기가 이륙하는데 다시는 한국땅을 밟지 않겠다고 다짐을 했죠."

"지금도 그래?"

"네."

상혁이는 단호하게 답을 하고 내 얼굴을 들여다보다가 부연했다.

"아마 우리 학번이 화염병을 던진 마지막 세대일겁니다. IMF 이후 대학 운동권은 완전히 문을 닫았잖아요. IMF로 아버지 사업이 망했어요. 그때 전 대학 2학년이었죠. IMF는 기업들을 고용에 대한 책임에서 해방시켰던 거 같아요. 핑계라면 핑계고 그게 경영이라면 더 할 말 없는 거지만요. 운동권이란 낙인이 찍힌 날 받아줄 회사는 없었어요."

운전을 하지 못한다던 상혁이는 포르토프랭스에 도착자자 곧 운전을 시작했었다.

8

"아이티에 계셨다고 들었어요. 거긴 어떤가요?" 내가 말이 없자 윤기사가 물었다.

"여긴 천국이다." 내 대답은 간단했다.

우린 저녁노을이 짙어질 때 모래바람을 뚫고 아타까마 사막의 중심지인 산 페드로에 도착했다.

"제 고향에 오신 걸 환영합니다." 숙소를 정하자 윤기사가 말했다.

"고향?"

"제가 아타까마 사막의 분신인 걸 모르셨나요? 여기가 산 페드로 데 아타까마잖아요. 그리고 제 스페인식 이름이 페드로에요."

윤기사의 설명에 의하면 스페인어를 하는 사람들은 모두 스페인식 이름을 하나씩 가진다는 거였다. 그때부터 난 그를 페드로라 불렀다.

짐을 풀고 우린 시내로 나섰다. 모래바람 속을 헤치고 들어간 흙벽돌로 지어진 카페에는 세계에서 몰려온 젊은이들로 초만원이었다. 사막 한 가운데서 세계의 젊은이들이 엉키고 노래했다. 흥겨운 분위기와 뱃속에 포도주가 들어가자 답답했던 마음이 조금 누그러들었다.

"한국은 언제 가실 생각이세요?" 페드로가 물었다.

"글쎄. 한국이라……. 아직은 별로 가고 싶지 않은데."

한국에 돌아가겠다는 생각을 해본 적이 없었다. 마땅히 가야할 땅이란 본능도 점점 사라져가고 있었다.

"페드로는 가고 싶어?"

"그럼요. 매일 가고 싶죠."

"그럼 가면 되잖아."

"가서 할 일이 있어야죠. 대학 졸업한 지가 5년이 지났는데 가서 놀 수는 없잖아요. 여기저기 원서 넣고 쫓아다녀봤는데 모두 떨어졌어요. 그 사이 결혼을 약속한 여자도 떠나고……. 결국 여기까지 온 거죠."

"그래서 한국이 싫은가?"

"모르겠어요. 나올 때만해도 다시는 오지 않겠다고 다짐하고 비행기 탔는데, 가끔은 그립죠. 마치 떠난 여자 생각나듯이." 한국을 떠날 때의 심정은 상혁이와 같았지만 돌아가고 싶으냐는 질문에 대한 답은 달랐다.

이틀 동안 페드로와 난 아타까마 사막을 여행했다. 인터넷에서 봤던 사진처럼 멋지진 않았지만 플라맹고라 불리는 홍학들이 떼 지어 있는, 고도 3,000미터 사막에 있는 호수를 본 것만 해도 만족스러웠다. 사막 한 가운데 세워진 도시에서 포도주를 마시는 것도 좋았다. 아이티에서 끔찍한 모습만 봐온 눈에 젊고 열정적인, 세계에서 온 남녀의 축축하고 뜨거운 모래바람처럼 몽롱한 관능을 본 것도 마음을 추스르고 새로 시작하는데 도움이 됐다.

페드로는 쾌활했다. 스페인에서 온 여자 여행객들과 금방 친해져 함께 하루를 여행했고 저녁엔 그녀들과 우리 둘, 넷이서 새벽까지 포도주를 마시며 떠들고 취했다.

9

사막의 시간은 단조로웠다. 시간의 단위는 낮과 밤으로만 나뉘었다. 시, 분, 초라는 개념은 필요 없었다. 낮시간엔 일을 하고 밤시간엔 일하지 않았다.

밤도 단조롭긴 마찬가지였다. 우리가 묵고 있는 깜빠멘토(Campamento, 합숙소)는 바닷가 사막에 지어져 있었다. 발전소까지는 차로 30분 거리였고 깜빠멘토에서 차로 10분 거리에 우리나라의 조그만 면소재지보다도 작은 메히요네스란 소재지가 있었다. 메히요네스는 칠레 남쪽 산티아고에서 출발한 버스가 구리광산으로 유명한 북쪽 도시인 이키케(Iquique), 아리카(Arica)로 가는 버스의 경유지였다. 아리카를 지나면 페루의 아레키파(Arequipa)와 쿠스코(Cuzco)를 거쳐 마추픽추로, 혹은 티티카카호수가 있는 볼리비아 땅으로 연결되는 루트(루타, Routa) 5.가 남아메리카를 남북으로 가로지르는 간이역 같은 곳이었다. 물론 '카마(Cama)'라는 누울 수 있는 2층 버스로 며칠씩 걸리는 여정이었다. 또 메히요네스에는 칠레 제2의 도시라는, 거대한 사막도시인 안토파가스타시까지 운행하는 버스 정류장도 있었다. 차로 한 시간 거리였다.

메히요네스에는 이키케와 아리카에서 생산되는 구리들을 제련하는 제련소와 구리광산에 전력을 공급하고 아르헨티나, 볼리비아, 페루로 전력을 수출하기 위해 많은 다국적 에너지기업, 발전소들이 입주해 있었지만 그곳에 근무하는 칠레 직원들은 모두 1시간 거리의 안토파가스타에서 출퇴근을 했다. 그런 이유로 정작 메히요네스는 볼리비아, 페루, 콜롬비아 등 남미 여러 나라에서 일자리를 찾아 온 외지인들의 집단 거주지 같은 곳이었다. 그들의 일자리라야 청소나 식당 보조 혹은 메히요네스에 있는 작은 음식점과 술집에서 서빙을 하는 일이 고작이었다. 메히요네스에 있는 남미출신 이주노동자들은 거의가 20대에서 40대의 혼혈여자들이 대부분이었다. 우리 사무실에도 35살 먹은 페루 아리키파 출신 이주여성인 아다가 청소를 하고 있었다.

사실 메히요네스가 속한 주(州)인 안토파가스타는 볼리비아에서, 칠레에 엄청난 돈을 안겨주는 구리광산이 있는 이키케와 아리카는 페루로부터 칠레가 19세기 후반에 뺏은 땅이었다.

칠레인들은 페루와 볼리비아인들에 대한 인종편견이 심했다. 그들이 볼리비아인이나 페루인을 대하는 태도는 적대적이고 모독에 가까웠다. 칠레인들은 그들을 자신들보다 하등한 인간으로 생각했다. 볼리비아나 페루 사람들과는 같은 좌석에서 식사를 하지 않는 그들을 보며 난 그들을 경멸했다. 어차피 다 같은 혼혈이다. 하지만 칠레인들은 자신들이 유럽인이라는 생각을 하는 것 같았다. 그래서 칠레인들은 페루와 볼리비아인 이주노동자들이 거주하는 메히요네스에 살지 않았다. 물론 메히요네스에 사는 칠레인이 없는 건 아니지만 그들의 조상은 볼리비아라고 해야 옳았다.

동양인에 대한 감정도 그랬다. 그들이 가지지 못한 기술과 글로벌 기업들을 가진 동양인에 대한 감정은 더욱 복잡했다. 굳이 표현한다면 UFO를 탄 외계인을 대하는 그런 감정이다. 생물학적으로는 자신들이 우월하지만 과학기술은 뒤쳐졌다는 묘한 감정이 그것이다.

안토파가스타가 칠레 제2의 도시가 된 건 이키케와 아리카의 구리광산에서 나온 막대한 돈과 메히요네스에 있는 에너지산업에서 나온 돈의 배후도시이기 때문이었다. 카르네(Carnet)라는 신분증을 만들기 위해 갔던 안토파가스타시를 본 기억이 생생했다.

아무 것도 없는 사막에 세워진 거대하고 현대적 기능을 모두 갖춘 도시를 처음 본 나는 외계도시를 생각했다. 그 안토파가스타시에 돈을 쫓아 남미 각지에서 몸을 팔기 위한 젊은 여자들의 러시가 이루어지고 있었다. 몸을 파는 일도 자신들의 나라보다 10배 이상의 수입이 안토파가스타에서는 가능했던 것이다.

10

나는 통역사인 페드로와 어울렸다. 그는 훌륭한 내 친구였다. 시원시원한 성격에 붙임성도 좋았다. 스페인에서 어학연수를 해서 현지인들과의 의사소통도 막힘이 없었다. 눈치도 빠르고 안목도 좋아서 문과출신답지 않게 기계장치의 기능들을 알았고 깊진 않아도 열역학적인 이해력과 전체 플랜트의 시스템과 운전 메커니즘도 어느 정도는 알았다. 그런 공학적인 이해가 없다면 이런 대규모 플랜트에서 통역이 쉽지 않았을 테지만 그의 일은 막힘이 없었다. 물론 그건 그의 노력의 결과였다. 틈틈이 설비에 대해 내게 질문도 자주 했다. 난 그런 그가 좋았다.

그에겐 브라질 출신 이주노동자인 로베르타란 22살의 여자친구가 있었다. 그녀는 협력업체 식당에서 일했다. 로베르타는 언니와 함께 살았다. 페드로와 자주 어울리다보니 자연 나도 로베르타와 자주 어울렸고 그녀의 언니인 리타와도 자주 만나게 됐다. 우리 네 사람은 로베르타와 그녀의 언니가 세를 얻어 사는 집에서 자주 파티를 열곤 했다.

결혼을 약속했던 여자를 잃었다는 페드로는 브라질 이주노동자인 로베르타와 사랑을 나눴다. 그들의 사랑은 미래가 결여되어 있었다. 조국은 그에게서 삶을 영위할 직장의 선택권과 여자를 빼앗아 갔다. 페드로가 한국에서 사랑했던 여자는 사랑이 아닌 직업을 가진 남자를 택했을 것이다. 직업이 없으면 사랑도 없는 시대였다. 사랑마저 박탈당한 페드로의 구원지가 지구 반대쪽 사막인 셈이었다.

나는 메히요네스에서 만나는 많은 남미 여자 이주노동자들을 보며 습관처럼 레베카를 생각했다.

11

상혁이와 함께 포르토프랭스에 도착해서 건설현장을 방문해보니 다행이 피해가 없었다. 내진 설계와 강한 철구조물 덕이었다. 다음날부터 내 일은 전력설비지진피해조사 위원회를 꾸리고 이끄는 일이었다. 최사장과 함께 전력청장을 만나 조사팀에 대한 전권을 위임받고 현지에 온 프랑스 및 미국 전문가들과 팀 구성을 마치고 조사에 들어갔다. 최사장은 포르토프랭스에 오기 전 도미니카 전력청장을 면담하고 전력시설 복구를 위한 적극적인 지원을 약속받은 상태였고 아이티 전력청장 입장에서는 도미니카의 지원이 절실했기에 미국이나 프랑스 지원단에 전권을 주지 않고 우리에게 전권을 위임했다. 우리가 이미 사업을 진행 중이었고 아이티 전력청장과 자주 미팅을 해서 신뢰를 쌓은 덕도 컸다.

사실 우리 회사나 최사장의 목표는 아이티의 전력시설 현대화였으며 그 사업을 수주한다면 엄청난 이익이 보장될 터였다. 이미 유엔에서 전폭적인 지원을 약속한 상태였다.

조사를 위해 곳곳을 돌며 본 모습은 참상 그 자체였다. 시체들이 거리에

즐비했고 무너진 건물 속엔 아직도 생사를 모르는 사람들이 가득했다. 도시는 파괴되지 않은 곳이 없었다. 기간시설이 모두 파괴된 포르포프랭스는 미군이 투입된 후에야 겨우 치안이 유지됐다. 밤이면 감옥이 파괴되면서 탈주한 범죄자들이 쏘는 건지, 치안을 담당한 군인들이 쏘는 건지 모르는 총소리가 밤새 이어졌다.

조사가 마무리될 때쯤 내겐 새로운 임무가 떨어졌다. 한국에서 긴급 파견된 119 의료단 및 코이카, 대학병원, 그리고 수많은 단체를 위한 지원이 그것이었다. 건설현장은 경계가 분명했고 피해지역과 떨어져서 숙소로는 안성맞춤이었다. 그런 이유로 파견 온 모든 단체들이 짐을 풀었고 자연스럽게 숙영지가 되었다.

난 그곳에서 수많은 한국 사람들을 만났다. 정부관계자부터 군인, 종교단체까지 셀 수도 없었다. 난 그들에게 안내자 역할을 해야만 했다. 그들이 원하는 곳에 데려가야 했고 그들이 원하는 이벤트를 위해 내가 만든 관계망을 이용했다. 방송기자들이 몰려들면서 취재 루트와 취재원을 섭외하고 일정을 조정하는 역까지 해야만 했다. 상혁이가 큰 도움이 됐다.

12

레베카는 그런 많은 사람들 중 내가 만든 특별한 인연이었다. 18살의 검은 처녀. 그게 레베카의 정체성이다. 170이 넘는 큰 키에 시원한 이목구비를 지닌 여자였다. 흑인이 아름다울 수 있다는 사실을 난 그녀를 보고 알았다. 키가 컸고 눈도 컸다. 이제 막 피어난 몸의 곡선은 부실한 옷 속에서도 빛이 났다.

레베카를 본 건 그런 날들 중 하루였다. 일정을 마치고 돌아오는 길에 그녀를 만났다. 그녀는 아이티 경찰들이 경계근무를 서고 있는 정문 앞에서 서성이고 있었다. 맑고 선한 큰 눈에서 금방 눈물이 쏟아질 것 같았다. 아니, 씻지 못한 얼굴에 눈물자국이 남아 있었다. 그녀의 아버지와 남동생이 한국 의료단이 진료를 하고 있는 우리 현장에 있다고 서툴게 영어로 말했다. 난 그녀를 데리고 의료단이 사용하고 있는 천막으로 향했다.

그녀의 아버지와 남동생은 부상이 심했다. 아버지는 다리를 절단했고 남동생은 팔을 잘라야만 했다. 장기입원환자들이었다. 그녀는 집도 없었다. 지진 전에 다니던 작은 방직공장은 흔적도 없이 사라졌다. 난 그녀를 우리 사무실에 머물게 했다. 마침 사람이 필요했다. 사무실 청소와 파견된 단체들이 쏟아내는 쓰레기, 음식물 잔반들을 처리하는 일 등, 해야 할 일은 산더미처럼 많았다. 난 그녀를 고용한 셈이다. 계약서를 작성하고 각서도 받았다.

내가 정신없이 하루를 보내고 숙소로 가기 전 사이트에 들르면 그녀는 언제부턴가 웃음을 되찾고 날 맞았다. 난 매일 큰 일이 없어도 일과를 마치면 사이트에 들렀고 그녀와 상혁이와 함께 저녁을 먹었다. 그녀는 한국식 음식에도 금방 적응해서 나와 상혁이를 위해 한국 단체들이 가져온 음식들을 챙겨 뒀다 우리를 위해 식사를 준비했다. 우리 세 사람은 내 사무실에서 그렇게 힘든 시간들을 함께 보냈다.

밀물처럼 왔다가 쏴~하고 사람들이 아이티를 떠나고도 난 그 자리에 남았다. 지진 이전에도 난 그곳에 있었고 사람들이 떠난 뒤에서 그곳에서 사업을 진행해야만 했다. 하지만 정신없는 날들이 지나고 내 본연의 업무로 돌아왔을 때 내 안에서는 무엇인가가 변해있었다. 가슴 한 쪽이 뻥 뚫려버린 느낌이었다. 마치 격한 사랑이 내 마음을 휩쓸고 지나간 후처럼 가슴은 대책 없이 먹먹했다. 상혁이마저 최사장의 부름을 받고 도미니카로 간 뒤로 난 외로움을 느꼈다. 처음 아이티에 왔을 땐 어차피 혼자였기에 몰랐던 감정이었다. 멍하니 앉아 있다가 레베카와 눈이 마주치면 그녀는 모든 것을 다 알며 이해한다는 눈빛으로 날 보고 있었다. 그리고 말없이 커피를 끓여 내 앞에 내려놓고 제자리로 돌아갔다. 난 그녀가 고마웠고 언제부터인가 내가 그녀에게 의지하고 있다는 걸 깨달았다. 나와 그녀는 수천 킬로미터를 날아온 철새처럼, 갑자기 많아진 시간을 버거워하며 서로가 서로의 주위를 서성거렸다.

레베카의 아버지와 남동생은 수술 후에 정부에서 마련한 임시숙소에 머물고 있었다. 난 레베카를 계속 고용했다. 물론 그녀의 월급은 내 해외수당에서 내가 지불했다. 그녀의 수입이 아버지와 남동생의 생계를 책임질 수 있었다.

그렇게 시간이 흘렀고 성공적으로 프로젝트가 끝났다. 하지만 지진 후에 피해조사팀을 이끌며 최사장과 내가 기대했던 전력시설 복구 및 현대화사업은 우리 몫이 되지 못했다. 더 강한 나라들이 있었고 아이티 전력청장은 그만한 힘이 없었다.

13

회사는 결국 아이티에서 사업을 접어야만 했다. 당초 회사가 아이티 진출을 결정했던 사업이 불투명해진 터에 이미 준공을 마친 디젤발전소를 계속 붙들고 있을 수가 없었던 것이다. 아이티 복구사업은 도미니카 전력청과의 동반진출이란 전제가 있었던 터였다. 그렇게 되면 회사가 도미니카 대규모 화력발전 사업에 진출할 수 있도록 도미니카 전력청의 전략적 약속이 복선으로 깔린 일이었다. 더구나 아이티에서 내가 추진하던 일도 뜻대로 되지 않았다. 기존 발전소의 인수를 통한 설비개선, 장기 전력공급계약마저 지지부진한 상태였다.

서울에 있는 해외사업실은 내 입만 바라보고 있었다. 더구나 경영진이 교체된 직후였다. 수익이 나지 않는 사업을 끌어안고 갈 수 없다는 전언은 오래 전에 들었던 터였다. 그런데도 해외사업실 강처장은 내게 선뜻 나오라는 말을 꺼내지 못했다. 내가 매일 저녁 업무보고차 하는 전화도 언제부터인가 피하는 눈치였다. 아이티에서 사업을 시작하기로 했지만 열악한 환경 때문에 아무도 지원하지 않았을 때 내가 손을 들었고 강처장은 그때 생각을 잊지 못하고 윗선에서 내려오는 독촉도 내게 말하지 못하는 눈치였다.

나야 어디든 가면 그만이었다. 하지만 아이티를 떠나는 순간 레베카는 아버지와 동생의 생계가 걸린 일자리를 잃게 된다. 사정이야 어찌됐건 그녀에게 일자리를 뺏는 꼴이었다. 그게 가장 힘든 일이었다. 그녀가 일할 수 없다면 다리와 팔이 없는 그녀의 아버지와 남동생의 생계를 책임질 수 없다는 사실을 잘 아는 나였다. 입이 떨어지지 않았다. 최사장이 그런 내 처지를 알고 해결책을 냈다.

"산토도밍고 우리 사무실에서 일하게 하죠, 뭐. 어차피 거기도 사무실 정리나 청소는 해야 하니까요."

내가 그녀에게 사정을 말하고 최사장의 제안을 알렸을 때부터 레베카는 웃음을 잃었다. 하지만 달리 방법이 없었다. 난 아이티 사업을 정리하고 레베카를 데리고 산토도밍고로 갔다. 그 날 밤 최사장과 상혁, 레베카와 함께 저녁을 먹었다. 그녀는 한 마디도 하지 않았다.

내가 산토도밍고를 떠나던 날 그녀는 커다란 눈에서 굵은 눈물을 떨어뜨렸다.

14

칠레에서의 일은 순조롭게 진행됐고 사업이 마무리되어갈 즈음 일본에 강진이 발생했다. 8.8의 강진이 후쿠시마에서 발생했다. 세계 도처에서 지구가 갈라지고 있었다. 그날 오후 사무실에 근무하는 현지인 조세린이 날 찾아왔다.

"일본 지진으로 인한 쓰나미가 오늘 저녁 8시에 해안에 도착한다고 모두 대피령이 떨어졌어요."

처음 그 소식을 들었을 땐 좀 어이가 없었다. 지구 반대편이었다. 아무리 태평양으로 연결되었다고는 하나 쓰나미가 지구 반대편을 덮친다는 게 말이 되나 싶었다. 하지만 그게 아니었다. 실제로 인도네시아 지진이 발생했을 때 이 지역에서 주민이 쓰나미 탓에 목숨을 잃었다는 사실을 조세린은 심각한 얼굴로 말했다. 내 표정이 심드렁해 보인 모양이었다.

모든 일정이 취소되고 일찍 퇴근해서 짐을 싸고 높은 지대로 옮기기로 했다. 이른 저녁을 먹고 나는 여권과 노트북만을 챙겨 페드로가 기다리는 차에 올랐다. 대피소로 향하기 전 우린 로베르타와 리타를 태웠다. 1차 대피소는 민둥산 중턱에 마련돼 있었다. 페드로가 대피소가 표시된 종이를 내게 건넸다. 1차 대피소보다 더 높은, 이 지역에서 가장 높아 공군 레이더기지가 있는 곳에 2차 대피소까지 마련이 되어 있었다. 대피소에 도착해서 아래를 보니 메히요네스에서부터 대피행렬이 길게 꼬리를 물고 있었다. 난 조수석 등받이를 젖히고 몸을 눕혔다.

아이티가 다시 떠올랐다. 일본에서 발생한 지진으로 사람살이의 모든 것들이 바닷물에 집어삼켜지는 영상을 본 뒤라서 포르토프랭스의 아비귀환이 어제 일처럼 생생하게 되살아났다. 그리고 또 레베카가 생각났다. 그녀의 삶이 늘 걱정이었다. 어둠이 찾아들었고 난 생각들을 떨쳐버리려 잠을 청했지만 머릿속엔 포르토프랭스와 후쿠시마의 처참한 풍경과 내가 떠나올 때 날 바라보던 레베카의 슬픈 눈빛이 쓰나미처럼 밀려와 잠이 오지 않았다.

페드로가 날 불렀다.

"부장님, 저쪽에서 이소장님하고 김영길차장님이 기다린답니다. 술자리가 마련된 모양인데요."

망설이다 페드로가 가고 싶어 하는 눈치여서 난 사람들이 기다린다는 곳으로 갔다. 이미 술판이 벌어지고 있었다. 식당에 부탁했는지 아사도(Asado, 소고기 구이 요리)까지 준비가 돼 있었다.

심란하던 마음 탓이었는지 난 주는 잔을 마다하지 않고 마셨다. 그리고 조금 취했다. 술자리는 어느새 옛날 얘기로 번지고 있었다. 각자가 회사를

그만두기 전에 있었던 일들을 쏟아냈다. 그리고 결국 내가 가장 꺼려하는
얘기가 나왔다.

"그때 회사가 쪼개지지만 않았으면 아마 이중에 아직도 회사 다닐 사람
많이 있을 겁니다."

우리 회사 하청업체 소속인 이부장이었다. 취기가 슬며시 사라지기 시작
했다.

"쪼개졌어도 여전히 다니는 사람도 있잖아요."

김영길차장이 혀 꼬인 소리로 날 쏘아보며 말했다. 난 자리를 일어났다.
그런 날 김영길차장이 불렀다.

"부장님, 아니 형님. 어디 가시게요?"

"어. 조금 취했어. 먼저 일어날게."

"그러시겠죠. 항상 먼저 사라지잖아요. 아무도 모르게 발을 빼는 솜씨야
알만한 사람은 다 아는 거 아닙니까."

노골적인 시비고 비난이었다. 억눌렀던 그의 말들이 오지 않는 쓰나미 대
신 그의 입에서 쏟아져 나오고 있었다.

"미안해. 먼저 갈게." 내 입에서 나도 모르게 미안하단 말이 튀어나왔다.
주워 담고 싶었다. 내가 그에게 미안할 일은 논리적으로 없었다.

"미안하다고요. 뭐가 미안한대요? 모두를 배신하고 혼자 살아남아서 승
진도 해서 미안합니까?" 김영길차장은 집요했다. 주변에서 그를 말렸다. 이
소장도 그를 제지했다.

"김차장 취했네. 그만해."

"아뇨, 이소장님도 아시잖아요. 우린 모두 해고됐어요. 해고요? 안 당해

160

본 사람은 그게 어떤 건지 모릅니다. 가정도 삶도 가족도 다 박살나는 거에요. 내가 지금 여기 왜 와 있습니까. 내 나라 놔두고 이 좆같은 사막에 왜 왔습니까. 저기 김부장과 난 온 이유가 다릅니다. 저 사람이 스펙 쌓고 여기저기 구경 다니러 왔다면 난 갈 곳이 없어서 여기까지 밀려온 겁니다. 죽어라 일하고 돈은 김부장 반도 못 받아요. 그마저도 한국에 있는 애들 학비로 다 날아갑니다. 내가 아직 회사 다니면 학비 다 회사에서 보조해주잖아요. 나도 기분 좋게 아타까마사막이나 놀러 다닐 수 있어요. 여기 와서 나 한 번도 놀러 가본 적 없어요. 그게 인력송출회사 출신인 내 신세입니다. 잘 아시잖아요."

"그만해, 이 사람아. 다 사정이 있는 거지."

"무슨 사정요? 동지들 배신하고 저 혼자 출세하겠다는 사정요?"

"참내, 그만하래도."

말리는 이소장의 말투는 또다른 비난이었다. 사정? 맞는 말이다. 내게도 사정은 있었다.

15

IMF가 공기업을 분할하고 민영화를 요구했다는 건 풍문만이 아니었다. 그건 분명했다. 구제금융을 제공하는 전제조건으로 IMF는 우리가 감당하기 어려운 많은 것들을 강요했다는 건 누구나 아는 일이었다.

민영화를 막기 위해 조합은 싸움을 시작했다. 싸움의 방법은 공기업 연대 파업이었다. 나는 그 선두에 있었다. 하지만 파업을 앞두고 난 내게 맡겨진 모든 임무를 내려놓고 조직에서 물러났다. 모든 직함도 사표를 제출했다. 내가 조합을 떠난다고 하자 김영길국장을 포함한 많은 사람들이 수도 없는 질문을 던졌다. 하지만 난 아무 대답도 하지 않았다. 아니, 할 수가 없었다. 모두가 의심쩍은 시선으로 날 비난했지만 난 한 마디 이유도 말하지 않고 그들을 등졌었다.

이유는 한 여자의 전화 때문이었다. 그녀의 전화를 받은 건 파업동력을 끌어올리기 위해 권역별 집회를 열고 있을 때였다. 이번 파업의 승리를 위해 집행부는 다른 공기업노조와 연대파업을 준비해왔고 타 공기업들도 같은 처지였기에 연대는 어렵지 않았다. 집행부의 결의가 현장까지 굳건히 지켜지게 하려면 사전에 같은 지역에 있는 공기업 사업장별로 만남의 기회가 있어야한다는 김영길국장의 제안에 따라 광역 권역별로 연대집회를 계속했고 나와 집행부는 매번 집회에 참석하고 있었다. 열의도 좋았고 무엇보다 한 회사만의 파업이 아니라 공기업노조가 힘을 함께 모으는 현장을 보고 나면 파업에 소극적이었던 조합원들도 생각을 바꾸고 있었다. 이길 자신이 생겼다.

"갈수록 분위기가 좋아지는데요."

김영길조직국장이 여러 공기업 조합원들이 섞여 어깨를 걸고 율동을 하는 모습을 보며 내게 말했다.

"이번 파업만 성공하면 프랑스처럼 공기업노조를 만드는 거야."

생각만 해도 가슴 뛰는 일이었다. 이 분위기라면 시작할 수 있을 것 같았다. 여러 상급단체로 찢어진 공기업노조를 한 곳으로 묶을 수만 있다면 그것만으로 엄청난 세력이 될 터였다. 그건 조합활동을 시작하면서 가진 내

꿈이었다. 경우에 따라서는 정부의 잘못된 정책을 견제하고 우리 사회가 건전하고 상식이 통하는 사회가 되도록 할 수도 있는 큰 세력이 될 터였다. 그걸 위해 희생을 치러야만 한다면 기꺼이 그럴 각오도 되어 있었다. 그런 기분 좋은 상상을 하고 있을 때 전화가 왔다.

"…… 저예요."

발신번호를 보고 그녀의 전화라는 것을 이미 알고 있었다. 선뜻 말문이 열리지 않았다. 그녀가 전화를 했다는 건 그녀의 신상엔 나쁜 일이 생겼다는 의미였고 내겐 사랑이 다시 찾아왔다는 의미였다.

"섬진강에서 만나자." 난 노동조합의 모든 직책을 그만두고 섬진강으로 향했다.

16

그녀를 만난 건 그녀의 오빠를 통해서였다. 그녀의 오빠를 알게 된 건 노동조합을 통해서였다. 그녀의 오빠는 나보다 삼 년 먼저 입사한 선배였고 어용노조를 무너뜨리기 위해 힘겨운 싸움을 하는 사람이었다. 난 그를 따랐고 우린 한 편이 되었다. 도저히 무너뜨릴 수 없는 괴물 같은 어용노조와 싸우면서 우린 어용노조와 회사로부터 동시에 공격을 받았다. 정직을 포함한 각종 징계, 그리고 난데없는 사업소 이동이 반복됐다. 그때마다 그녀는 우리를 만류하기에 바빴다.

"제발 두 사람 모두 이쯤에서 그만둬요. 절대 이길 수 없는 싸움이란 거 잘 알잖아요? 남들처럼 그냥 눈감고 살면 안돼요? 무슨 일이 생길까봐 불안해서 잠을 잘 수가 없어요."

이기기 힘든 싸움이란 걸 모르지 않았고 두려움이 가슴 한쪽에 커다란 똬리를 틀고 심장에 독이 뿜어지는 날카로운 이빨을 박아 넣고 있었지만 우린 멈출 수가 없었다. 우리를 따르는 조합원이 늘어나고 몇 개 지부에서는 어용집행부가 우리를 따르는 조직에 패하기 시작했다. 희망이 보였다. 하지만 어용집행부와 회사는 우릴 가만 두지 않았다. 그들은 우릴 해고를 다퉈야하는 징계위원회에 회부했다. 이유는 회사의 명예실추였다. 우리가 신문에 낸 광고가 이유였다.

해고를 위한 징계위원회가 열리던 날 그녀의 오빠는 분신했다. 분신대책위를 꾸리고 다시 싸움을 하던 난 구치소에 갇혔다. 구치소를 나와 3개월 만에 그녀 앞에 섰을 때 그녀는 내게 울며 이별을 말했다. 막 봄이 오는 섬진강이었다.

"더 이상은 당신 곁에 있을 수가 없네요. 미안해요."

난 그녀를 잡을 수가 없었다. 내가 노동조합을 그만둔다면 그녀를 잡을 수 있었다. 하지만 난 그녀의 오빠를 분신에 이르게 한 사람들에게 복수해야만 했다. 그들을 끌어내려야만 했다. 거기에 이유란 없었다. 해고는 늘 곁에 있었다.

"언제라도 내가 필요하면 연락해줘. 내가 여기서 기다릴게."

내가 그녀에게 한 말이었다.

17

"나 이혼했어요. 남편이 하던 사업이 IMF에 잘못됐고 그 이후 사람이 변했어요."

그녀의 사연이었다.

나는 그녀와 함께 하는 삶을 시작했다. 그녀와 함께 하기로 한 이상 난 해고당할 일을 할 수는 없었다. IMF가 그녀에게 강요한 삶의 고통을 내가 다시 줄 수는 없었다.

조합은 예정된 파업을 했고 끝내 패했다. 원인은 연대를 약속한 타 공기업 노조가 당장 눈앞에 있는 칼날이 자신들을 겨누지 않는다는 이유로 파업이 시작되자마자 발을 빼버렸기 때문이었다. 그리고 집행부 대부분이 해고를 당했다. 그들의 힘겨운 복직투쟁이 이어질 때 난 승진을 했다. 그들의 입장에서 보면 난 그들을 팔아넘긴 배신자로 낙인찍혔다는 것을 모르지 않았다.

난 그들이 가망 없는 복직투쟁을 하는 모습을 보며 그녀와 6년을 함께 했다. 난 6년 동안 그녀가 나처럼 행복하다고 믿었었다. 6년 동안 난 열심히 일했다. 아니, 열심히 해야만 했다. 노조활동이란 굴레를 벗기 위해서는 다른 방법은 없었다. 진급을 해야만 했고 그것이 그녀를 위한 일이라고 믿었다. 하지만 그녀는 어느 날 편지 한 장을 남기고 날 떠났다. 그녀가 우울증이 심했다는 것을 난 그녀를 보내고서야 알았다. 그 뒤 난 아이티를 지원했었다. 그것이 내 사정이었다.

김영길차장을 포함한 그 자리에 있는 사람들에게 사실은 그게 아니었다고 말할 수도 있었다. 하지만 내 사정이 그들에게 위로가 되지 못하리란 것을 알기에 난 입을 닫았다. 직장을 잃고 지구 반대편 사막에서 언제 덮쳐올지도 모를 쓰나미를 피하며 술을 마시고 있는 그들에겐 그 어떤 말도 위로나 변명이 되지 못할 것이다. 어떤 말도 그들의 가슴속에서 솟구치는 쓰나미 속으로 흔적도 없이 사라질 터였다.

난 조용히 자리를 떠 깜빠멘토로 돌아왔다.

그날 밤 쓰나미는 오지 않았다.

그로부터 세 달 후 난 3년 만에 귀국했다. 김차장을 포함한 대부분의 사람들은 도급사가 새로 계약한 칠레 다른 현장으로 자리를 옮겼다.

18

투표장에 가지 않고 담배를 끊고 술에 취하지 않는 내 삶은 사막을 떠났지만 여전히 사막 같았다. 시간은 빨리 흘렀다. 담배와 술과 책과 노래와 토론과 분노가 사라진 내 삶은 튀어나온 돌부리, 움푹 파인 웅덩이 하나 없는 미끈한 포장도로를 굴러가는 세단바퀴처럼 소리 없이 빠르게 흘렀다. 울퉁불퉁한 비포장도로를 굴러가던 굴렁쇠 같던 옛날 삶처럼 지워야할 것도 이어 붙여야만 하던 관계도 없이 삶은 마하의 속도로 끝을 향해 달려가고 있었다. 오로지 인생의 끝을 보기 위한 속도일 뿐이었다.

더 이상 누군가로 인해 아프거나 혹은 가슴 두근거릴 일도 없었다. 새로운 만남이라야 기껏 회사에 갓 입사한 신입사원이 전부인 날들을 1년 가까이 살았다. 모두가 옛사람을 찾아 소셜네트워크에 매달리는 세상이지만 난 과거의 누군가가 내 삶으로 걸어 들어오는 것이 싫었다. 까마득하게 잊었던 사람들을 내 눈앞에 데려다 놓고 그들의 삶을 낱낱이 보여주는 갖가지 장치들을 난 애써 외면했다. 스마트폰을 굳이 멀리하는 이유도 그런 사슬에 묶이기 싫어서였다. 내 삶으로 걸어온 과거의 사람 때문에 힘들었던 경험을 가진 나였다. 메히요네스 사막에서의 만남도 그런 경험 중 하나였다. 상처를 받지 않는 유일한 방법은 그 사슬에 끈을 묶지 않는 것뿐이라고 생각하며 1년을 살았다.

그랬던 내가 다시 한 사람과 끈을 묶기 위해 직장을 그만두고 떠남을 준비하고 있다. 사막 같기만 한 내 삶을 적셔줄 오아시스를 찾기 위해 지구 반대편으로 갈 것이다.

19

페드로가 날 보며 환하게 웃는다. 나도 그가 반갑다. 오늘 난 페드로와 맘껏 취할 것이다. 그리고 다시 담배를 피울지도 몰랐다. 맘껏 취하면 노래방을 찾아 기억이 가물가물한 노래 제목을 생각하려 애를 쓸 것이 뻔하다.

처녀가 애를 배도 할 말이 있고 이유 없는 무덤은 없다. 메히요네스에 있는 부실한 깜빠멘토에서 만난 우리 모두는 한때 IFM란 광풍에 휩쓸렸었다. 지구 반대편 사막에서 불편한 조우를 한 사정치고 이 만한 사정이 또 어디 있겠는가. 수많은 사람들이 스스로 목숨을 끊게 만든 IMF였다. 각자 IMF의 사정권에서 살아남은 것만도 충분히 잘 견뎌낸 것이다. 어쨌든 우리는 힘들었지만 죽지 않고 지구 반대편까지 걸어갔던 셈이다.

생존만큼 큰 가치는 없다. IMF란 회오리에 휩쓸려 쓰러진 우리는 그 후

15년 만에 조국과는 반대편에 있는 깜빠멘토 데 메히요네스에서 국외자가
되어 잠깐 조우했던 것뿐이다. 물론 살아남기 위한 몸부림이었다.

내가 주운 안경

깊은 밤하늘 숲속 닿을 수 없는 길

그저 희미한 빛으로 어린 내 눈을 비추네

무리한 꿈의 티끌 숨쉴 수 없는 길

그저 희미한 빛으로 슬픈 내 눈물 달래네

어쩌면 살아가는 건 영원히 깨울 수 없는

수많은 꿈들의 소리 없는 어울림일지도 몰라

깊은 밤하늘 약속 돌아올 수 없는 길

그저 희미한 빛으로 지친 내 영혼 달래네

어쩌면 살아가는 건 영원히 잠들지 않는

수많은 별들의 끊임없는 인형놀이일지 몰라

깊은 밤하늘 약속 돌아올 수 없는 길

그저 희미한 빛으로 지친 내 영혼 달래네

〈그리고 별이 되다〉 -노래 나윤선-

두 개의 유리를 통해 보이는 그의 눈이 슬퍼 보인다. 첫 번째 유리는 내가 운전하는 버스의 차창이고 두 번째 유리는 그의 안경이다. 차창과 안경에 의해 빛이 굴절되고 베이컨과 데카르트에 의해 밝혀진 빛의 분산 때문에 실제 그의 감정보다 증폭*되어 보일 수는 있었다.

난 오래 전에 배운 빛의 특성들을 떠올렸다. 빛은 그 빛을 받는 물체에 의해 굴절, 반사, 확산, 산란을 일으킨다. 빛의 변화는 대상이 있어야만 반응을 일으키기에 상대적이며 변화가 복원되지 못하기에 비가역적이다. 빛의 특성들을 배우며 난 사랑과 이별이란 감정에서 일어나는 현상들과 놀랍도록 닮아 있다는 생각을 했었다.

사랑은 대상이 존재해야만 나타나며 이별 후엔(두 사람이 다시 만난다 해도) 이전의 감정으로 돌아갈 수 없기에 비가역적이기 때문이다. 사랑하는 두 사람 사이에 존재하는 힘은 전자기력†과 비슷하며 사랑할 때는 한 사람의 존재와 그 크기가 상대에 의해 비춰지는 반사현상으로 결정되고 감정이 충만해지는 것은 산란현상에 의해 나타난다. 또한 이별은 서로가 상대의 감정을 굴절시킬 때 자주 일어나고 이별 뒤의 슬픔은 빛의 확산으로 인해 깊은 바닷속이 어두운 것처럼 대책 없이 막막하다.

나는 차창에 물을 분사시키고 와이퍼로 창을 닦아낸 뒤 다시 그의 눈을

---

* 빛은 각기 다른 매질을 통과할 때 굴절되는데 이때 실제 사물의 크기보다 25% 정도 크게 보이는 착시현상을 일으킨다.

† 원자(Atom)는 가운데 핵(Nucleus)이 있고 그 주위를 전자(Electron)가 운동하는데 서로 멀어지지 않도록 끌어당기는 힘, 즉 구심력이 전자기력이다. 이러한 원자에 빛이 다다르면 빛이 갖고 있던 에너지가 전자에 전달되어 진동을 하게 되고 진동에 의해 빛이 퍼지게 되는데 이러한 현상이 빛의 산란이다.

봤다. 그의 눈빛은 오늘의 헤어짐이 다시 만날 기약이 없는 이별임을 말하고 있다. 그는 버스정류장에 서 있고 그녀는 버스에 앉아 있다. 난 백밀러를 통해 그녀를 본다. 그녀는 오른쪽 두 번째 좌석 창가에서 창을 통해 그를 보고 있다. 그녀의 눈빛은 그보다는 편안해 보였다. 그의 슬픈 눈빛과 달리 그녀의 편안한 눈빛을 보며 5년 전 겨울, 뼛속을 파고드는 찬바람이 몰려들던 세느강변에서 찬바람보다 더 차가운 눈빛으로 날 보던 Y가 떠올랐다. 그때 차갑게 날 보던 Y의 눈빛을 생각하자 한기를 느낀다.

눈이 마음의 창이란 말은 틀림없는 사실이다. 눈빛만큼 감정을 분명하게 보여줄 수 있는 것이 있을까. 미국의 심리학자 로버츠 딜츠는 눈동자의 크기와 색깔, 위치로 그 사람의 감정, 심리상태를 알 수 있다는, 시선식별단서(Eye Accessing Que)라는 시스템을 고안하기도 했다.

15시 59분. 출발시간이다. 출입문을 닫고 천천히 차를 후진시켰다. 차가 후진하자 그가 차의 속도로 다가온다. 그는 버스에 앉은 여자에게 하고싶은 말이 있는 눈치였다. 난 액셀레이터를 조금 더 밟았다. 차가 속력을 높이자 안타까운 그의 발걸음이 멈췄다.

터미널을 나와 복잡한 골목을 돌아 메인도로에 나오자 횡단보도 앞에 그가 서 있다. 평소 같으면 급하게 통과했을 황색신호에 차를 정지시켰다. 그가 손을 힘겹게 올려 흔들자 그녀도 손을 들어 흔들었다. 횡단보도를 건너는 낯선 사람들과 그를 스쳐가는 많은 사람들은 누구도 그를 주목하지 않았다. 어색하게 손을 들고 서 있는 그의 몸을 감싸고 시간과 사람들이 흐르고 있었다. 그는 그림 속에 박힌 인물처럼 보였다. 그 모습은 흐르는 강물 속에 박혀 있는 볼품없는 바위를 생각나게 했다. 신호가 파란불로 바뀌는 걸 보고 차를 출발시키면서 난 그의 눈에서 물기를 봤다고 느꼈다.

그를 횡단보도 모서리에 세워두고 그녀를 태운 난 다시는 좁힐 수 없는 거리로 멀어지고 있다. 어쩌면, 아니 틀림없이 다시는 두 사람을 같은 시간에, 같은 장소에서 만나지 못하리라. 그리고 두 사람이 기약없이 헤어지는 거라면 이제 그녀를 볼 수 있는 시간은 내게도 1시간 30분뿐이다. 그 사실이 내가 헤어지는 당사자가 된 것처럼 아파온다. 그가 그녀를 보내기 1시간 30분 전에 느꼈을 감정도 나와 같았을까. 강도의 차이가 있겠지만 그랬을 것이다.

복잡한 시내도로를 달리면서도 내 눈은 자꾸 백밀러를 통해 그녀를 살폈다. 그러느라 몇 번씩 차선을 이탈할 뻔 했다. 옆 차로를 달리던 차들이 경적을 울렸다. 그녀는 멍하니 창밖을 보다가 경적소리에 옆 차로를 달리는 차와 날 번갈아 바라봤다. 거울을 통해 그녀와 내 눈이 마주친다. 난 백밀러를 통해 그녀의 눈을 볼 수 있지만 그녀는 내 눈을 가리고 있는 선글라스 탓에 내가 그녀를 보고 있다는 걸 모를 것이다. 난 설명할 수 없는 그녀의 눈을 그녀를 의식하지 않고 지켜본다.

고속도로는 시원하게 뚫려 있었고 구름 한 점 없는 높은 하늘에 구멍이 난 것처럼 박혀있는 늦가을의 태양이 투명한 빛을 쏟아내고 있었다. 난 버스 안에 있는 위성 T.V 대신 김영월의 「SKY.WIND 1」 CD를 찾아 넣고 재생버튼을 눌렀다. 첫 곡인 〈달빛그리움〉이 흘러나왔다. 기타와 가야금, 얼후와 오카리나가 어울려 내는 소리가 차 안으로 구름처럼 흩어져 스며들었다. 악기들은 잘 훈련된 이어달리기 선수들처럼 자신의 연주 뒤에 이어지는 악기에게 한 치의 오차도 없이 바통을 전달한다. 각자 기량을 한껏 뽐낸 뒤 함께 하는 연주가 시작되자 서로의 음역을 침범하지 않고 어울린다. 때론 어깨를 나란히 해서 어깨동무를 하고 때론 살짝 뒤로 처져 가볍게 등을 두드리기도 한다. 조금 앞서가며 고개를 젖히고 슬쩍 곁눈질로 엷은 웃음을 흘리다가 걸음을 재촉하기도 했다.

창밖을 보던 그녀가 음악소리에 날 본다. 난 어쩐지 이 음악이 그녀에게 위로가 될 것 같다고 생각했다.

내가 두 사람을 처음 만난 때는 5년 전 이맘때였다. 그때를 기억하는 건 내가 버스운전을 직업으로 삼은 뒤 첫 운행이었고 다가설 수 없는 곳으로 멀어진 Y의 주위를 1년 동안이나 어슬렁거렸던 프랑스에서 돌아온 직후이기도 했다.

운전기사가 되리란 생각을 해본 적이 없었다. 더구나 이 도시는 한 번도 와 본 적이 없었다. 내가 낯선 도시에서 버스 운전을 시작한 건 즉흥적인 결정이었다.

삶에 의미를 찾을 수 없었다. 어떤 것도 하고 싶지 않던 때이기도 했다. Y 와의 추억이 많은 서울에 있을 수가 없어 이곳저곳을 전전하던 때였다. 모아났던 돈도 떨어져 무엇이건 일을 할 수밖에 없을 때 버스기사 모집 공고를 본 곳이 이 도시였다. 운전병으로 입대했던 군대에서 버스를 몰았던 것이 계기가 됐다.

밤이 되면 한 곳으로 다시 찾아들지 않아도 되는 생활이 맘에 들었다. 날 기다려주는 사람도 없는 곳에 매일 되돌아오는 짓은 하고 싶지 않았었다.

마지막 운행을 마치고 어느 도시건, 밤이 되면 터미널 근처 아무 곳이나 몸을 뉘면 그만이었다.

그 당시 내게서 썩은 호박냄새가 났다면 나란히 손을 잡고 내 차에 오르던 두 사람에게서는 갓 익은 청포도 향기가 났다. 그는 그녀를 자리에 안내하고 마실 물과 간식이 든 봉투를 건넨 뒤 차에서 내려 차가 출발할 때까지 창밖에서 그녀를 배웅했다.

그 뒤로 난 그들을 가끔 만났다. 언제나 그가 그녀를 배웅하는 모습이었다. 그녀의 집이 차의 목적지인 것만은 분명했다. 그 역시 이 도시가 아닌 다른 곳에 산다는 걸 안 건 그들과 첫 만남이 있은 지 한참 뒤였다. 배웅을 하는 그를 남겨두고 내가 막 차를 출발시킬 때 그녀가 소리쳤다.

"잠깐만요."

내가 차를 세우자 그녀가 차에서 내려 그에게 열차표를 건넨 뒤 떨어지지 않는 걸음으로 다시 차에 올랐다.

난 상상했다. 남쪽도시에 사는 그녀, 북쪽 어딘가에 사는 그가 중간지점인 이 도시에서 주말을 함께 보내고 일요일 오후 각자 삶의 근거지로 돌아가는 것이라고.

먼 거리를 두고 사랑하는 연인들에게 짧은 주말이 지나고 헤어지는 순간은 말할 필요 없이 힘든 시간일 터였다. 만약 그든, 그녀든 어느 한쪽이 상대가 사는 도시로 삶의 터전을 옮긴다면 그들은 매번 이 도시에서 하기 싫은 이별을 하지 않아도 될 터였다. 하지만 때론 삶이 모질어서 그와 그녀 모두가 현재 상태를 바꿀 수 없는 상황도 있다. 함께 하지 못하는 이유가 직장 때문일 수도 있고 다른 이유 때문일 수도 있었다. 물론 궁금했다. 하지만 물을 수도 알 수도 없는 문제였다.

행성이 가까워졌다 멀어지듯 이 도시의 터미널에서 매번 이별의식을 치러야만 하는 그들에게 가장 안타까운 것은 물리적인 거리이리라.

운전을 하는 난 거리에 민감하다. 볼 일을 보러 차를 타고 몇 시간을 달려가는 일과는 다른 것들이 있다. 우리 삶이 뿌리를 내린 나무와 같을 때가 있다. 나무처럼 움직일 수 없는 건 아니지만 일요일마다 힘든 이별을 하면서까지 원래 자리로 돌아가도록 우리를 옭아매는 것들이 나무의 수많은 뿌리와 잎들처럼 많은 것이 삶이기도 하다. 삶은 다시 제자리에 와 있는지 출근 도장을 찍듯 확인하곤 한다.

그렇게 한 달에 한 번, 혹은 두 번 만나던 그들을 볼 수 없었던 건 3년 전이었다. 난 막연히 두 사람이 헤어졌거나 혹은 살림을 합쳐 함께 살고 있으리라 생각했다. 난 두 사람이 함께하길 바랐지만 헤어졌다는 쪽에 무게를 두고 있었다.

한동안 그들을 기다렸었다. 직업상 수많은 연인들이 터미널에서 다음 만남을 기약하며 헤어지는 모습을 매일 지켜보며 사는 내가 유독 두 사람에게 관심을 가졌던 건 이젠 만인의 연인이 되어버린 Y처럼 깊은 볼우물을 가진 여자 때문만은 아니었다. 김영월의 음악에 나오는 악기들처럼 두 사람은 어울리지 않을 것처럼 보였지만 잘 어울리는 한 쌍이었다.

그들 커플은 눈에 띄었다. 그녀는 상당한 미인이었지만 그의 외모는 지극히 평범했다. 더구나 사고 때문인지 태어날 때부터 그랬는지 알 수 없지만 남자는 다리를 절었다. 두 사람의 외모에서 느껴지는 차이는 날 절망하게 했던 나와 Y와의 차이 때문에 내겐 특별했다. 그래서 그늘은 내 눈을 끌었다.

한 달, 두 달, 계절이 바뀌었지만 내가 기다리던 그들을 만날 수는 없었다. 혹여 다른 시간에 버스를 이용하진 않을까 싶어 일부러 휴가를 내고 기사 대기실에서 일요일 하루를 보내기도 해봤지만 1년이 지나도 그들을 볼 수 없었다. 난 서서히 그들을 잊었다. 가끔 인터넷이나 텔레비전을 통해 Y의 소식을 접할 때 두 사람이 생각나긴 했지만 잠시 떠올랐다 곧 사라졌다.

그들을 만나지 못한 2년 동안 주어진 노선을 시계추처럼 왕복하며 특별할 것 없는 시간을 보냈다. 내겐 특별한 어떤 것도 찾아와주지 않았다. 우연한 만남도, 인연도 내겐 없었다. 운전을 직업으로 가진 내 처지에 우연이란 별로 기대할 것이 못 된다는 것을 잘 알았지만 설령 우연이 찾아온다 해도 내 안에 새로운 무엇을 채울 준비가 되어 있지 않았다. 내 가슴은 비워질 수 없는 그릇이었다.

인터넷만 뒤지면 수없이 쏟아지는 Y에 관한 기사는 그녀를 잊을 수 없게 했다. 그래서 이별은 늘 현재진행형이며 고통은 부피를 줄이지 못했다. 그녀가 화려해질수록, 그녀에게 쏟아지는 찬사가 늘어날수록, 그녀에게 비춰지는 스포트라이트가 많아질수록 내 고통은 배아줄기처럼 복제를 거듭했다.

두 사람을 다시 만난 건 작년 2월초였다. 오랜만에 만난 그들은 달라진 것이 없었다. 그날 난 목적지에 도착해 충동적으로 그녀를 따라갔다. 마지막 추위가 길거리를 얼리고 있었다. 혹 그녀가 날 알아볼까봐 그녀가 서 있는 곳에서 5미터쯤 떨어져 그녀가 탈 버스를 기다렸다.

추위 때문에 굳게 다문 입술 옆에 깊은 볼우물이 만들어져 있었다. 찬바람에 그녀의 긴 생머리가 나풀거릴 때마다 길고 가는 목선이 드러났다. 창백한 목이 날 안타깝게 했다. 바람에 드러난 그녀의 목엔 백금으로 이어진 목걸이가 걸려 있었다. 바람이 조금 더 세게 불어 달팽이 같은 귓바퀴가 드러나자 백금으로 된 귀걸이가 매달려 있었다. 작은 화살촉 모양을 한 귀걸이가 파랗게 얼어붙은 그녀의 목을 향하고 있어 위태로워 보였다.

버스가 올 때마다 사람들이 우- 몰려갔고 정류장은 비었다. 찬바람이 몰아치는 버스정류장에서 오지 않는 버스를 기다리며 난 오랫동안 잊고 살았던 계절을 느꼈다. 더우면 에어컨을 켜고 추우면 히터를 켜고 달리는 내게 계절은 창밖에만 머물렀다. 달력을 넘길 때마다 마주치는 사진처럼 계절은 나와는 무관한 것이었고 현실감이 없는 변화였다.

내가 추워서가 아니라 그녀의 창백한 목과 동동거리는 발 때문에 계절이 느껴졌다. 내가 계절을 다시 피부로 느끼는 일은 세느강변에서 찬바람을 맞으며 Y를 마지막으로 본 후 3년만이었다.

그렇게 30분이 지나서야 그녀가 기다리던 버스가 왔다. 그녀가 뛰었고 나도 따라 뛰었다. 그녀가 자리를 잡고 앉는 틈을 타 난 그녀의 뒷자리에 앉았다. 그녀의 숨소리까지 또렷했다. 심장이 세차게 뛰었다. 그녀의 머리에 스며들었던 찬바람이 빠져나오며 연한 향기가 코끝을 간질였다. 그 향기는 깻잎냄새 같기도 했고 초봄 풀을 벨 때 나는 냄새 같기도 했다.

그녀는 성에를 호호 입김을 불어 닦아내고 얼어붙은 거리를 바라봤다. 시간은 7시가 가까워지고 있었다. 버스는 중심가를 벗어나 시 외곽으로 향했다. 네온사인들이 점점 사라지고 검은 어둠으로 물든 산들만이 멀리 을씨년스럽게 서 있었다. 창밖이 어두워질수록 차창에 보이는 그녀의 모습이 또렷해졌다. 창밖을 보는 깊은 눈망울이 슬퍼보였다. 단정하게 다물어진 입가엔 말해지지 못한 하소연들이 어른거렸고 다다를 수 없는 어딘가를 향한 깊은 눈엔 촉촉한 물기가 퍼지고 있었다. 난 그녀를 찬 겨울바람 속에 서있게 하고 눈을 젖게 만든 그에게 순간 화가 났다.

버스는 이제 바닷가를 낀, 가로등도 드문 해안도로를 달리고 있었다. 그 사이 승객들이 거의 내렸고 버스 안엔 나와 그녀, 그리고 맨 뒷자리에 나이 든 부부만이 남았다.

해안도로를 한참을 달린 뒤 그녀가 내릴 준비를 했다.

난 그녀와 함께 내리지 못했다. 밤길이 너무 어두워 혹여 내가 그녀에게 공포심을 줄 수도 있다는 생각 때문이었다. 난 정류장을 조금 벗어나자 기사에게 말해 서둘러 내렸다. 난 그녀가 보지 못하는 어둠속에 몸을 숨기고 그녀가 힘겹게 언덕을 오르는 모습을 지켜봤다.

그날 밤 난 혼자 취했다.

출발한지 30분이 지났다. 음악은 여전히 낮게 흐르고 있었다. 승객들은 대부분 잠을 자고 있었지만 그녀만은 처음 모습 그대로 창밖에 시선을 둔 채 복잡한 표정을 짓고 있었다. 좁은 어깨 위로 하얀 목이 길다. 굳게 다물어진 입 때문에 그녀의 특징인 볼우물이 만들어졌다.

깊은 볼우물이었다.

난 프로그램된 로봇처럼 Y를 떠올린다. 유독 왼쪽 볼에 볼우물이 깊었던 여자. 이젠 만인의 연인이 된 여자. 그녀를 사랑하는 어느 팬이 그녀의 공연을 보고 표현한 것처럼 **가슴에 뜨거운 용암을 끌어안고 있지만 폭발하지 않았고 가슴에 장대비 같은 슬픔을 담고 있지만 흘러넘치지 않았던 여자.**

나도 동의한다. 억수 같은 비와 언제 그랬냐는 듯 작렬하는 태양을 함께 품을 수 있는, 장마철을 닮았던 여자가 Y였다.

Y를 처음 만난 건 대학에서였다. 그땐 너무나 평범한 여자였다. 특별히 나서는 일도 없었고 이야기를 만들어내는 일도 드물었다. 친구를 통해 프랑스대사관에서 주최한 샹송대회에서 상을 받았다는 걸 알았지만 목소리가 매력적이고 노래가 가슴에 실릴 정도로 잘한다는 정도였다. 처음엔 그렇게 생각했었다. 그랬기에 내세울 것 하나 없는 나 같은 사람이 가까이 다가갈 수 있었을 것이다.

Y는 미인은 아니었지만 특별한 여자였다. 애처로울 만큼 하얀 얼굴에 긴 목, 날 바라볼 땐 감당하기 힘들만큼 빠져들게 되는 티끌 없는 검고 깊은 눈, 가지런한 치아가 다 드러나는 환한 웃음이 너무나 아름다웠고 웃을 때와 무엇인가를 말할 때 더욱 깊어지는 볼우물을 가진 여자였다. 감정 표현에 솔직했고 자신처럼 타인을 사랑했다.

Y를 알아갈수록 그녀 안에 있는 무엇인가를 만나곤 했다. 억지로 감추고 있는 비밀이 아니라 그녀 자신도 아직 정의내리지 못한 것이었다. 하지만 그것이 정확히 무엇인지 알려고 파고들진 않았다. 그걸 알아버리면 나 혼자 가슴앓이를 할 것 같은 두려움 때문이었다.

졸업을 했고 우린 평범한 직장인이 됐다. 그렇게 시간이 흐르면 그녀와 함께하는 삶을 꿈꿀 수도 있을 것 같았다. 그때 Y와 나 사이에 존재하는 차이란 무게를 달 수 없는 빛의 입자처럼 미미했고 '열역학 제 0법칙'의 열평형을 이룬 두 물체처럼 감정도 평형상태를 이루고 있었다.

하지만 Y는 자신에게 날개옷이 있다는 걸 알아차렸다. 그녀가 잘 다니던 직장을 그만두고 뮤지컬 오디션에 나가겠다고 말하는 순간 그건 분명해졌다. 그녀와 내가 애써 말하지 않았던, 언뜻언뜻 보였지만 모른 척했던 것이 내 눈 앞에 버티고 있었다.

그때 오디션에 가지 말라고 했다면 Y는 내 말을 따랐을 것이다. 그랬다면 그녀는 행복했을까. 아니 난 행복했을까. 아니, 나와 그녀는 행복했을까. 하지만 난 날개옷을 감추지 못했다. 전설처럼 아무리 날개옷을 감춘다 해도 언젠가는 떠나게 될 것을 알았기 때문이다.

Y가 뮤지컬 무대에 설 때에도 난 희망을 버리지 않았다. 하지만 그녀가 프랑스에 가겠다는 말을 했을 때 난 이제 그녀를 놔줘야 한다는 걸 인정해야만 했다.

처음부터 존재했던 차이는 목표가 되지만 관계를 맺은 후에 생긴 차이는 추락을 시작한, 돌아갈 수 없는 두려운 지점이 된다. 단순히 감정이 변한 이별과 도저히 어찌해볼 수 없는 가치의 차이 때문에 맞은 이별은 다르다. 재즈가 무엇인지도 모르는 나와 재즈가 세상의 모든 것이라고 믿는 그녀는 너무 달라져 있었다. 차이만큼 이별의 고통도 컸다.

고통이 커서, 그리고 내 안에 씻기지 않는 미련 때문에 난 그녀가 떠난 지 한 달 만에 회사를 그만두고 프랑스로 향했었다. 하지만 난 그녀 곁에 가지 못했고 날 봐달라고 설득하지도 못했다. 난 그녀 주위를 어슬렁거렸을 뿐이다.

그녀 주위에 몰려 있는 파란 눈의 남자들에게 난 맞설 수 없었다. 난 하찮은 존재일 뿐이었다. 그들이 몰입해 있는 음악과 가치는 내가 도저히 다가설 수 없는 것들이었다. 그리고 그녀가 꿈꾸는 삶은 나를 전제로 하지 않았다.

그녀를 둘러싼 수많은 추종자들과 날이 갈수록 화려해지는 그녀는 내게서 밤하늘에 떠있는 별만큼 멀어졌다. 그렇게 그녀는 내게 별이 되었고 그래서 내 이별은 유난했고 여전하다.

1년 만에 그녀가 사는 파리를 떠나기 직전 난 깨달았다. 이별은 내가 정의 내려야 한다는 것을. 또 흔히 착각하듯이 이별은 과거부터 현재에 대한 것이 아니라 다만 현재 시작된 새로운 현상이라는 것을. 그리고 사랑은 감정으로 이해하고 이별은 논리로 이해해야만 한다는 사실도 깨달았다.

목적지에 도착했다. 사람들이 부스스 눈을 뜨고 짐을 정리해 내리는 동안 그녀는 여전히 창밖을 보다가 모두가 내린 뒤에야 느리게 몸을 일으켜 내게 수고했다는 말을 남기고 차에서 내렸다.

난 서둘러 차를 주차시키고 그녀를 따라갔다. 다시 출발한 곳으로 돌아가야만 했기에 그녀를 따라갈 수는 없지만 버스에 오르는 모습이라도 보고 싶었다. 마지막이 될 모습이었다. 운이 좋아 그녀가 기다리는 버스가 지난해 겨울처럼 늦게 와 준다면 그녀 곁에서 30분쯤은 그녀를 지켜볼 수 있으리라 생각했다. 그녀의 뒤를 따르며 난 내심 용기를 낼 생각이었다. 그녀에게 어떤 말이든 말을 붙이고 싶었다. 처음으로 사랑 고백을 앞두고 있는 사람처럼 심장 박동이 빨라졌고 손바닥에 땀이 맺혔다.

어떤 말이 좋을까.

하지만 내게 그런 기회는 없었다. 그녀는 버스를 기다리지 않고 망설임 없이 걸어가 대기하고 있던 승용차에 탔다. 난 뛰어가 차 안을 봤다. 차엔 한 남자가 앉아 있었다. 가슴 속에서 쿵-하는 소리가 들렸다. 그런 내 감정을 알길 없는 그들은 내 시야에서 멀어졌다.

차가 출발하기 전 슬픔이 가득한 눈으로 그녀를 보고 불편한 걸음으로 횡단보도까지 따라왔던 그와, 차에 차분히 앉아 그보다는 편안한 눈빛을 보였던 그녀를 보고 짐작이 없었던 것이 아닌데도 내 여자를 잃을 때처럼 배신감이 밀려왔다.

난 다시 터미널로 돌아왔다. 아직 시간이 남아 있었다. 난 오래 전부터 지갑에 넣고 다녔던 명함을 꺼냈다.

"전화해요. 아주 모르는 사람처럼 살 필요는 없잖아요." 그녀가 자신의 노래가 담긴 시디와 명함을 건네며 한 말이었다.

지난 해 국내공연이 끝나고 도망치듯 빠져나오는 내 앞에 그녀가 서 있었다. 무대에서 제일 먼 구석자리에 숨어 있던 날 그녀는 알아본 모양이었다. 난 어색하게 명함을 받아들고 말없이 그녀를 봤다.

"미안해요. 지금은 할 일이 남아 있어서 가봐야 해요." 말을 마친 그녀는 특유의 걸음걸이로 내게서 멀어져 갔다. 그녀의 걸음걸이는 마치 무중력의 달 위를 경중거리며 걷는 것처럼, 하지만 곧은 나무가 하늘로 키를 키우듯 분명하고 자신 있는 발걸음이었다. 난 멀어지는 그녀를 향해 고개를 끄덕이며 공연 중간에 그녀가 관객들에게 한 말을 생각했다.

"이번에 들려드릴 곡은 랜디 뉴먼의 세임 걸(The Same Girl)입니다. 가사 내용은 이렇습니다. 사랑했던 두 사람이 헤어진 뒤 우연히 길에서 만났는데 여인은 예전 모습 그대로입니다. 달콤한 미소, 푸른 눈동자, 감미로운 목소리. 여인은 남자가 사랑했을 때 아름다웠던 모습 그대로라는 내용입니다.

Same Girl 들려드리겠습니다."

난 그녀가 부르는 Same Girl을 들으며 속으로 이렇게 말했다.

'난 당신이 변하길 바래. 한때는 한 나무에 달린 나뭇잎이었다가 지금은 어쩔 수 없이 헤어졌지만 시간이란 거대한 강을 함께 흐르는 나뭇잎이길 바래. 그래서 함께 늙어가길 원해.'

수많은 사람들에게 사랑받는 그녀, 직접 만나진 못해도 최소한 어떻게 사는지, 어디에 있는지, 어떤 모습으로 나이 들어가는지는 인터넷만 이용해도 어렵지 않게 알 수 있었다. 함께하진 못해도 최소한 혼자서라도 바라볼 수 있었다.

난 인터넷에서 찾은 그녀의 최근 사진을 꺼냈다. 볼 살이 빠지면서 깊었던 볼우물이 조금 낮아졌고 그래서인지 강렬한 열정보다는 편안함이 묻어나는 모습이었다. 나이가 들수록 더 아름다워진다고 느낀다. 어쩌면 넘치는 열정을 조금 소진했기에 편안해 보이고, 그래서 더 아름다워지는 건지도 몰랐다.

출발시간까지 난 명함과 사진을 바라보다 다시 지갑 속에 넣었다. 이젠 너무 유명해져버린 그녀, 파란 눈을 가진 사람들에게 그녀를 잃었다고 생각했는데 이젠 우리나라에도 엄청나게 많은 사람들이 그녀를 사랑하고 있었다. 그거면 견딜 수 있었다.

돌아오는 고속도로엔 어둠만 가득했다. 낮 동안 맑았던 하늘엔 구름이 가득 몰려들어 더욱 어두워보였다. 일요일 깊은 저녁, 지친 승객들은 하나 둘 잠이 들고 있었다. 난 실내등을 모두 껐다. 이제 차엔 나 혼자만이 깨어 있다. 이런 시간이면 난 어김없이 외로워진다. 만남을 예정할 수 없는 날들, 검은 어둠 속을 달리다보면 세상 모든 것들이 무의미해진다. 나 자신조차, 살아 있다는 사실조차 무의미해진다.

누군가를 만날 수 있다는 가능성만으로 세상이 아름다워 보일 때가 있다. 맞지 않는 안경을 끼었을 때처럼 모든 것들이 구체적이지 않고 흐릿하지만 다 잘되리란 희망에 즐거워지기도 한다. 하지만 만남의 가능성 뒤엔 지루함이나 불편함처럼 때가 되면 만남을 그르칠 수 있는 매복이 있다. 가는 연실에 매달린 연처럼 위태로운 상황을 감안해야만 한다.

차가 출발하기 직전에는 헤어짐이 아쉬운 듯 떨어지지 않던 남녀가 어느 한 사람을 태운 차가 출발하자마자 거추장스러운 짐을 내려놓은 표정으로 서둘러 터미널을 빠져 나가는 모습을 자주 본다. 그럴 때마다 난 눈에 보이진 않지만 미세한 균열이 생긴 유리잔을 상상한다. 그 잔에 뜨거운 물을 계속 부으면 잔은 미세한 균열들이 성장해 산산이 부서질 것이다.

데카르트에 의해 증명된 무지개처럼 만남 속엔 이별과 아픔이 내재되어 있다. 굴절과 분산에 의해 눈에 보이지 않던 빛의 여러 색깔이 무지개로 나타나듯이 지루함, 불편함, 질투 같은 감정들은 만남 속에 굳건히 똬리를 틀고 있다 때가 되면 어둠이 찾아들 듯이 어김없이 나타난다.

작은 틈이 언젠간 다가설 수 없는 거리가 되고 헤어지면 틀림없이 아파하리란 걸 다 알고 있지만 그럼에도 현재가 불편한 일, 만남이란 늘 그런 것들로 뒤엉켜 있다는 걸 알기에 삶이 무의미해져도 난 만남의 가능성을 외면하며 산다.

난 Y가 준 시디를 넣고 볼륨을 낮췄다. 아침이슬처럼, 무지개를 타고 내리는 햇살처럼 그녀의 목소리가 아름답다. 누군가 그녀의 노래를 이렇게 표현했었다. **겨울로 가는 가을처럼 그녀의 재즈는 맑고 투명하다. 흐느낌도 속삭임도 맑은 속살을 드러내고 자욱한 담배연기 속에 갇혀 있던 재즈는 그녀의 감성을 통해 새로운 길로 접어든다.**

난 그녀에게 그저 한 줌의 바람이었을까. 그 흔한 오뉴월 한 뼘의 햇살이었을까. 장대비가 쏟아지는 장마철 단 한 방울의 빗줄기였을까.

초우가 낮게 흘러나왔고 내 눈에 물기가 모여들었다.

가슴 속에 스며드는 고독이 몸부림칠 때
갈길 없는 나그네의 꿈은 사라져 비에 젖어 우네
너무나 사랑했기에 너무나 사랑했기에
마음의 상처 잊을 길 없어 빗소리도 흐느끼네

터미널에 도착해 차를 파킹시키고 짐을 정리해 집으로 향하다 그를 다시 만났다. 그가 터미널 대합실 의자에 앉아 있다 막 일어나 밖으로 나가고 있었다. 그는 취해 있었다. 난 그래야만 하는 것처럼 그를 따라 갔다. 그는 비틀거리는 걸음으로 KTX 역사로 향했다.

"표 있나요?"

"매진인데요. 예약을 하셨나요?"

"아뇨."

그는 처진 어깨로 역을 나와 역 앞 벤치에 앉아 담배를 피워 물었다. 난 그의 옆 벤치에 앉아 그를 바라봤다. 그는 날 전혀 의식하지 않았다. 담배를 피운 그가 전화를 한다. 한 번, 두 번, 세 번. 그녀에게 하는 전화이리라.

그는 안경을 벗어 벤치에 놓고 눈물을 닦았다. 그리고 다시 한 개비의 담배를 피운 뒤 안경을 둔 채로 걸음을 옮겼다. 난 서둘러 그가 벗어놓은 안경을 벤치에서 주워들었다. 그리고 그를 따라 갔다. 얼마쯤 가다 그가 돌아선다. 그는 다시 벤치로 돌아가 안경을 찾기 시작했다. 난 그와 거리를 두고 손에 든 안경을 상의 안주머니에 넣었다. 찾는 안경이 없자 그는 벤치에 주저앉아 멍하니 하늘을 올려다봤다. 그의 눈에서 또다시 굵은 눈물이 떨어져 내렸다.

30분 넘게 그 자리에서 움직일 줄 모르던 그가 어렵게 몸을 일으켜 위태롭게 차도를 건너 술집이 밀집한 곳으로 향하는 걸 보고 그의 뒤를 따라갔다. 그는 망설이지 않고 골목을 가득 메운 술집 중 한 곳으로 들어가 술과 안주를 주문했다. 난 그가 마주보이는 곳에 자리를 잡고 그와 같은 술과 안주를 주문했다. 그의 시선이 짧게 내게 머물다 거리로 향했다.

거리엔 빗방울이 떨어지기 시작하고 있었다. 비가 굵어지는 걸 보며 그와 난 술잔을 채우고 또 비웠다. 술이 취한 그는 한 잔을 따라놓고 한참을 비만 바라보다 생각난 듯 술잔을 비웠다. 내가 한 병을 다 비워갈 때쯤 그가 자리에서 일어나 술값을 지불하고 가게를 나갔다. 일부러 비라도 맞는 것일까. 그는 모텔들이 밀집한 곳을 바라봤다.

난 병에 남아 있는 마지막 술을 따라 마시고 상의주머니에서 안경을 꺼냈다. 검은 뿔테 안경은 안쪽에 피아노건반처럼 흰색과 검은색이 교차하고 있었다. 흰색과 검은색의 교차. 난 그것이 인생의 명암처럼 느껴졌다. 흰색 검은색, 흰색 검은색. 흰색과 검은색을 위험하게 건너던 그는 결국 검은색

188

에서 멈추고 만 것이리라. 나처럼.

아주 오래 전 나 역시 안경을 썼었다. 내가 안경을 쓰지 않기 시작한 건 Y가 선물해준 안경을 잃어버린 뒤였다. 그 안경 역시 검은 뿔테 안경이었다. 그녀가 있는 프랑스에서 돌아온 직후였다.

그도 나처럼 잃어버린 안경과 똑같은 안경을 구하러 다닐 것이다. 하지만 그도 곧 알게 되리라. 감정의 비가역성으로 인해 떠나버린 사람의 마음을 되돌릴 수 없듯이 잃어버린 안경을 같은 안경으로 구하는 것이 불가능하다는 것을. 나 역시 그랬다. 잃어버린 안경과 같은 안경을 구하기 위해 수많은 안경점을 찾아다녔지만 찾을 수 없었다. 시간이 지난 안경은 생산하지 않았고 모든 안경점은 6개월 단위로 제품들을 바꿨다. 심지어 그 안경을 만든 곳을 찾아갔지만 결국 그 제품을 구하는 일에 실패했다. 그리고 난 다시는 안경을 쓰지 않아도 되는 수술을 했다. 레이저가 내 동공을 헤집을 때 안구너머 내 머리 어딘가에 있는 Y에 대한 기억과 추억들도 모두 태워진다고 믿었다. 그렇게 믿어야지만 내가 견딜 수 있었다.

사랑은 안경을 쓰는 일과 같다.

연인들에게 거리나 차이가 늘 고통스러운 것은 아니다. 실체와 내 망막에 어린 거리나 영상의 차이를 보정해주는 안경처럼 적절하게 보정할 수만 있다면 때론 거리나 차이는 감정을 증폭시킨다. 두 사람 사이에 있는 거리나 차이를 극복하게 하는 것, 그것이 사랑일 터였다. 사랑만 있다면 거리나 차이는 즐겨도 되는, 안타까움에 감정이 배가되는 역할도 하게 된다. 하지만 거기까지다. 시간이 지나면 새로운 안경이 필요하듯이 사랑도 리비젼(Revision)이 필요한, 고약한 것이다.

난 안경을 정성스럽게 닦은 후 썼다. 눈물이 난다. 눈물 때문인지 도수가 맞지 않아서인지 눈앞이 흐렸다. 하지만 난 멀리만 존재했던 그 두 사람과 은밀한 관계가 된 기분이다. 그건 특별한 감정이었다. 두 사람의 아픔이 고스란히 느껴졌지만 뿌듯한 기쁨이 아픔 뒤에서 어른거렸다.

난 흐려진 눈으로 그를 바라봤다. 그의 어깨에 찬 가을비가 내리고 있었다. 한동안 비를 맞던 그는 비가 쏟아지는 하늘을 한 번 올려다보고 기우뚱거리는 걸음걸이로 도로를 가로질러 모텔이 밀집해 있는 골목으로 사라졌다.

그들이 헤어진 이유를 알 수는 없겠지만 알고 싶지도 않았다. 이별의 이유가 이별을 정의할 수는 없었다. 해가 뜨고 나무에서 나뭇잎이 떨어지듯 이별은 이별일 뿐이었다. 해가 뜨고 나뭇잎이 떨어지는 이유를 아무리 설명해봐야 그건 관념에 지나지 않는다. 정작 우리가 주목해야 할 것은 이유가 아니라 그 일이 일어난 뒤의 현상이다. 내가 특별하게 생각하는 두 사람은 이별 때문에 한동안 아플 것이며 시간이 지나면 조금씩 치유되고 한 때는 사랑했었다는 사실만으로 조금 행복해질 수도 있을 것이다. 내가 Y에게 지금 가지고 있는 감정이 그렇듯.

난 비를 보며 그가 남긴 술병을 가져와 천천히 마셨다. 언젠가는 그와 그녀 모두 행복해지길 빌면서.

키클롭스의 눈
「20년의 번식과 진화」

1장 1997년

계절은 벌써 여름이었다. 양대리는 자신의 걸음걸이가 부자연스럽다고 느꼈다. 걸음걸이는 신경을 쓰면 쓸수록 점점 이상해진다. 땅을 딛는 발이 주춤거리는가 하면 지나치게 무릎을 세워 걸어서 보폭이 넓어져 상체와 하체의 균형이 무너지곤 했다. 그런 느낌은 신병훈련소에서 혼자만 발을 맞추지 못해 쩔쩔매던 기억처럼 당황스러웠다.

양대리가 매일 아침 출근길에 이렇듯 발걸음에 신경을 쓰기 시작한 것은 순전히 카메라(CCTV) 탓이었다. 회사에 카메라가 설치된 것은 지난 해 12월이었다. 원료저장탱크에 화재가 발생해서 금전적인 손해와 제품생산에 차질이 있은 후로 CCTV를 설치한 것이다.

카메라는 회사 곳곳에 설치됐고 사각지대는 없어졌다. 직원들이 점심식사 후 모여들던 등나무 아래 벤치도, 출퇴근할 때마다 걷던 구내 도로도 심지어 생산부 옆에 화장실 출입구까지도 카메라의 사정권에서 벗어날 수는 없었다. 360°회전에 상하 120°를 자유자재로 움직일 수 있는 카메라는 공장 안에서 일어나는 모든 일들을 놓치지 않고 양대리가 근무하는 사무실 모니터에 즉시 전송했다.

사무실엔 2대의 초대형 모니터가 설치됐다. 한 대는 모니터 화면을 4등분해 필요한 장소를 고정적으로 잡아냈고 다른 모니터는 공장 각 곳을 5초마다 번갈아가며 보여줬다. 공장 전체를 모두 확인하는 데 1분이면 충분했다.

공장장을 포함한 간부들은 카메라 설치가 완료된 후 대형 모니터 앞에 둘러앉아 감탄사를 연발했었다.

"이렇게 해 놓으니 일일이 공장을 돌아다닐 필요도 없고 또 화재감시뿐만 아니라 그 외에도 쓸모가 많겠어." 공장장이 말했다.

"그럼요. 두고 보시면 아시겠지만 아마 작업능률도 훨씬 좋아질 겁니다. 또 이렇게 녹화테이프를 꽂아 놓으면 야간에 공장에서 일어나는 일들을 기록으로 남길 수도 있습니다." 카메라설치를 제안한 김과장이 거들었다.

"그래, 그래."

공장장이 고개를 연신 위아래로 끄떡였다.

그것이 벌써 6개월 전 일이었다. 그리고 6개월이 지난 지금, 화재감시 목적으로 설치된 카메라는 언제부터인가 사람들을 감시하는 도구가 되어 있었다.

'외눈박이 괴물덩어리를 부셔버려야만 해!'

카메라를 쳐다보지 않기 위해 고개를 숙이고 걷는 양대리의 머리를 가득 채우고 있는 생각이었다.

양대리는 얼마 전 회사를 그만 둔 경희라는 생산부 여직원을 생각했다. 그녀를 생각하자 설핏 바다냄새가 코끝을 스치는 착각이 또 들었다. 양대리는 처음 그녀를 만났을 때를 다시 생각했다.

양대리와 그녀의 첫 대면은 올 신정연휴가 지난 지 며칠 후였다. 점심시간이 지났을 때 그녀는 사무실 문을 조심스럽게 열고 들어섰었다.

"인사담당을 찾아 왔는데요."

작은 말소리에 고개를 돌리던 양대리가 처음 그녀에게서 느낀 느낌이 바다였다. 이유가 있었던 것은 아니었다. 아니 꼭 이유를 말하라면 2년 전까지 알았던 한 여자와 비슷한 분위기를 가졌기 때문이다.

"제가 인사담당인데 무슨 일이죠?"

양대리는 무뚝뚝한 목소리로 그녀를 맞았다.

"신입사원인데요. 서류를 제출하라고 해서요."

"그래요. 이리 주세요."

노란 봉투를 건넨 그녀는 아직 할 일이 남았다고 생각했는지 여전히 그 자리에 서서 사무실에 설치된 모니터를 바라보고 있었다.

"됐습니다. 이제 가보셔도 됩니다."

"예. 고맙습니다."

그녀는 한 번 더 모니터를 바라보곤 사무실을 빠져나갔다. 양대리는 그녀가 가져온 서류를 건성으로 훑어보곤 서랍에 던져 넣었었다. 홀어머니, 남동생과 함께 살고 고향이 정말 남쪽 바닷가라는 것이 특이할 뿐이었다.

그런 그녀가 회사를 그만 둔 것은 순전히 카메라 탓이었다.

사건의 발단은 이랬다. 며칠 전 아침 김과장은 평소와 다름없이 출근하자마자 모니터에 부착된 VCR에서 밤새 녹화된 테이프를 되감아 3배속 빠르기로 탐색을 시작했다. 김과장은 의자를 뒤로 젖힌 채 커피를 마시며 화면을 건성으로 쳐다보다 벌떡 일어나며 소리쳤다.

"저거 뭐야!"

김과장의 목소리에선 긴장감이 묻어났다. 그 긴장감은 포수가 오래 기다리던 포획물을 발견했을 때 느끼는 흥분 같은 것이었다. 막 업무를 시작하려던 양대리를 포함한 직원들이 김과장 쪽으로 일제히 시선을 돌렸다가 김과장이 바라보는 모니터로 우-하니 눈길을 돌렸다.

화면을 정상속도로 돌리지 않아 처음엔 무슨 일이 일어나는지 알 수 없었다. 화면 속에선 텅 빈 공장 안을 누군가 뛰듯이 움직이는 모습이 재생되고 있었다. 워낙 빨리 움직이는 탓에 화면 속의 주인공이 누군지는 구분이 되질 않았다. 김과장이 정상속도로 환원시켰을 때 나타난 화면엔 경희라는 아가씨가 뚫어지게 카메라를 마주 바라보다 뒤돌아 서 전등 스위치를 내리는 장면이 재생됐다. 화면은 검은 먹물을 뿌린 것처럼 순식간에 어두워졌다.

"누구지?"

"얼마 전에 새로 들어온 여직원 아냐?"

"그런 것 같은데. 근데 뭐하는 거야? 저 시간에······."

직원들이 수군거리는 말을 듣는 둥 마는 둥 김과장은 침착하게 테이프를 되감아 처음 그녀가 등장하는 장면에서부터 다시 돌리기 시작했다. 하지만 특별한 내용은 없었다. 아마도 퇴근하다 작업복에 두고 나온 물건이 생각나서 물건을 찾으러 다시 회사에 들어왔었던 모양이었다. 직원들은 시시하다는 표정으로 다시 각자의 일로 돌아갔다. 하지만 김과장만은 예외였다. 그는 무슨 생각을 하는지 심각한 표정이었다.

양대리가 그 소식을 들은 것은 점심을 먹고 내키지 않는 걸음으로 등나무벤치에 갔을 때였다. 카메라가 설치된 후로 양대리는 카메라의 사각지대만을 찾아다니고 있었다. 그런 양대리를 경리과의 정태윤씨가 커피나 한잔하자며 끌다시피 벤치로 이끌었던 것이다.

"어제 도둑을 잡았다면서요?"

커피를 뽑아 든 정태윤씨가 밑도 끝도 없이 양대리에게 물어온 말이었다.

"무슨 소리야? 도둑을 잡다니."

"아니, 선배님이 내게 물으면 어떡합니까. 오늘 아침 카메라에 녹화됐다면서요. 모니터가 선배님 사무실에 있으면서 그 테이프를 못 보셨어요?"

"테이프?"

"예. 녹화테이프에 이번에 새로 들어온 여직원이 탈의실에서 돈을 훔쳐 나오는 것이 녹화됐다고 하던데요. 얼마 전부터 여직원들 사이에서 탈의실에 벗어 놓은 옷에서 물건이나 지갑 같은 것이 자주 분실된다는 말이 있었다면서요. 그 범인이 이번에 카메라에 잡혔다고 하던데요. 어째 선배님은 등잔 밑이 어두워요."

"뭐야. 누가 그런 말도 안 되는 소릴……."

양대리는 김과장의 아침 표정을 떠올리곤 진저리를 쳤다.

"어쨌든 그 카메라라는 것이 대단하기는 해요. 밤새 공장안을 감시하고 이번처럼 사람도 잡지 못하던 도둑도 다 잡아내고요. 암튼 김과장은 또 한 번 윗분들한테 점수 딴 거죠, 뭐."

양대리는 곧장 김과장에게 달려갔다.

"과장님, 잠깐 저 좀 보시죠."

"그래, 무슨 일이야?"

"여기선 곤란하고 잠깐 밖으로 좀 나가시죠." 양대리의 말투가 거칠었다.

"무슨 일인데 그래?"

"잠깐이면 됩니다."

김과장은 마지못해 따라 나섰다.

"과장님, 어찌 된 겁니까?"

"뭐가?"

"어제 퇴근 후에 공장에 들어 온 여직원 말입니다. 듣자하니 도둑으로 몰았다면서요."

"몰다니? 무슨 뜻이야?" 김과장의 태도가 빳빳해졌다.

"그럼 그게 뭔 것이 아니란 말입니까. 무슨 근거로 그 여자를 도둑으로 단정하신 겁니까?"

"자네 지금 나한테 따지는 건가?"

"전 무슨 근거로 그 여자가 도둑이 됐는지 알아야 되겠습니다."

"왜 자네가 이렇게 설치는지 난 모르겠네. 그리고 난 그 여자를 도둑이라고 말한 적도 없어. 난 그저 오늘 아침 테이프에 있는 내용을 윗분들에게 말한 것뿐이야. 사실 그 여자가 무슨 볼일이 있다고 퇴근 후에 다시 공장에 들어와 탈의실을 기웃거렸겠어. 또 뭔가 걸리는 게 있으니까 그렇게 카메라를 의식했던 거 아냐. 더구나 그 여자의 입으로 다 실토한 마당에 왜 자네가 이 난린가?”

“실토를 해요?”

“그래. 이제 됐나?”

“그 여자 지금 어디 있습니까?”

“글쎄, 집에 있겠지.”

“뭐요? 그럼 그만두게 했다는 말입니까?”

“그럼 그런 여자를 계속 회사에 다니게 하란 말인가? 경찰에 넘기지 않은 것만도 우리로선 많이 봐준 거라고.”

김과장은 입가에 비릿한 웃음을 흘리며 돌아섰다. 양대리는 현장에 내려가 그녀가 속했던 작업조장인 김미하씨를 찾았다. 그녀뿐만 아니라 생산부 전 여직원들이 그 문제로 술렁거리고 있었다.

“그 애는 절대 그럴 애가 아녜요. 실토요? 그거 다 조작된 거예요. 얼마나 착한 앤데. 우리도 가만있지 않겠어요.”

조장은 결연한 표정으로 양대리를 바라봤다. 하지만 그녀가 직접 김과장을 만나고 뒤이어 공장장을 만나 항의했지만 아무 것도 돌려놓지 못했다는 얘기를 들었을 뿐이었다. 그러니 경희라는 여직원은 외눈박이 괴물의 첫 제물이 된 셈이었다.

사무실에 들어선 양대리는 습관적으로 모니터를 스쳐보고 자리에 앉았다. 모니터에서는 작업장에 출근한 여직원들이 부산하게 탈의실을 오가고 있었고 몇 몇 직원들은 그런 모습을 줌업(ZOOM-UP)화면으로 끌어당겨 재미

있다는 듯 구경하기에 정신이 없었다. 여직원들 역시 카메라에 신경을 쓰기는 마찬가지였다. 그녀들의 시선은 불안해 보였다. 카메라를 의식해 눈길을 던지는 여직원들의 힐끔거리는 시선은 동물원에 갇힌 동물의 눈빛처럼 불안과 굴욕이 느껴졌다. 그런데도 사무실 직원들은 그녀들의 표정마저 재미있다는 투였다.

"이봐. 거 무슨 구경거리라고 그러고들 있어."

"양대리님은 왜 그렇게 카메라와 이 모니터에 과민반응을 보이세요. 무슨 이유라도 있는 겁니까?"

"무슨 뜻이야? 그 말."

"아닙니다."

"일이나 하라고." 양대리는 갑자기 치솟는 분노를 애서 참았다. 오랫동안 잊으려고 노력해서 겨우 자유로워졌다고 생각했던 체증 같은 기억들이 머리로 치받쳐 오르곤 했다. 그 기억들은 억지로라도 배 밑바닥에 묶어둬야만 된다는 것을 양대리는 알고 있었다. 방심하면 여지없이 자신이 그 기억의 굴레에 갇힌다는 걸 알기 때문이었다. 그 결과는 생각하기도 끔찍했다. 양대리는 치솟는 분노를 삼켜버리기라도 하듯 마른침을 꿀꺽 삼켰다.

여름이 시작되고 있었다. 양대리에겐 계절의 변화라는 것이 겨우 옷이나 바꿔 입는 것쯤의 의미밖엔 특별할 것도 없었다. 하지만 회사의 분위기는 계절이 한 번 바뀌는 사이 몰라보게 변해 있었다. 회사는 이제 카메라에 완전 점령된 것처럼 보였다. 오늘 아침에도 김과장은 출근하자마자 어제 녹화된 테이프를 검색하기 시작했고 직원들은 다른 모니터를 이용해 생산부 여직원들을 기웃거리고 있었다. 양대리는 옆자리를 바라봤다. 얼마 전까지 함께 일하던 차명중씨 대신 다른 사람이 자리에 앉아 있었다.

차명중씨는 외눈박이 괴물의 두 번째 제물이었다. 물론 이유는 첫 제물이 됐던 경희라는 여직원의 경우와는 달랐다. 차명중씨는 지난 달 망원경을 이용해 남의 사생활을 구경하다 경찰에 입건돼 회사를 그만둔 것이다. 양대리는 그의 관음증이 사무실의 모니터에서 기인한 것이라고 믿었다. 그가 망원경을 구입한 시기는 공장에 카메라가 설치된 직후였다는 것이 경찰조사에서 밝혀졌기 때문이다.

어쩌면 관음증환자는 차명중씨 한 사람만이 아닐지도 몰랐다. 공장의 작업능률을 높인다는 구실 아래 애초의 설치목적을 무시하고 생산부 여직원들의 출퇴근시간에서부터 작업장 행동 하나까지 체크하는 김과장을 위시한 간부들 모두가 관음증환자들이었다. 늘 감시를 당하고 있음을 아는 여직원들의 눈빛이 불안해 보이고 행동이 자유롭지 못한 반면 그들의 눈빛은 먹이를 앞에 둔 맹수의 그것처럼 빛이 났고 새로운 사건을 찾아 탐색을 멈추지 않았다. 그들의 그런 모습을 볼 때마다 양대리는 섬뜩했다.

그렇다고 양대리가 그냥 방관만 한 것은 아니었다. 양대리는 기회 있을 때마다 일과 중엔 모니터를 끌 것을 건의하기도 했었다. 생산부 여직원들도 강력히 요구하고 있는 모양이었다. 하지만 건의는 번번이 묵살됐다. 돈을 받은 만큼 일과시간엔 일을 해야 하는 게 당연한 일 아니냔 말이 그들의 주장이었다. 그렇기에 작업을 감독하는 건 돈을 주는 사용자 입장에선 당연한 일이고 그 일을 사람이 하건 카메라가 하건 말할게 못 된다는 논리였다. 한마디로 그들은 그런 문제를 입에 올리는 일 자체가 가당찮다는 표정들이었다.

이제 양대리가 기대하는 것이라곤 생산직여직원들의 집단적인 대응뿐이었다. 요즘 회사의 지나친 감시를 그녀들도 더는 참지 않겠다는 움직임이 있다는 것을 양대리는 알고 있었기 때문이다.

공장장이 양대리를 부른 것은 그런 생각을 하고 있을 때였다.

"혹 여직원들의 동향을 아는 것 없나?"

자리에 앉자마자 공장장이 물어 온 말이었다. 놀라운 일이었다. 그들은 벌써 여직원들의 움직임을 파악하고 있었던 모양이다.

"글쎄요. 제가 그걸 어떻게……."

"이봐. 사실대로 말을 하게. 자네가 요즘 그녀들과 자주 접촉하고 있는 걸 다 알고 있으니까."

"예?"

"왜 놀라운가. 우리가 그렇게 어수룩하게 보이는가? 자네가 그녀들을 배후 조종하고 있다는 걸 다 알고 하는 말인데 다치기 싫으면 조용히 지내게. 또 걔들한테도 전하게. 어떤 식으로든 집단행동을 했다간 그 결과에 대해서는 후회하게 될 거라는 걸. 나가봐."

어떻게 하루가 갔는지 기억도 없었다. 자신이 누군가에게 감시당했다는 사실만이 머릿속을 가득 메우고 있었다. 뒤죽박죽으로 엉킨 머리는 아무런 판단도 할 수 없었고 몸은 심하게 얻어맞고 난 뒤처럼 의지대로 움직여 주질 않았다. 오직 배 밑바닥에 오랫동안 억눌러 뒀던 체증 같은 고통과 분노만이 거세게 목을 향해 치받혀 올랐다.

빈속에 쏟아 부은 술기운에도 잠은 오지 않았다. 양대리는 담배를 피워 물고 베란다에 나섰다. 밖엔 비가 내리고 있었다. 굵은 빗발이었다. 길게 뱉

어낸 담배연기는 무서운 기세로 쏟아지는 비와 함께 아스팔트에서 부서져 내렸다. 인적이 끊긴 아스팔트에 내리꽂히는 빗줄기를 6층 베란다에서 내려다보던 양대리의 몸에 소름이 돋았다.

2년 전 그날 밤도 비가 내렸었다. 그날 밤 그녀는 자신의 아파트 옥상에서 비처럼 낙하했다. 그녀가 가고 난 뒤 그에게 남겨진 것은 바다냄새뿐이었다. 그가 그녀에게서 항시 맡곤 했던 바다냄새는 다분히 관념적이었다. 그녀는 가끔 그에게 묻곤 했었다.

"내 어디서 바다냄새가 난다는 거죠?"

명료하게 나타낼 수 없는 것들을 표현하려 며칠씩 화실에 들어 박혀 그림에 매달리는 모습에서 어쩌면 바다를 느꼈던 것 같기도 했다.

하지만 그는 애써 그녀에 대해 무관심했었다. 어쩌다 그녀가 자신의 얘기를 시작할 때마다 그는 서둘러 화제를 바꾸곤 했었다. 그녀의 화실에서 그녀가 자해(自害)했을 때도 끝내 그는 그 이유를 묻지 않았었다. 그 사건 이후 그는 늘 그녀가 또 다른 자해를 결행할 것이란 예감을 가지고 지내면서도 모른 체 외면했었다.

체증 같은 아픔이 없었다면, 그래서 그가 일반적인 환경에서 자랐다면 그는 당연히 그녀의 관심과 표현들을 받아들이고 그녀의 아픔들을 알려고 노력했을 터였다. 때늦은 후회가 밀려들었다. 하지만 그가 자신의 감정을 다 처리하기도 전에 그는 낯선 사내들에게 이끌려 경찰서 취조실로 향해야만 했다. 취조실에 들어서서야 그는 자신이 피의자 신분이라는 것을 알았다.

"이게 무슨 짓입니까?"

"그 여자 일기장에 당신에 관해 써놓은 글이 많더군. 이해할 수 없는 사람이라고. 자 순순히 대라고. 서로 피곤하지 않게."

"뭘 대라는 말입니까?"

"지금부터 묻는 말에 정확히 대답해. 거짓말하면 그땐 좋지 않을 테니까. 그 여자완 언제 처음 만났어?"

"1년 전입니다."

"정확히 몇 월 며칠 몇 시 어디서 어떻게 만났는지 6하원칙에 따라 대답해!"

그녀를 처음 만난 곳은 대학선배가 개인전을 열던 변두리 화랑에서였다. 초대장을 보내고 그래도 못미더웠던지 직접 전화까지 걸어 꼭 참석해달라는 부탁에 마지못해 참석했던 자리였다. 그곳에서 그녀를 대학선배에게 소개받았었다.

오래도록 햇빛을 보지 못한 사람처럼 창백해 보이는 안색과 철 지난 외투를 입은 그녀의 모습은 쉽게 사람의 접근을 허락하지 않는 모습이었다. 그런데 선배는 떠넘기듯 그에게 그녀를 부탁했다.

"채연아, 오랜만에 나왔으니 바람이라도 좀 쐬고 들어가라. 여기 내 후배가 오늘 모실 거야. 너, 잘 감시해야 돼. 채연이가 세상구경한 지가 하도 오래돼서 잘못하면 길을 잃을지도 모르거든."

그는 그날 그녀와 함께 강가를 걸었고 차를 곁들인 저녁까지 먹은 후 헤어졌었다. 하지만 서로에 대해 말한 것은 없었다. 그녀와 함께 보낸 시간동안 그는 몇 번이나 어머니를 기억했었다. 그녀에겐 세상과 격리된 사람만이

204

가진 분위기가 있었고 그것이 어머니를 생각나게 한 것이다.

그녀를 다시 만난 것은 며칠 후 그녀에게서 그림이 그에게 배달된 직후였다.

"그때 고마워서요." 그것이 그녀가 그에게 그림을 보낸 이유였다. 그 후 그녀는 급속하게 그에게 다가왔다. 두 사람은 가까운 사이가 됐고 만남의 장소는 그녀의 작업실일 때가 많았다. 자연히 그녀의 그림들은 그의 관심 대상이 됐다.

그녀의 그림들은 어려웠다. 그렇다고 그녀의 그림들을 그가 이해한 것은 아니었다. 느낌이 그랬다. 확실한 형태와 윤곽이 없는 그림, 늘 어느 사물이나 공간의 변두리를 헤매는 느낌이 그녀의 그림에 녹아있었다. 그는 그림에서 그런 느낌이 들 때마다 그녀의 성격과 비슷하다는 생각을 하곤 했다.

"단순히 보이는 것이 아닌 그 이상의 것들을 난 표현해 보고 싶어요. 뚜렷한 경계선 안에 있는 것들이 아닌 그 주변의 어떤 것들, 예를 들어 정물 하나를 그리더라도 그 정물 자체에 포커스를 맞추기보다는 정물을 에워싸고 있는 분위기, 명암, 느낌 같은 것 말예요. 그런 것들은 존재하지만 의식되지 않는 것들이고 거기엔 무의식의 세계가 존재하죠. 그런 세계는 의식되지 않기 때문에 좀 더 순수한 상태로 남아 있거든요. 시선에 의해 왜곡되지 않고 해석되지 않은 원초적인 상태 그대로죠.

내가 아는 어떤 사람은 자기 부인이 이상한 행동을 한다고 남들 이목을 두려워해 정신병자로 몰아 정신병원에 감금하고 자기는 새 살림을 시작한 사람도 있어요. 그 여자는 무의식의 세계에 가끔씩 발을 들여놓았을 뿐인데. 우리가 모두 꿈을 꾸는 것처럼 무의식의 세계는 엄연히 존재하며 또 표현될 수도 있다고 생각해요.

사람들은 이제 보이는 것만으로 모든 것을 판단하기 시작했어요. 더 이상 상상하지 않고 유추하지도 않죠. 카메라를 닮아 가는 거죠. 파인더 안에 들어 온 모습만 기계적으로 잘라 내는 거죠. 거기엔 경계선상의 모호함 같은 것은 사라졌으며 사각형으로 잘라낸 경계선 밖은 더 이상 존재하지도 않는 거죠. 그러니 세상은 조금씩 정형화되고 인간성은 기계처럼 단순해지는 건지도 몰라요.

내 생각에는 무엇을 보느냐 보다는 어떻게 보느냐가 지금 우리에겐 더 중요한 가치라고 생각해요. 그런 이유가 내 작업의 방향을 그렇게 이끄는 거구요. 하지만 쉽지는 않아요."

그림이 통 이해되지 않는다는 말에 대한 그녀의 답이었다.

형사들은 그에게 혐의를 씌우고 있었다. 그들의 심문은 끈질겼다. 하지만 그가 대답한 것은 거의 없었다.

"이봐. 그럼 도대체 여자에 대해 아는 게 뭐야. 일 년씩이나 관계까지 가졌던 사이에 알고 있는 게 하나도 없다는 게 말이 되냐 말이야!"

앞자리에 앉은 사내가 험악한 얼굴로 그를 다그쳤다. 하지만 모르는 것이 사실인 이상 그의 입에서 기대했던 답을 들을 수는 없었다. 생각해보니 그가 그녀의 신상에 관해 아는 것이라곤 이름과 정확하지 않은 나이가 전부였다.

"어제 그녀를 만났었지?"

"만나긴 했지만 곧 헤어졌습니다. 화실에 갔는데 몹시 피곤해 보여서 그냥 돌아왔죠."

"거짓말하지 마! 넌 어제 여자와 같이 술을 마시고 술이 취한 여자를 옥상으로 끌고 가 밀어버린 거야. 그렇지?"

"……."

"대답해!"

"이것 보십쇼. 도대체 내가 그럴 이유가 어디 있습니까? 말이 되는 소리를 해야 대답을 하든 말든 할 거 아닙니까."

"이유, 이유가 없단 말이지. 좋아, 이유를 설명해주지. 당신 정신과 치료를 받았던 적이 있었지? 부인할 생각하지 마. 그 여자 일기장에 당신한테 들었다고 적혀있으니까."

"오래 전 얘깁니다."

"좋아. 당신 어머니가 정신병을 앓았고 가출해서 아직 소식도 없더군. 사실이지? 이번에도 모른다고 할 건가?"

더 이상 비밀이란 없었다. 그가 그토록 감추고 싶었던 과거의 상처들이 모두 들춰지고 있었다. 몇 시간째 계속 그를 몰아세우던 사내들이 갑자기 그를 혼자 남겨두고 취조실을 빠져나갔다.

그를 몰아세우던 사내들이 사라지고 난 뒤 그의 눈을 잡아끈 것은 전면에 설치된 검은 유리벽이었다. 그는 그것이 아마 이면거울일 거라고 생각했다. 자신은 그들을 볼 수 없지만 그들은 그의 표정 하나까지 놓치지 않고 감시하고 있으리란 생각이 들었다. 그는 서둘러 돌아앉았다. 그의 머리에 오래 전 기억들이 스멀거리며 되살아났다.

아버지는 일명 노조관련 시국사범이었다. 아버지를 잡으려는 감시의 눈이 미치기 시작한 것은 그가 중학교에 입학한 직후였다. 어두운 골목을 들어서다 검게 선팅된 차가 세워져 있는 모습을 자주 보게 됐고 내부를 볼 수 없는 차안에선 낯선 사내들이 자신의 집을 감시하고 있었다. 또 집에 주기적으로 낯선 사람들이 불쑥불쑥 찾아 들기도 했다.

주위사람들은 멀어졌고 동네 사람들조차 그들 가족을 멀리하기 시작했다. 시간이 지나면서 감시의 눈은 낯선 사내들에게만 국한되지 않고 한동네 사람들마저 그의 가족과 집안을 의심의 눈초리로, 혹은 호기심에 반짝이는 눈으로 살피기 시작했다. 이제 그들 가족은 섬처럼 고립됐고 그 안에서조차 타인의 눈에서 자유로울 수는 없었다.

어머니의 이상한 행동이 심해지기 시작한 것도 그때부터였다. 집안에서만큼은 정상적인 생활을 하던 어머니의 병증은 그즈음 들어서는 더 심해져 이젠 가족들과도 접촉을 꺼리기 시작했다. 그 원인은 벌써 3년째 계속된 아버지의 잠적과 가족과 집안에 쏟아지는 감시 탓이었다. 어머니는 한 여름에도 집안에 있는 모든 문들을 꼭꼭 걸어 잠그고 살았고 집밖으로의 외출을 꺼려했다.

그런 증상은 그에게도 서서히 나타나기 시작했다. 학교가 가기 싫어졌고 어쩌다 수업시간에 호명이라도 받으면 두 다리가 떨리기까지 했다. 늘 누군가 자신을 지켜보고 있다는 강박관념에 사로잡히기 일쑤였고 길을 걷다가도 뒤를 살피는 버릇이 생겼다.

6개월 뒤 아버지는 끝내 붙잡혔다. 그는 붙잡힌 아버지가 고마웠다. 만약 아버지가 체포되지 않았다면 자신이 집을 뛰쳐나갔을 것이다.

아버지가 붙잡힌 후 더 이상 눈에 띄는 감시는 사라졌지만 그 사실이 그를 예전의 모습으로 되돌린 것은 아니었다. 수사기관에서의 감시는 사라졌지만 사람들은 여전히 그의 가족을 멀리했고 호기심도 줄지 않았다.

그 이후 그의 삶은 달팽이의 그것과 다르지 않았다. 외부의 시선이 미치지 못하는 두꺼운 껍질 안에 자신을 숨기고 그 안에서만 자유로울 수 있었다. 되도록 흔적을 남기지 않으려고 노력하기도 했다. 사진을 찍지 않았고 자신의 얘기는 남에게 하지 않는 습관도 생겼다. 그는 점점 세상과 격리돼 조금씩 퇴화해 갔다.

그런 그에게 어느 날 갑자기 그녀가 다가왔다. 그녀가 그에 대해 하나씩 알아갈수록 그는 오히려 그녀에 대해 무관심해지려 애썼다. 그러니 지금도 그가 그녀의 신상에 대해 모르는 것은 당연했다. 아직도 그는 그녀가 왜 죽음을 택해야만 했는지 알지 못한다.

그들이 다시 취조실에 들어 선 시간은 근 반나절이나 지나서였다. 그리고 한 사내가 아무 설명도 없이 그에게 가도 좋다고 무뚝뚝하게 말했다.

"대체 이게 무슨 짓입니까?"

"유서가 발견됐어요." 다른 사내가 아까의 고압적인 자세완 다르게 부드러워진 목소리로 말했다.

"이유가 뭡니까? 왜 자살했느냐 말입니다."

"글쎄요. 이미 자살로 판명된 이상 우리가 더 수사할 수는 없지만 여자의 병적(病籍)을 보니까 약물과다 복용과 심한 우울증에 시달렸던 것 같소. 아버지란 사람이 말하던데 그 여자 어머니가 정신병으로 고생하다 얼마 전에 목숨을 끊었던 모양이요. 그것도 이유가 됐는지는 잘 모르겠소."

그렇다면 그녀가 언젠가 그림에 대해 얘기하면서 언뜻 비쳤던 정신병자로 몰린 여자가 그녀의 어머니였단 말인가. 또 그 말은 그녀도 자신과 같은 아픔을 지니고 있었단 말이기도 했다. 그는 한 번도 그녀의 아픔에 대해 알려고 하지 않은 지난 시간이 후회스러웠다.

그 사건 이후 양대리는 오래도록 그의 내부에서 꿈틀거리는 기억들로부터 벗어나려 노력했다. 그런 노력 덕에 얼마 전부턴 타인의 시선에 덜 민감해진 것도 사실이었다. 적어도 회사에 카메라가 설치되기 전까지는 그랬다. 양대리는 필터까지 타들어간 담배를 튕겨내고 돌아섰다.

생산부 여직원들이 작업을 거부하고 단체행동에 돌입한 것은 다음 날 점심식사 후였다. 그녀들의 요구조건은 간단했다. 회사에 설치된 카메라를 철거하라는 것이 그녀들이 요구하는 전부였다. 하지만 회사의 대응은 단호했다. 즉각 단체행동을 철회하지 않으면 주동자들을 모두 인사위원회에 회부하여 해고시키겠다는 것이 회사가 그녀들에게 통보한 내용이었다.

양대리는 공장장에게 다시 불려갔다. 그 방엔 공장장을 포함해서 부장들과 김과장도 있었다.

"어떻게 된 거야? 응!"

"전 모르는 일입니다."

"좋아 지금이라도 저것들을 회유해서 작업장으로 돌아가게 해. 그럼 모든 것을 없었던 것으로 해줄 테니까."

"제가 왜 그 일을 해야 합니까. 그리고 내가 그런 말을 한다고 그들이 작업장으로 돌아갈 리가 없잖습니까. 그들이 원하는 것은 카메라를 철거하는 겁니다. 차라리 제 생각에는 공장장님이 일과시간만이라도 카메라를 가동시키지 않겠다는 약속을 하시는 것이 훨씬 빠른 해결책이라고 생각합니다."

"뭐야! 나가 봐!"

양대리가 몸을 돌려 방을 나오려는 순간 등 뒤에서 공장장의 목소리가 날아들었다.

"조만간 자네 징계를 위해서 인사위원회를 열 테니 준비하고 있어!"

양대리는 돌아보지 않고 방을 나섰다. 딱딱하게 굳은 양대리의 얼굴은 결연했다.

모두 퇴근한 것을 확인한 양대리는 녹화용 VCR에서 테이프를 뽑아낸 후 사무실을 나섰다. 그의 손엔 쇠파이프가 들려 있었다. 그는 퍼붓는 빗속을 뚫고 생산부로 향했다. 전등스위치를 올리자 웅크리고 있는 거대한 기계들의 거친 숨소리가 들리는 듯해서 잠시 주춤했지만 쇠파이프를 더욱 세게 움켜쥐고 카메라를 향해 발을 옮겼다.

확인할 수 없는 익명의 시선들, 자신의 모든 것이 누군가에게 송두리째 노출됐다고 생각될 때의 수치, 감시당하고 있다고 느껴질 때의 부자연스러움, 거기에 당연히 따르게 마련인 견디기 힘든 고통, 이런 일들은 한 개인을 파멸시킬 수 있는 가장 빠른 길임을 아직 그들은 모르고 있다. 얼마 지나지 않아 그 외눈박이 괴물이 자신들을 제물로 삼을 수 있다는 사실을 그들은 아직도 애써 외면하려고만 했다.

계단을 타고 오른 양대리는 카메라를 향해 치켜든 쇠파이프를 힘껏 내리쳤다. 쇠끼리 부딪히는 날카로운 소리가 양대리에겐 고통에 못 이겨 내지르는 일그러진 비명소리처럼 들렸다. 양대리는 거푸 팔을 휘둘렀다. 양대리의 머릿속엔 어릴 적 자신의 집 앞에서 마주쳤던, 검게 선팅된 차안에 있던 사내들의 선글라스에 감춰진 눈과 경찰서 취조실 이면거울 저쪽의 눈들과 김과장의 비릿한 시선이 떠올랐다.

그날 밤 공장안에 있던 모든 카메라는 양대리가 휘두른 쇠파이프에 맞아 부서졌다. 특히 출퇴근길을 감시하던 카메라를 부술 때 비에 흠뻑 젖어 미친 듯 쇠파이프를 휘두르는 양대리의 모습은 흡사 그리스신화에 나오는 오디세우스를 연상시켰다. 사람을 가둬놓고 끊임없이 감시하며 차례로 한 사람씩 잡아먹는 거대한 외눈박이 괴물, 키클롭스의 외눈을 후벼 파는 오디세우스의 처절한 몸짓을 보는 것 같았다.

2장 2017년

광장을 가득 메웠던 촛불들이 행진을 시작하면서 광장은 텅 비었다. 그 많은 사람들이 방금 전까지 운집해 있던 곳이라고는 믿기지 않을 만큼 광장은 깨끗했다. 놀라운 일이다.

벌써 열다섯 번째 집회였다. 수많은 촛불들이 한겨울 광장의 추위를 녹이고 있었다. 그들 가슴속에 쌓인 울분을 희망으로 만들기 위해 영하 10도의 추위에도 아랑곳 하지 않고 전국에서 이곳 광장으로 모여들고 있는 것이다.

"파이팅!"

몇 몇 참가자들이 우리 방송차량과 리허설을 하고 있는 최기자를 보고 응원을 보낸다. 뿌듯했다. 난 카메라를 최기자에게 Bust Shot으로 맞추고 기중기에 달려 있는 카메라를 이용해 깨끗해진 광장과 뒤쪽 청와대까지 한 화면에 잡히도록 Crain Shot을 준비해둔다. 첫 화면은 내가 들고 있는 카메라로 시작해 최기자가 브리핑을 읽어가는 시간엔 Crain Shot으로 넘어갔다가 마지막은 사전에 촬영된 촛불집회와 태극기집회 현장을 편집해서 내보내도록 준비해뒀다. 화면의 구성은 이미 J가 검토를 마친 상태였다.

"이어폰이 자꾸 빠져요."

"얼어서 그래. 빼서 손 안에 넣고 있으면 녹을 거야. 10분 전."

J가 나와 최기자를 보며 소리쳤다. 그녀의 목소리도 추위로 갈라져 있었다. 아니, 방금 전까지 집회참가자들과 함께 목청을 돋워 구호를 외친 탓이 더 컸다. 난 주머니에서 따뜻한 캔커피를 꺼내 건넸다. 그녀가 내 손에서 커피를 받아들며 살포시 웃었다. 예쁜 웃음이다. 그녀의 웃음에 얼었던 몸이 녹으며 온 몸으로 온기가 퍼져나갔다. 그녀는 오랜 연인이자 동료였다.

J는 한없이 따뜻하고 부드럽다가도 어딘가에 송곳처럼 날카로운 논리와 예지능력을 숨기고 있었다. 폐쇄된 사무실에서 태블릿PC를 찾아낸 것도 그녀의 그런 직감과 예지능력 덕이었다. 직감이나 예지능력이라고 말했지만 그곳을 찾아 나서기까지 그녀가 얼마나 많은 조각들을, 몇 천 번씩 옮겨가며 추론의 퍼즐을 완성했을지 짐작할 수 있었다. 태블릿PC는 그들이 만들어낸 기괴한 그림의 마지막 퍼즐 한조각인 셈이었다. 그녀가 발견한 태블릿PC 안에 있던 놀라운 자료가 사람들을 분노하게 했고 또 촛불을 들게 했으며 지금도 꺼지지 않고 타오르게 하는 동력이 되고 있었다. 나는 그런 그녀를 사랑하고 존경한다.

그녀는, 꽁꽁 얼어붙은 고드름에 정열적인 붉은 장미꽃이 풍성하게 피어 있는 모습을 상상하면 딱 그녀였다.

촛불이 광장을 밝힌 뒤, 우린 매주 한 팀으로 광장에 중계차를 몰고 나오고 있었다. 작년 늦가을 3만 명으로 시작된 촛불은 국회에서 탄핵을 미적거리자 12월3일에는 전국에 232만 명이 모여 탄핵을 외쳤고 그 위세에 놀란 여당 국회의원들이 가담하며 234명 찬성으로 탄핵을 가결시켜 헌법재판소로 보내 심판을 진행 중이다.

매주 광화문광장에 나오면서 깨닫는 것은 시민들의 상식이었다. 방송에서 내보내는 촛불집회의 모습은 집회에 직접 참가한 사람들이 보면 지나치게 화려한 옷을 입히고 짙은 화장을 시킨 모습이었다.

사실 집회는 조금은 지루하다. 가끔 가수나 공연팀이 나오긴 하지만 화려한 공연도 아니었고 여러 시민들이 나와 자신의 의견을 말하는 것도 화려함과는 거리가 먼 얘기들이었다. 그럼에도 사람들은 추위에 몸을 떨며 그들이 생각하는 상식이 실현되는 세상을 위해 모여들고 있었다.

난 광장의 모습에 짙은 화장을 시키고 싶은 맘은 없었다. 그냥 눈에 보이는 모습을 담담하게 전달하길 원했다. 내 생각에 J도 동의했다. 그랬기에 J는 현장 PD로 난 카메라기자로 한 팀을 이룰 수 있었다.

따지고 보면 난 그녀의 지시를 받는 처지다. 카메라앵글에 대해 내게 일정 부분 위임을 하지만 때론 나와 그녀는 우리가 바라봐야 할 곳에 대해 토론한다. 물론 최종적으론 그녀의 지시를 따라야만 한다. 그게 우리의 룰이었다. 어쨌거나 그녀는 내 상사고 우리팀 리더이기 때문이다.

"저기……."

한 여자가 머뭇거리며 내 앞으로 다가왔다. 여자는 내가 자신이 알던 사람인지 확인하고 싶어 한다.

"오랜만입니다."

이름은 기억나지 않지만 나도 그녀를 안다. 40대 후반이 됐어도 20년 전의 모습이 고스란히 남아 있었다. 그녀는 20년 전 내가 근무했던 회사의 노조위원장이었다.

"혹시나 했는데, 맞군요."

"네. 여기서 보네요."

우린 짧게 그간의 얘기를 나눴다. 회사는 IMF 때 문을 닫았다고 했다.

"근데 조금 놀랐어요. 이렇게 말하면 어떻게 들릴지 모르지만 카메라와 양대리님, 죄송해요, 뭐라고 불러야할지 몰라서요. 어쨌든 어울리는 조합은 아닌 것 같아서요."

그녀가 말하고 싶은 것이 무엇인지 잘 안다. 20년 전 회사에 있는 카메라들을 모두 부순 뒤 난 고발당했고 집행유예를 선고받았었다. 당시 노조위원장이었던 그녀는 재판에서 날 변호하기 위해 증인으로 출석해주기도 했었다. 그러니 그녀가 나와 카메라의 조합을 이해하지 못하는 것은 당연한 일이었다.

"살다보니 그렇게 됐습니다. 미안합니다. 방송시간이 돼서. 나중에 시간내서 한 번 만나시죠. 궁금한 것도 있으니 차나 한 잔 하시죠." 난 주머니에서 명함을 꺼내 건넸다.

"네. 연락드릴게요. 아무튼 요즘 뉴스는 여기만 봐요."

그녀는 엄지를 세워 보이고 뒤로 물러났다.

"1분전."

J가 소리쳤다.

집행유예 선고를 받은 뒤 살기 위해 택한 길이 이제껏 살아온 곳을 떠나는 것이었다. 여러 나라를 고려했다. 그리고 결정한 곳이 일본이었다. 이유는 두 가지였다. 고등학교 때 제2외국어로 일본어를 배웠고 한자를 조금 안다는 사실이 첫 번째 이유였다.

회사에 근무할 때 일본으로 출장을 간 일이 있었는데 일본어를 잘 못해도 한자만 읽을 수 있다면 장소를 찾거나 특정한 곳으로 이동하는 일에 큰 어려움이 없음을 깨달았었다.

두 번째는 타인의 삶에 대해 무관심한 그들의 문화 때문이었다. 망설일 이유가 없었다. 나는 미련 없이 짐을 싸서 비행기에 올랐다. 비행기가 공항을 이륙할 때는 온몸을 친친감고 있던 올가미들이 툭- 툭- 끊어져 몸에서 사라지는 느낌이 들었다.

그곳에서 J를 만났다. 등록한 어학원에서 그녀를 만났고 비슷한 나이 때문에 자연스럽게 가까워졌다. 어학원에 다니는 한국인 중 30살을 넘긴 사람은 그녀와 나, 단 둘 뿐이었다. 그녀는 나보다 한 달 먼저 일본에 와 있었다.

그녀가 일본에 온 목적은 방송관련 전문학원을 다니기 위해서였다. 그녀는 이미 한국에서 케이블방송회사에 근무한 경험을 가지고 있었다. 난 늘 빈둥거렸고 그녀는 악착같았다.

6개월 과정이 끝날 즈음 수학여행이 잡혔다. 장소는 후지산이었다. 젊은

친구들이 많아서 단순한 버스투어가 아닌 트레킹을 하자는 의견이 많았고 마다할 이유는 없었다.

7월초의 후지산은 아름다웠다.

산을 덮고 있는 나무들은 진녹색물감을 땅속 어딘가에서 무한정 빨아들이고 있는 스펀지같이, 금방이라도 녹색물감을 계곡에 쏟아낼 것처럼 푸르렀다. 그 위를 희디흰 구름이 예쁜 접시 모양을 한 계곡사이로 팥빙수의 곱게 갈린 얼음이 녹아 흐르듯 산허리에서부터 흘러내리고 있었다.

계곡을 흐르는 물은 숲과 하늘에서 쏟아진 파란물감이 번져 시리고 푸르게 흘러가고 있었다. 정상에서 본 능선들은 굽이굽이 끊어질 듯 이어지고 있었고 앞서있고 뒤서있는 봉우리들은 떨어지기 싫은 듯 어깨동무를 하고 있었다.

날카롭게 솟구친 절벽들은 하늘을 향해 비상하는 거대한 파랑새의 높이 치켜세운 날개처럼 역동적이며 힘찼고 웅장했다.

풍만한 육신을 수천 겹의 흰 구름을 끌어다 켜켜이 가린 산들이 계곡마다 내려앉은 구름위로 살포시 고개만 내밀고 붉게 물들어가는 석양을 향해 숭배하듯이 일제히 고개를 돌려 올려다보고 있었다.

붉은 석양은 서른다섯 살 여인의 매끈한 어깨를 닮은 산어깨에서 미끄러지며 거대한 산을 엷은, 검은 천으로 감싼 뒤 그 옆구리를 돌아 찬, 투명한, 유리처럼 빛나는 호수에 맨 얼굴을 비추고 있었고 먼 곳에선 시작한 마지막 빛은 후지산에는 은은한 어둠을, 산 앞에 자리한 호수엔 다시 반사된 역광의 화려한 스펙트럼을 흩뿌려, 속살이 훤히 비치는 얇은 망사 같은 어둠을 걸치고 있는 후지산을 간접조명으로 비춰 육감적인 산몸을 마치 살아있는 육체처럼 도드라지게 하고 있었다.

산등을 타고 오른 말갛게 익은 아침햇살이 산등성이를 지나는 수천, 수백만 조각의 구름의 속살 속으로 미끄러져 들어가 구름의 뜨거운 육신을 빨갛게 물들여 미켈란젤로의 천지창조에 등장하는 천사들이 황금마차를 타고 일제히 지상으로 돌진하는 모습을 연출하고 있었다. 그리고 시간이 지나면서 수백만조각의 구름들은 모두 활짝 핀 관능적인 붉은 장미로 바뀌었다.

나는 사진을 찍어주겠다는 J의 제안을 거절하고 손을 내밀었다.

"여기서만큼은 당신을 찍고 싶단 말이에요. 당신 사진 찍히는 걸 싫어하는 건 알지만 이번 한 번 만요." 그녀는 애원했지만 난 다가가 그녀의 손에서 사진기를 건네받아 그녀를 아름다운 풍경과 함께 담아냈다. 그렇게 후지산여행은 끝이 났다.

"카메라를 배워보는 건 어때요?"

내가 찍은 사진들을 꼼꼼히 들여다 본 J가 여행에서 돌아와 한 말이었다. 난 그녀의 얼굴을 멀건히 바라봤다.

시간이 지나면서 나 역시 무엇인가 시작해야 한다고 생각했지만 그 시작이 일본은 아니었다. 난 고요해지면 돌아가리라 막연하게 생각했었다.

"이제 어느 정도 일본어도 되고 또 뭔가 해야 할 거 아니에요. 일본에 온지 6개월이 지났어요. 이제 계획을 세울 때가 된 거 아니에요? 왜 여기 왔냐고 묻진 않았지만 뭔가 사정이 있었겠죠. 나처럼 분명한 목적을 가지고 오지 않는다는 거, 그냥 이 사람 시간이 필요하구나 싶어서 묻지 않았지만 이젠 뭔가 시작해야죠."

"카메라라면 사진촬영을 말하는 거에요?"

"아뇨. 방송 카메라요. 내가 다니는 학원에 방송카메라 과정도 있어요. 당신이 찍은 사진을 볼 때마다 다른 사진들하고 다르다는 생각을 자주 했어요. 대상을 담는 방식이라고 해도 되고 아니면 대상을 가져오는 방법, 아니면 대상을 보여주는 형식이라고 해도 좋은데 설명하려면 조금 어렵지만 단순히 대상만을 취사선택하는 사진들과는 달라요. 대상은 분명 주변과 어울려 있고 엄밀히 말하면 우리가 포커스를 맞추는 대상도 실은 전체의 일부분이잖아요. 다만 이 시점에 그 대상이 중요한 것뿐이죠. 당신의 눈은 대상을 선택하면서 동시에 대상과 경계선을 이루는 주변을 버리지 않는 좋은 눈을 가졌다는 걸 사진에서 느낄 수 있어요. 흔하지 않은, 이건 정말 특별한 능력이에요. 그리고 정지된 화면보다 움직이는 화면을 만드는 방송용카메라를 다루는 사람에게 꼭 필요한 눈이기도 하죠."

난 그냥 듣기만 했다. 조금 심드렁하기도 했다. 지루한 강의를 시작하는 늙은 교수의 사설처럼 느껴진 게 사실이었다. 그만큼 관심이 없는 분야의 얘기였다. 난 회계학을 전공한 사람이었다.

"사진이나 영상이나 궁극은 피사체로 선정된 오브제와 주변 간의 이야기를 만드는 거잖아요. 뭐, 사실 모든 예술이 그 범주에 있다고 말하는 것이 정확한 표현일 테죠. 영화든 소설이든, 주인공이 존재하고 그 주인공과 주변과의 관계를 풀어나가는 게 본질이니까요. 그래서 스토리가 존재하고 그 스토리에 논리 혹은 배경을 풍부하게 하는 플롯이 있은 거잖아요."

키클롭스의 눈   219

J는 막힘없이 얘기했다. 무엇을 말하고 싶어 하는지 머리로 이해했지만 가슴은 이 상황이 어리둥절했다. 한 번도 생각해보지 못한 제안이었다.

"단순히 보여 지는 것이 아닌 대상들끼리의 이야기를 보여주는 작업이 필요해요."

"대상들끼리의 이야기?"

"그래요. 대상들끼리의 이야기. 만약 당신이 방송카메라를 배운다면, 우린 결국 사건을 찾아다니게 되겠죠. 사건은 다른 말로 하면 이야기죠. 어떤 이야기는 미담이 되고 사랑이 되고 아름다운 역사가 되지만 어떤 이야기들은 우리가 말하는 좋지 않은 사건이 되죠. 그냥 이야기의 방향이 다른 거잖아요. 사랑과 사건은. 사랑 속에 사건이 있고 사건 속에 사랑도 있죠. 교집합도 부분집합도 아니죠. 그냥 뒤죽박죽 흰쌀과 검은콩이 뒤주 속에 가득 차 있는 거죠."

"……"

그녀는 이야기 주머니가 열린 것처럼 쉬지 않고 말했다.

"이야기가 시작되려면 본질, 시원(始原)을 볼 수 있는 흔히 '감'이라고 말하는 촉이 필요하죠. 당신은 그걸 가지고 있어요. 그것도 아주 예민한 더듬이를 가지고 있죠. 스스로 느끼지 않나요? 또 다른 촉도 가지고 있어요. 대상에 대한 애정이죠. 사건 속에 등장하는 대상들에 대한 따뜻한 애정. 대상, 주인공을 부각시키더라도 대상을 에워싸고 있는 분위기, 명암, 느낌 같은 것 말예요. 존재하지만 무시하면 진짜 사라지는 것들이 있잖아요. 사실 관심이란 단어가 이야기의 시작이잖아요. 그것이 뉴스든 예능이든 드라마든 다큐멘터리든 말이죠. 관심을 두지 않으면 무시되고 그 다음엔 사라지죠. 그럼 아프게 되죠. 그러니 당신에겐 남들이 무시하는 것들에 대한 따뜻한 관심이 있다는 뜻이죠. 사실 많은 리포터들이 실수하는 게 그 지점이라고 전 생각해요. 사건을 만든 대상들을 높은 곳에서 내려다보기만 할뿐 더 깊이 들어가 보지도 않고 대부분 무시한다는 거죠. 결과에 매몰돼 이야기가 시작된 본질은 보려고도 하지 않는 거죠. 그래서 리포트들이 천편일률처럼 판박이로 탄생한다고 생각해요. 다 다른데 똑같은 틀 속에 우겨넣는 모습을 수도 없이 봐왔어요. 지겨워서 도망쳤어요. 사실은."

"내 어떤 부분을 보고 하는 말인지는 알겠어요. 하지만 난 조금 당황스럽네요. 한 번도 생각해보지 않은 일이라."

"이렇게 표현하면 이상하게 들리겠지만 사물을 따뜻하게 보는 것 같아요. 또, 피사체와 배경을 잘 어울리게 하죠. 재능이 있어요. 분명히. 고민해볼 거죠? 나랑 한편이 돼줘요. 사랑만이 아니라 일로도."

카메라에 대한 공포를 가지고 있는 내게 그녀는 카메라를 배우라고 그래서 동료가 돼달라고 말하고 있었다. 그녀의 얘기를 들으며 3년 전 내게 설명도 해주지 않고 날 두고 세상을 떠난 여자가 내게 했던 말을 다시 듣는 느낌이었다.

〈단순히 보이는 것이 아닌 것들을 난 표현해 보고 싶어요. 뚜렷한 경계선 안에 있는 것들이 아닌 그 주변의 어떤 것들, 예를 들어 정물 하나를 그리더라도 그 정물 자체에 포커스를 맞추기보다는 정물을 에워싸고 있는 분위기, 명암, 느낌 같은 것 말예요. 그런 것들은 존재하지만 의식되지 않는 것들이고 거기엔 무의식의 세계가 존재하죠. 그런 세계는 의식되지 않기 때문에 좀 더 순수한 상태로 남아 있거든요. 시선에 의해 왜곡되지 않고 해석되지 않은 원초적인 상태 그대로죠.)

〈사람들은 이제 보이는 것만으로 모든 것을 판단하기 시작했어요. 더 이상 상상하지 않고 유추하지도 않죠. 카메라를 닮아 가는 거죠. 파인더 안에 들어 온 모습만 기계적으로 잘라 내는 거죠. 거기엔 경계선상의 모호함 같은 것은 사라졌으며 사각형으로 잘라낸 경계선 밖은 더 이상 존재하지도 않는 거죠. 그러니 세상은 조금씩 정형화되고 인간성은 기계처럼 단순해지는 건지도 몰라요.)

두 여자가 같은 말을 하고 있었다. 한 여자는 자신이 가지려는 시선을 말했고 J는 내게 그 여자가 가지고 싶어 하던 시선이 있다고 말하고 있다. 잠깐 소름이 돋았다.

난 고개를 젓고 자리에서 일어났다. 무엇인가를, 누군가를 찍는다는 일은 생각도 못한 일이었다. 더구나 사건이라니. 사건 때문에 고통 받다 도망친 나였다. 내겐 너무나 많은 사건이 적체돼 있었다. 몇 겹의 잠금장치로 가둬 놓고 있을 뿐이었다. 하나를 열면 모두가 열릴 터였다.

"나하고는 어울리지 않는 일인 것 같네요."

내 표정이 워낙 단호했기에 그녀는 물러섰다. 서로에게 무엇인가를 강요할 만큼 서로의 삶에 관여하지 않는다는 암묵적인 합의가 우리에겐 있었다.

J가 큐싸인을 보내자 8시 메인뉴스를 알리는 오프닝화면이 송출되고 우리 카메라가 대기중이란 파란색 점멸등이 깜박인다. 곧이어 본사와 연결이 되고 난 최기자를 앵글에 고정했다. 방송차량에 설치된 모니터에 메인앵커가 현장을 연결하고 있었다. 뉴스 첫 꼭지가 광화문이었다.

222

"열다섯 번째 촛불집회가 벌어지고 있는 광화문광장을 연결해서 이 시간 상황을 알아보겠습니다. 광화문에 나가 있는 최승호기자."

"네. 저는 지금 오늘로 열다섯 번째 촛불집회가 열리는 광화문광장에 나와 있습니다."

"최기자 뒤로 광장이 보이는데 촛불을 든 시민들이 보이지 않네요. 지금은 집회가 끝났나요?" 메인앵커의 질문이다.

"네. 지금은 참가자들이 헌법재판소를 향해 행진을 시작하면서 광장은 한산해진 상태입니다."

화면은 Crane Shot으로 넘어가며 광장과 청와대를 향해 나아간다.

"참가자들은 청와대를 지나 헌법재판소까지 행진한 뒤 헌법재판소를 에워싸는 퍼포먼스를 통해 조속한 탄핵인용을 촉구할 예정입니다. 이는 최근 퍼지고 있는 탄핵기각설에 대한 경고의 의미를 담고 있다는 것이 주최측의 설명입니다. 또한 지난 13일 국회교섭단체 4당 대표의 탄핵심판 결과 승복 합의가 국민들의 뜻과 배치된다는 결론에 정치권을 향한 경고의 성격도 가지고 있다는 것입니다. 만약 기각이 되면 승복을 할 게 아니라 헌법재판소는 해체하고 국회를 해산해야 한다는 것입니다."

화면은 Crane Shot에서 사전에 편집해놓은 촛불집회영상으로 넘어갔다. 자유발언을 통해 시민들이 조속한 헌법재판소의 탄핵인용을 요구하고 다른 발언자는 정치권의 합의는 국민을 무시한 처사라며 만약 탄핵이 기각된다면 헌법재판소 해체와 국회해산이 국민의 명령이라는 내용의 발언을 한다. 이어서 촛불집회의 하이라이트인 소등행사와 촛불파도타기로 영상은 이어신다.

"한 때 참여시민들이 줄어들다가 오늘 집회는 다시 늘었다면서요? 참가인원수는 얼마이고 원인은 무엇인가요?"

"네. 주최측 추산 약 75만 명이 광화문에 모였고 전국적으로는 총 80만 6000명이 촛불집회에 참가해 올해 최대 인원이라고 퇴진운동측은 밝혔습니다. 특히 광주광역시는 지난번 14차 촛불집회 때보다 약 10배가 증가한 1만5000여명의 시민이 참가하여 44일 만에 다시 1만 명을 돌파했습니다. 이렇게 참여인원이 다시 눈에 띄게 증가한 이유는 첫째, 사실상 2월 탄핵 인용이 어려워졌고 3월 역시 장담할 수 없어 위기감을 느낀 시민들이 다시 광장으로 나온 것이며 두 번째는 황교안 권한대행이 특검연장을 거부하면서 박근혜, 황교안 즉각퇴진을 외치는 목소리가 높아졌기 때문입니다. 특히 앞서도 전해드렸는데 헌재위원 한, 두 명이 기각의견을 가졌다는 루머가 추운 날씨에도 시민들을 광장으로 불러낸 결정적인 이유라고 하겠습니다."

"그런가하면 근처에서 탄핵반대집회, 즉 태극기집회도 열리고 있죠? 양측 간의 충돌은 없었나요?"

화면에는 즉시 태극기집회를 촬영한 영상이 송출된다. 미리 촬영해서 편집한 후 대기시킨 자료화면이었다.

"네. 탠핵기각을 위한 국민총궐기운동본부, 즉 탄기국은 광화문광장 옆 대한문 앞에서 탄핵반대 12차 태극기 집회를 개최했는데 경찰이 양측 간의 충돌을 우려해 폴리스라인을 설치해서 특별한 충돌은 없었습니다. 이상 광화문 촛불집회현장에서 전해드렸습니다."

"오케이. 모두 추운데 수고했어요."

J가 컷 사인을 보낸다. 최기자가 내게 인사를 하고 J에게 다가가 고개를

숙인다. 주변에 있던 시민들이 박수를 보낸다. 우리는 시민들을 향해 고개를 숙여 감사를 전했다.

"손이 다 얼었네요. 이대로 들어가는 건 아니죠?"

최기자가 날 보며 분위기를 잡는다. 나 역시 추위에 몸이 오그라들어 따뜻한 국물이 간절했다.

"국물 좋은데 알아?"

"그럼요. 얼큰한 감자탕집 근처에 있어요."

난 J를 바라본다. 그녀가 고개를 끄덕인다. 우린 방송장비들을 정리하고 감자탕집으로 향했다.

후지산 여행 후 J는 더 이상 내게 카메라를 배워보라는 권유를 하진 않았고 나도 잊어버렸었다. 그랬던 내가 카메라를 배우기 시작한 것은 북해도에 있는 노브리베스를 여행한 것이 계기였다. 사실 그 여행은 1년여의 일본 생활을 정리하고 귀국을 결심한 뒤 떠난 여행이었다. 난 그곳에서 J에게 그 사실을 알릴 생각이었다. 내가 돌아간다면 아직 과정을 마치지 못해 일본에 머물러야만 하는 J와는 미래를 장담할 수 없기도 했다. J도 어느 정도는 짐작하고 있는 듯 했다. 붙잡지 못할 뿐이었다.

우리가 노브리베스에 도착한 시간은 어둠이 몰려올 때였다. 산악지역인 탓에 6시가 못 돼 어두워졌다. 기차에서 내려 버스를 타고 20분가량 달린 뒤 우린 눈 속에 파묻힌 산속마을에 도착했다. 그리고 거기에서 도깨비를 만났다. 5미터는 돼 보이는 도깨비 조형물이 마을입구에 버티고 서 있었다.

"도깨비가 마을의 마스코트에요."

내가 뿔이 두 개 달린 도깨비가 커다란 방망이에 기대고 있는 모습을 신기하게 쳐다보자 J가 말했다. 어린 시절 아버지나 동네 어른들에게 도깨비 얘기를 들은 기억도 있고 만화영화에서 희화화된 도깨비를 본 적은 있지만 험악한 인상을 한 도깨비를 형상화해놓은 모습을 보는 건 처음이었다.

"난 도깨비가 우리나라에만 있는 줄 알았는데 아닌 모양이네요."

"일본에도 여러 지역에 도깨비에 대한 설화가 많아요. 일본어로는 오니라고 부르구요. 다만 우리나라 도깨비는 조금 낭만적인데 일본 도깨비는 무서운 존재죠. 여기 노브리베스에서는 여름에 도깨비축제를 열기도 하죠."

버스정류장에서 예약된 호텔까지 눈길을 걷는 동안 우린 온갖 종류의 도깨비 상품들을 구경할 수 있었다. 도깨비가 사는 마을에 찾아온 느낌이었다.

저녁을 먹고 난 호텔을 나와 눈 속에 파묻힌, 도깨비들이 가득한 마을을 산책했다. J는 감기기운이 있다며 온천욕을 하고 일찍 쉬겠다고 했다. 마을에 도착할 때부터 도깨비에 대한 생각이 머리를 떠나지 않았다. 도깨비가 내게 어떤 암시를 주고 있는 느낌이었다. 그게 무엇인지 알려면 밖으로 나가 도깨비들이 가득한 거리를 걸으며 그들이 내게 속삭이는 소리를 들어야 할 것 같았다.

상점들이 뿜어내는 조명이 가득한 거리를 피해 마을과 산의 경계 지점에 난 길을 따라 걸었다. 바람이 차가웠고 나뭇가지에 높게 쌓여있던 눈들이 무게를 못 이겨 땅으로 떨어지며 수-수-수 소리를 냈다. 금방이라도 도깨비들이 길을 막고 내 앞에 나타날 것만 같았다. 얼마간의 공포와 추위로 몸이 얼어갔다. 그렇게 세 시간쯤 마을 외곽을 걸었을 때 마을을 가로질러 흐르는 개울에 설치된 다리 옆으로 사당이 보였다.

난 다리를 건너 사당으로 걸어갔다. 사당 안에는 어김없이 도깨비형상이 험악하게 날 노려보며 서있었다. 도대체 뭘 알고 싶어서 찬 밤바람을 맞으며 세 시간이나 걷고 있냐고, 그건 인간이 알면 안 되는 거라고 위협하는 것처럼 보였다. 난 사당을 한 바퀴 돌다가 사당 한쪽에 세워진 긴 빗자루와 누구 것인지 모르는 지팡이를 봤다. 그 순간 내 머릿속에 번쩍 번개가 쳤다.

난 호텔로 돌아왔다. 감기 기운에 잠이 들었으리라 생각했던 J는 깨어있었다. 무엇인가를 열심히 적고 있었다.

"알아냈어요?"

"뭘요?"

"도깨비의 정체요."

J는 내가 무슨 말을 하는지 몰라서 멍하니 날 바라봤다.

"도깨비는 사람들이 사용하던 연장이 영적인 존재로 변해서 태어나는 거에요. 빗자루, 부지깽이, 지팡이, 삽, 괭이, 당그래 같은 것들을 사람들이 오랫동안 사용하면 사람의 기(氣)가 쌓여 도깨비가 되는 거라구요."

"그게 말이 돼요?"

"생각해봐요. 난 어렸을 때 아버지한테 도깨비에 대해 들었어요. 도깨비는 사람 앞에 나타나 씨름을 하자고 한 대요."

"그건 저도 들은 것 같아요."

"왜 그렇겠어요? 사람들이 자신들을 부렸으니 여전히 사람들이 주인인지, 도깨비들을 다룰 수 있는 존재인지 확인하고 싶어 하는 거죠. 또 아버지는 말했죠. 도깨비와 씨름을 할 때는 무조건 왼다리를 걸어야 이긴다구요."

"그것도 들은 것 같네요."

"조상들은 거의 대부분 오른손을 사용했어요. 왼손잡이로 태어나도 오른손을 사용하도록 강제되었으니 연장을 다룰 때는 예전에는 거의 대부분 오른손을 사용했을 테죠. 그러니 도깨비로 변하기 전 연장들은 오른쪽에 대해서는 완벽하게 익숙해진 거죠. 하지만 왼쪽은 사람들이 사용하지 않아서 발달할 수 없었던 거죠. 엄청나게 힘이 세지만 사용되어지지 않는 부분은 거의 기능을 할 수 없게 된 거죠."

"듣고 보니 일리는 있네요. 그러니까 도깨비란 존재가 어딘가에서 별도로 생겨난 것도 아니고 인간의 영혼이 변한 것도 아닌, 그냥 무생물이 인간의 기운을 받고 영적인 존재가 됐다는 말이잖아요."

"바로 그거에요. 많은 설화들이 지난 밤 싸워 이긴 도깨비 시체를 다음날 가서 확인하면 도리깨나 빗자루가 그 자리에 있다고 표현하잖아요."

"그렇다 치고 그게 왜 지금 중요하죠?"

"내게 카메라를 배워보라고 했잖아요?"

"그랬죠. 하지만 당신이 워낙 강하게 거부하니까 더는 말하지 못했구요. 어떤 사건이 있었겠단 짐작은 했지만 묻지 않았죠."

"맞아요. 사건, 사건이 있었죠. 그 사건 얘기를 해야 나머지가 설명이 될 테니 얘기하죠."

난 내가 일본에 오게 된 이유를 설명했다. 물론 내 어린 날까지 들춰내야만 했다.

"그런 일이 있었군요." J가 동정심이 가득한 눈으로 날 바라봤다.

"난 카메라가 키클롭스의 눈이라고 생각했죠. 감시의 도구. 인간에게 해서는 안 되는 짓을 저지르는 나쁜 존재."

"그런데요?"

"도깨비의 존재를 알고 나니 어쩌면 카메라도 인간에게 도움을 주는 도깨비처럼 이로운 존재로 부릴 수도 있겠단 생각을 하고 있어요. 키클롭스의 눈도 도깨비처럼 인간이 잘만 대한다면 이로운 존재가 될 수도 있겠단 생각이 들었어요. 물론 나쁜 짓을 하는 인간들에겐 엄한 벌을 주는 존재로 기능하게 할 수도 있을 테죠."

"맞아요. 어떻게 사용할 것인지 그게 가장 중요한 거죠. 그래서 내가 부탁한 것처럼 카메라를 배울 거에요? 그 괴물을 유용하게 그리고 잘 다룰 수 있는 능력이 당신에게 있다는 건 확실해요."

난 고개를 끄덕였다. 그녀는 진심으로 기뻐했다.

"노브리베스에 오지 않았다면 큰일 날 뻔했네요. 고마워요. 우리 한 팀이 돼서 카메라라는 도깨비, 키클롭스의 눈을 가지고 세상을 위해 일해 봐요. 사실 고백하면 난 이 여행이 우리 이별여행이라고 생각했어요. 이제 이 편지는 필요 없어졌네요." 그녀는 열심히 적던 종이를 찢어 휴지통에 버리고 날 끌어안았다.

그 후로 난 빠르게 관련 기술을 습득했다. 확실히 내겐 카메라를 다루는 소질이 있었다. 과정을 다 마쳤을 땐 강사진이 나서서 일본방송사에 소개시켜주겠다는 제의도 많이 받았었다.

최기자가 예약한 식당은 촛불집회를 마친 시민들로 가득했다. 사람들은 언 몸을 녹이며 현재 상황에 대해 여기저기서 토론이 한창이었다. 우린 구석에 겨우 하나 남은 자리에 앉았다. 주문을 마치고 먼저 나온 소주와 맥주를 섞고 있는데 옆자리에 앉은 50대쯤으로 보이는 여자의 말소리가 들렸다. 그녀의 표현은 모호하지도 관념적이지도 않았다.

"촛불의 의미가 단지 나쁜 대통령 끌어내리고 정권교체를 했다는 정도에서 의미종결을 지으면 안 된다고 생각해요. 그것도 아직 확정된 건 아니지만요. 사람들은 그 과정을 통해 기득권이 오랫동안 일자리라는 미끼를 이용해 우민화시킨 야성, 인간 본성, 세상은 어때야 하는지, 배움이란 것과 비판이란 본성을 되찾은 거라고 생각해야지 미래가 보이죠."

"맞아. 사실 난 매주 광장에 나오는 다른 목적이 하나 있는데 그건 젊은이들을 보기 위해서야. 우리 젊은 시절이야 책보다는 화염병과 더 친했잖아. 그러다 87년 승리라고 착각했던 시간이 순식간에 흩어지고 다음에 그들이 대대적인 반격이 시작됐지. 그게 바로 대학에서 학생회를 무력화시키고 연대(連帶)를 범죄시해서 폭압한 뒤, 토익이니 뭐니 젊은이들을 온통 지식이 아닌 암기에 몰두하게 만든 거잖아. 사회과학책 읽으면 취업 못하게 막은 거지. 사실 많은 기업들이 그때부터 취업문을 바늘구멍으로 만든 거잖아. 난 확인할 순 없지만 어딘가에 비교가 될지는 모르지만 우리나라식 프리메이슨이 있어서 기득권, 가진자들을 정기적으로 어디 땅속 500미터 비밀장소에 불러 모아 행동지침 같은 걸 준다는 합리적인 의심을 지울 수가 없어. 87년 대투쟁에서 당한 뒤로 절치부심해서 생각해낸 것이 일자리를 주지말자, 사회과학책들을 못 읽게 하자, 그런 지침을 하달하고 시행해왔다고 생각하는데 이번 촛불집회를 보며 우리 젊은이들이 참 대단하다 싶더라고. 그런 굴레를 벗어버리고 스스로 깨우치고 있으니까. 그래서 매주 그들과 만나러

온다니까. 젊어지는 건 덤이고. 하하하."

머리가 반백은 돼 보이는 남자분의 얘기가 들렸다. 나도 고개가 끄덕여졌다. 아직도 많은 대학생들이 사회문제로 시선을 주지 못하고 취업문을 뚫기 위해 암기에 몰두하는 이유가 그런 이유일 수 있겠단 생각이 들었고 그럼에도 깨어있는 젊음이 새로운 파도를 일으키고 있는 것도 감사한 일이었다.

"선배님, 민주란 단어는 이런 곳에서 나오는 거 아니에요? 막 입사한 박 기자가 첫 잔을 마시고 툭 던진 말이다."

"왜?"

내가 되물었다.

"우린 너무 정제된 언어만 쓰잖아요. 여긴 날 것 그대로잖아요."

"민주는 날 것에도 있고 정제된 언어에도 있어야 그게 진짜 민주야. 어디에는 있고 어디에는 없으면 그건 독재야."

J가 소주잔을 가볍게 입에 털어 넣으며 툭 던졌다.

"공기처럼, 물처럼요?" 조명을 맡은 여자 스태프가 가볍게 공을 패스하듯 툭 차 넣었다. J가 내가 비운 잔에 술을 따르며 고개를 가볍게 끄덕였다.

추위에 오래 노출된 몸이 술이 들어가자 급속하게 풀어져 내렸다. 더구나 여기저기 사람들의 논쟁도 열기에 한몫했다.

"세월호 7시간 행적을 밝혀야 하는데 황교안이 특검연장을 거부했으니 이제 어떻게 그걸 밝히겠어. 아무리 박근혜의 아바타라고 하지만 이건 해도 너무하잖아."

내 뒤 테이블에서는 세월호 7시간에 대한 얘기가 한창이었다.

"팀장님 뭐 들은 거 없어요? 엠바고 걸린 특종, 뭐 이런 거 있으실 것 같은데요."

최기자가 J에게 혹 더 아는 게 없느냐는 질문을 던졌다.

"다 이 세계에서 돌아다니는 얘기 수준이야. 최기자나 나나 거기서 거기지."

"에이, 그래도 팀장님은 워낙 줄이 많아서 뭔가 더 알 것 같은데요. 그러지 말고 조금만 얘기해주세요. 뭐가 진짜 진실이에요. 워낙 소문이 많아서 알 것 같기도 하다가 또 아닌 것 같기도 하고."

"우린 수사관이나 같다는 말 다시 해줘야 해? 증거, 확실한 물증 없이는 한 줄도 쓰지 말고 말하지 마라. 명심해."

"네."

"참, 박스탭은 본인이 세월호 관련자라고 했지?"

J가 말을 돌려 조명스태프에게 물었다.

"네. 조카가 희생됐죠. 저를 많이 따랐고 꿈이 방송기자였는데. 그래서 세월호를 말하지 못하는 방송사는 못 견뎌서 회사를 옮겼죠." 그녀의 눈가에 금방 눈물이 맺혔다.

"그랬군. 괜한 질문을 던진 모양이네. 미안해. 야! 최기자, 너 내 술잔 빈 거 안보여? 괜한 얘기 꺼내가지고."

J가 눈가를 훔치는 박스탭의 등을 어루만져주고 최기자는 서둘러 J의 잔을 채웠다.

"자, 다들 앞에 있는 잔 비우고 일어나죠. 내일은 헌법재판소잖아요. 아침 일찍 서둘러야 카메라앵글 잘 빠지는 자리 잡을 거 아녜요. 내일 이기사님과 동행은 누구 차례더라." J가 슬쩍 내 일을 챙긴다.

"박기자하고 접니다."

음향감독이 말했다.

"네. 김감독님이라면 내일 양감독님 앵글 걱정은 안하셔도 되겠네요. 하하."

"네. 언제나 최고의 자리를 맡으시니까요." 내가 추켜세웠다. 잘 부탁한다는 의미의 인사치레이기도 했다.

"그건 양감독님 좋으라고 하는 게 아니라 내 작업에 필요해서입니다. 하하하."

"네. 아무렴요. 자, 일어나죠."

일행과 헤어져 J와 함께 택시에 올랐다. 광화문광장을 지나는데 창밖으로 대형 텔레비전이 아직도 관련 뉴스를 보도하고 있었다. 그 옆으로 광장과 골목들을 감시하는 CCTV들이 촘촘히 설치되어 있었다. 곳곳에 배치된 경찰차에 달린 카메라도 열심히 제 할 일을 하고 있었다.

CCTV는 놀라운 속도로 번식과 진화를 거듭하고 있다. 20년 전 공장에 설치돼 여직원들을 감시하던 『키클롭스의 눈』은 놀라운 번식으로 이제 세상 모든 것을 감시한다. 지금 세상은 키클롭스 눈에 의해 완전히, 점령당했다. 키클롭스의 으르렁거리는 소리가 세상을 뒤덮고 있었다.

어딜 가나 카메라의 감시를 피할 수 없는 세상이다. 도로와 골목 어디든 중첩되게 감시카메라가 설치되어 있고 모든 건물엔 몇 십대씩 CCTV가 설치되어 있기도 하다. 범인검거율이 높아지고 사고를 미연에 방지할 수 있기도 하다. 필요악. 이제 우린 그렇게 생각한다. 블랙박스라고 불리는 감시와 기록장치가 없으면 운전할 때 불안감을 느끼는 사람들이 늘어나고 있기도 하다.

사람들의 손마다 핸드폰에 붙은 카메라가 들려있는 세상이기도 하다. 그들은 무엇이건 촬영하고 저장하고 공유하고 다시 가공한다. 무서운 세상이다. 사람들은 이제 키클롭스를 키우고 있는 셈이다. 인간을 잡아먹는 존재가 인간에 의해 길들여진 반려동물이 된 셈이다.

"헌법재판소에서 탄핵결정나면 다음엔 뭐 할 거에요?"

"다른 사건을 쫓아야죠."

"무슨 사건?"

"사람들이 그러잖아요. 닭잡았으니 쥐잡아야쥐."

그녀는 해맑게, 그리고 의미심장하게 웃었다. 그녀가 저런 웃음을 웃는다는 건 이미 뭔가를 챙겨놨다는 의미였다.

"난 가끔 당신이 걱정스러워요."

"당신만 제 곁에 있어주면 돼요. 그럼 자신 있어요. 물론 위험해지지 않게 낭떠러지 근처엔 안 가고 안전로프 꼭 걸고. 우리를 위해서요. 사건보다 사랑이 훨씬 소중하니까요."

이젠 그녀에 대해 좀 더 알아야겠다.

작가의 말

작가의 말

나쁜 권력이 얼마나 많은 사람들을 죽음으로 몰아가는지 난 1997년 한국에서 그리고 2010년 아이티에서 내 눈으로 직접 확인했다. 나쁜 권력이 만들어 낸 생지옥은, 우리나라에서는 IMF란 탈을 쓰고, 아이티에서는 7.0의 강진의 모습으로 나타났다.

1997년. 대한민국 대통령이 TV에 나와 나라에 돈이 없어 IMF로부터 돈을 빌려야한다고 기자회견하는 걸 봤다. 머리는 빌려도 된다는 신념을 가졌던 그 대통령은 외신기자가 하는 질문을 이해하지 못해(물론 한국어로 번역해줬다) 엉뚱한 소리를 늘어놓았었다. 2010년. 난 지진으로 폐허가 된 아이티(Haiti)에 있었다. 아이티 현직 대통령은 지진 직후 해외로 도망쳤다.

이 책에 실린 소설들은 개별적인 사건들을 다루지만 사실 모두 한 꾸러미에 꿸 수 있는 키워드가 있다. 바로 IMF 사태와 아이티 지진이 그것이다.

IMF는 모든 것을 바꿨다. 한 때는 무지한 정부가 저질러 놓은 IMF의 후폭풍을 막아보려고 싸워보기도 했다. 하지만 뼈저리게 깨달은 것은, 절대 그런 싸움으로는 저들을 이길 수 없다는 것이었다. 일회성이 아닌 영원히 되돌릴 수 없는 승리, 풀 수 없는 매듭, 되돌릴 수 없는 <끝>을 쓸 수 있는 유일한 싸움의 방법은 투표장에 가서 올바른 한 표를 행사하는 길 뿐이라는 것도 절절히 깨달았다.

우리의 소중한 한 표를 잘 행사한다면 내가 소설에서 <키클롭스의 눈>이라고 표현한 CCTV(카메라)의 좋은 효용이 그렇듯, 도깨비와 같은 무시무시하고 거대한 존재가 좋은 일을 할 수 있게 만들 수 있다. 우노 마스(Uno Mas, 한 번 더)를 실행한다면 우리가 저 무시무시한 기득권을 길들일 수도 있지 않을까, 기대해 본다.

또 하나의 중요한 점은, 그들과 싸워 이기려면 기다려야 한다는 것이다. 한 방에 이길 생각은 버려야 한다. 약자가 강자를 이길 유일한 방법은 기다리는 것뿐이다. 그렇다고 절치부심하며 기다릴 필요는 없다. 삶의 소소한 것들을 즐기다 투표할 때가 오면 우노 마스, 한 번 더를 외치고 투표하면 된다.

그들을 완전히 이기는 유일한 방법은 그들의 의지를 꺾는 것이다. 한 번의 승리로 그들의 의지를 꺾을 수는 없다. 다시 우노 마스다. 한 번, 두 번, 연속 패배하면 의지가 꺾인다. 그리고 카운터블로우, 마지막 우노 마스. 그러면 최종적으로 그리고 비가역적으로 이길 수 있다.

좋은 세상은 많은 사람들의 희생 뒤에 힘겹게 얻은 대가라는 걸 우린 절대 잊으면 안 된다. 우린 그 빚을 투표장에 가는 것으로 온전히 갚을 수 있다. 쉬운 변제인 셈이다.

이 번이 네 번째 출판이다. 처음 소설을 쓰기 시작한 1994년 이후, 그리고 본격적으로 출판을 위해 책을 쓴 지 13년 만에 네 권의 내 책을 가지게 됐다. 다른 직업을 가지고 밥벌이를 하면서 이만하면 게으름을 피운 건 아니라고 생각한다.

첫 번째와 두 번째 책은 토해내야만 했던 많은 상처들을 얼키설키 엮었고 세 번째 장편은 통일되지 못한 한반도의 밝지 않은 미래를 그려냈었다. 아직도 난 주장할 수 있다. 우리의 소원은 통일이며 이 나라 이 겨레를 살리는 유일한 길이 통일이라고.

이번 소설집은 몇 번의 해외생활을 하면서 만난 국외자들의 이야기와 그들을 국외자로 만든 어두운 시절에 대해, 모두가 잊어버리고 있는, 다시 언제든 덮칠지 모를 불행을 주제넘지만 경고하고 싶었다. 그리고 어쩔 수 없이 지난 20년 동안의 내 삶의 궤적도 조금은 투영됐다. 그리고 이제 숙제를 마치고 내 공부를 하듯, 이제까지와는 다른 색깔의 글을 써보고 싶다.

늘 소설에 대해 말을 할 때면 내 마지막 작품은 해상제국이었던 백제(百濟)에 대해 대하소설을 쓰고 싶고 그러자면 반드시 일본 홋카이도 오타루에 3년은 살아야 한다는 말을 빼먹지 않는다. 그리고 그 계획은 여전히 유효하다. 하지만 백제를 쓰기 위한 준비는 아직 멀었다. 그러니 징검다리가 될 작품을 이곳 인도네시아 근무 남은 2년 반 동안 쓸 생각이다. 무거운 주제가 아니라 상상력을 극도로 상승시킨, 어쩌면 <눈먼 자들의 도시> 같은 작품일 수도 있겠다.

이 소설을 IMF로 고통 받은 많은 사람들과 추운 겨울날 광장에서 촛불을 든 많은 시민들, 그리고 마지막 카운터블로우를 위해 시간을 기다리는 많은 우리들에게 바친다.

김일의 박치기

지은이 | 김상종
펴낸곳 | 신세림출판사
디자인 | 김혜진

초판 1쇄 발행 | 2018년 10월 10일

신세림출판사
등록번호   1991년 12월 24일 제2-1298호
주소   서울특별시 중구 창경궁로 6, 702호(충무로5가, 부성빌딩)
전화   02) 2264-1972
팩스   02) 2264-1973
이메일   shinselim72@hanmail.net

ISBN 978-89-5800-204-8, 03810
값은 뒤표지에 있습니다.